묵향 31
부활의 장
이걸 죽여? 살려?

묵향 31
부활의 장

초판 1쇄 발행일 · 2013년 08월 16일
초판 5쇄 발행일 · 2021년 12월 30일

지은이 · 전동조
펴낸이 · 유용열
기   획 · 김병준
편   집 · 김은희, 유지원
펴낸곳 · 도서출판 스카이미디어

주소 · 서울시 동대문구 용두동 234-35번지 대명빌딩 201호
전화 · (02)922-7466
팩스 · (02)924-4633
E-mail · skymedia62@hanmail.net
출판등록 · 제6-711호

Copyright ⓒ 전동조 2021

값 9,000원

ISBN · 978-89-6122-202-0 04810
ISBN · 978-89-92133-00-5 (세트)

※ 온라인상의 불법 복제물의 유포나 공유는 저작자의 재산권을 침해하는
  중대한 범죄 행위로 관련법에 의거해 처벌 대상이 됩니다.
※ 작가와의 협의에 의하여 인지는 생략합니다.
※ 잘못된 책은 본사나 구입하신 서점에서 교환해 드립니다.

DARK STORY SERIES IV

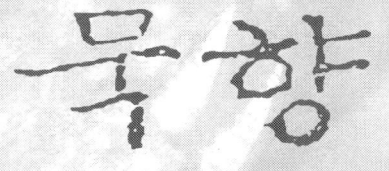
부활의 장

전동조 장편 판타지 소설

31
이걸 죽여? 살려?

차례
이걸 죽여? 살려?

✤

✤

✤

보물창고 습격 사건 ················· 7

정령과의 교감 ················· 23

뒤끝 강한 실버 드래곤 ················· 43

복수를 위한 유희의 시작 ················· 59

고블린이 우습게 보여? ················· 81

왠지 수상쩍은 마법사 ················· 105

원래 이 정도는 다 하잖아 ················· 127

대체 어떤 놈의 씨야? ················· 159

차례
이걸 죽여? 살려?

사람 가죽도 벗기나요? ································ 179

탐욕이 부른 영지전 ································ 195

메르헨 영지로 모여드는 용병들 ················ 207

세상사 서로 속고 속이고 ·························· 227

넌 반드시 내가 죽여 주마!······················· 247

이걸 죽여? 살려?······································ 271

보물창고 습격 사건

31

이걸 죽여? 살려?

삐익— 삐익—.

요란스런 경보음에 엘프 왕국 건설 업무에 지쳐 잠깐 졸고 있던 그랜딜 공작은 깜짝 놀라 자리에서 벌떡 일어섰다.

"이, 이게 무슨 소리지?"

하지만 그는 곧이어 경보음이 통신용 수정구에서 흘러나오는 신호음이라는 데 생각이 미쳤다. 그랜딜 공작은 급히 수정구 쪽으로 달려가 손을 대고 통신마법을 걸었다. 순간 수정구에서 빛이 번쩍하더니, 곧 당황한 모습이 역력한 엘프의 모습이 나타났다.

"대체 무슨 일이기에 이 소란이냐?"

무뚝뚝한 그랜딜 공작의 질책에 수정구 속의 엘프는 다급한 어조로 외쳤다.

「드… 아니, 브로마네스님께서 오셨습니다」

브로마네스가? 브로마네스가 왜 왔단 말인가. 레어 주인인 아르티어스는 이곳에 있지도 않은데…….

"그곳이 어디냐?"

「예, 보물창고입니다」

순간 그랜딜 공작의 얼굴이 창백하게 질려 버렸다.

'아니, 그 망할 놈의 레드 드래곤은 왜 갑자기 남의 보물창고에 나타난 거지?'

그로서는 도저히 이해할 수가 없었다. 만약 아르티어스를 만나기 위해 왔다면 응당 자신이 있는 이쪽으로 왔어야 할 게 아닌가. 이곳 레어에 한두 번 온 것도 아니면서 말이다.

그런데 왜 하필이면 보물창고로 직행했을까. 설마 도둑질이라도 하러 온 것일까? 그럴 리는 없다. 브로마네스는 아르티어스의 절친한 친구였으니까.

"혹시… 내가 보물들을 슬쩍 빼돌린 것을 눈치 채고는 그걸 조사하기 위해서?"

전혀 예상하지 못했던 의외의 상황에 그랜딜 공작의 머릿속은 말도 되지 않는 최악의 상황으로까지 치달을 수밖에 없었다. 그 순간 찔리는 구석이 많았던 그랜딜 공작은 마치 얼음물로 온몸을 뒤집어쓴 듯한 아찔함을 경험해야 했다. 그 외의 다른 생각은 그 어떤 것도 떠오르지 않았다.

잠시 사시나무 떨듯 벌벌 떨던 그랜딜 공작은 곧 정신을 차리고 자리에서 벌떡 일어섰다.

"이러고 있을 때가 아니군."

그랜딜 공작이 허겁지겁 보물창고를 향해 달려가 보니, 보고받았던 것과는 달리 창고에는 브로마네스 혼자 있는 게 아니었다. 언제 돌아왔는지, 레어 주인인 아르티어스도 함께 있었다.

그 모습을 확인하는 순간 그랜딜 공작은 심장이 멈춰 기절할 뻔했다. 설마하며 우려했던 상황이 실제로 벌어진 거라고 짐작했던 것이다.

　노회한 그랜딜 공작은 사력을 다해 아득해지는 정신을 붙잡았다. 그동안 아수라장 같은 정치판에서 구를 만큼 굴렀던 그가 아니던가. 아주 짧은 시간 동안 그의 머릿속에서 수많은 변명과 핑계거리들이 떠올랐다가 사라져 갔다.

　그랜딜 공작이 정신을 추스르기 위해 안간힘을 쓸 때 생각과는 전혀 다른 이상한 소리가 들려왔다. 그건 자신의 죄를 추궁하기 위한 질책과 추궁이 아닌, 브로마네스와 아르티어스가 서로 다투는 소리였다. 귀를 쫑긋 세우고 들을 필요조차 없었다. 둘은 꽤 큰 목소리로 다투고 있었으니까.

　얼마 지나지 않아 그랜딜 공작은 내심 안도의 한숨을 내쉴 수 있었다. 빌어먹을 드래곤 두 마리가 보물창고로 불시에 들이닥친 건, 보물의 재고 조사 따위가 아니었던 것이다.

　브로마네스는 신경질적인 움직임으로 이리저리 돌아다니며 금은보화를 닥치는 대로 집어다가 한곳에 쌓고 있는 중이었다. 그런데 이해하기 힘든 것은 보물의 주인인 아르티어스의 행동이었다. 다른 드래곤이 쳐들어와서 자신의 보물을 약탈하려고 한다면 가만히 있을 드래곤이 이 세상 천지 어디에 있겠는가. 더군다나 아르티어스는 노룡이 다 되어 가는 막강한 드래곤인데 말이다.

　사생결단을 내야 정상이었지만, 아르티어스의 반응은 전혀 그렇지 않았다. 오히려 비굴한 미소를 지으며 브로마네스에게 애걸하고 있는 게 아닌가.

"치, 친구, 자네 정말 이러긴가?"

아르티어스의 그런 모습이 불쌍하지도 않은지 브로마네스는 퉁명스러운 어조로 이죽거렸다.

"이 새끼는 꼭 지가 아쉬울 때만 친구 타령이야. 오냐, 이럴 거다. 네놈이 날려먹은 동상 값이 이 정도밖에 안 되는 줄 알아? 생각 같아서는 여기 있는 거 몽땅 다 박박 긁어 가도 속이 시원하지 않겠지만, 마음 좋은 나니까 그렇게까지는 하지 않겠어. 그러니 고맙게 생각하라고."

교활하기 짝이 없는 아르티어스에게 맨날 당하고만 살아온 브로마네스다. 그동안 친구랍시고 좋은 게 좋은 거라며 대충 넘기긴 했지만, 마음속에 쌓인 앙금이 전혀 없다면 거짓말이리라. 그런데 오늘 이렇게 통쾌하게 복수를 할 수 있게 되었으니 브로마네스는 마치 십 년 묵은 체증이 쑥 내려가는 듯했다.

"호오, 이런 것도 있었네."

"끄응!"

"흐흐, 이것도 제법 좋은데?"

"젠장!"

시간이 지날수록 일그러지는 아르티어스의 표정을 보는 게 재미있어 계속 보물을 집어서 가져다 놓다 보니 어느덧 커다란 산더미처럼 수북이 쌓였다.

"치, 친구, 그 정도면 충분하지 않나?"

울상을 짓고 있는 아르티어스의 표정을 보는 게 얼마나 통쾌한지……. 마음 같아서는 광소(狂笑)라도 터뜨리고 싶었지만, 차마 그러지는 못했다. 대신 브로마네스는 딱딱하게 굳은 표정으로 매몰차게 외쳤다.

"충분하긴 뭐가 충분해! 내가 손해 본 것을 만회하려면 아직 멀었어."

"친구, 정말 이러긴가?"

"웃기고 있네. 만약 내가 그랬어 봐. 네놈이 어떻게 나왔을지를 말이야. 아마 당장에 나를 잡아 죽이겠다고 달려들었을걸?"

"그, 그럴 리가 있겠나, 친구. 그건 오핼세."

"흥! 오해는 무슨 오해. 하지만 안심해. 나는 너처럼 그렇게 몰인정한 드래곤은 아니니까. 기왕에 날려 버린 동상, 돌려달라고는 하지 않겠어. 대신 값은 제대로 쳐줘야 하지 않겠어?"

탐욕에 가득 찬 눈동자를 번들거리며 어디 쓸 만한 게 없나 주위를 연신 두리번거리고 있는 브로마네스를 보며, 그가 이 정도 챙기고 끝낼 리가 없다고 아르티어스는 확신했다. 속으로는 피눈물이 쏟아지고 있었지만, 잘못은 자신에게 있다 보니 달리 뾰족한 방법이 없었다. 그렇다고 저 망할 놈을 이 자리에서 당장 때려죽여 버릴 수도 없는 노릇이고…….

이대로 멍하니 손을 놓고 있다가는 창고의 보물 절반 이상은 탈탈 털릴 게 분명한 만큼, 일단 놈의 주의를 다른 데로 돌리는 게 급선무였다. 이때, 문득 좋은 계책이 떠올랐다.

"젠장! 마음대로 해. 그렇게 내 보물들이 탐나거든, 아예 창고 전체를 다 털어 가지 그러냐? 그래, 가져가는 김에 저것도 가져가 버려!"

　신경질적으로 버럭 외치는 아르티어스를 보며 브로마네스는 속으로 찔끔했다.
　'내가 너무 심했나?'
　하지만 그는 곧이어 마음을 굳게 먹었다.
　'내가 저런 수법에 어디 한두 번 당했어. 위기를 타파하기 위해 삐친 척하는 걸 거야.'
　둘의 다툼이 벌어졌을 때, 언제나 손해를 보는 쪽은 브로마네스였다. 그의 패인은 한결같았다. 아르티어스보다 조금 더 모질지 못하다는 것. 브로마네스도 그 사실을 잘 알고 있었다.
　호비트들 속담에도 있지 않던가. 똑같은 수법에 세 번 당하면 그건 바보, 천치라고 말이다. 자신이 그런 바보가 될 수는 없는 노릇이다.
　브로마네스는 아르티어스가 아무리 화를 내 봐야 자신에게 전혀 영향을 주지 못한다는 것을 보여 주기 위해 일부러 조각상 하나를 집어 들고는 살펴보는 척했다.
　하지만 속마음까지 완벽하게 무심할 수 없었던 브로마네스였기에, 그의 눈은 아르티어스의 뒤를 조심스럽게 좇고 있었다. 그러던 그는 아르티어스가 창고 벽에 걸린 커다란 검 한 자루를 신경질적으로 잡아 내리는 것을 보며 흠칫했다.
　'저건 왜?'
　하지만 그의 생각은 더 이상 이어지지 않았다. 아르티어스가 그 검을 자신에게로 휙 집어 던졌기 때문이다.

길이가 무려 1.5미터에 달하는 거검(巨劍). 검집과 손잡이를 드워프들이 혼신의 노력을 다해 장식해 놨기에 예술품이라 불러도 손색이 없을 정도로 아름다운 검이었다. 그런 검을 상대가 주겠다고 하면 냉큼 받아야 정상이겠지만, 브로마네스는 손을 뻗지 않았다.
 거검은 브로마네스의 옆을 살짝 스치고 지나가 산더미처럼 쌓아 둔 보물 속으로 요란한 소리를 내며 떨어졌다.
 어느새 브로마네스의 얼굴은 싸늘하게 식어 있었다. 지금까지는 신경질을 내는 척하고 있었지만, 약간의 장난기가 어려 있었던 게 사실이다. 하지만 지금 그의 눈에서는 불길이 뿜어져 나오고 있었다. 진심으로 분노한 것이다.
 "후회하지 않겠나?"
 목소리는 나지막했지만 그의 분노에 동조하여 대기가 요동치는 듯했다. 서로의 영원한 우정을 맹세하며 교환했던 검이다. 그걸 되돌려 준다는 말은 곧, 이제 친구 사이를 끝내자는 뜻이 아니겠는가.
 브로마네스가 분노했건 말건 아르티어스는 신경조차 쓰지 않았다. 아니, 오히려 자신이 더욱 화가 났다는 듯 큰소리로 외쳤다. 하지만 그의 어조에는 씁쓸함과 서글픔이 느껴졌다.
 "그 검… 나는 내 생명처럼 아끼고 사랑했다. 왜냐하면 그건 내 하나밖에 없는 친구가 준 검이었으니까."
 아르티어스는 자신의 탐스러운 붉은 머리카락을 붙잡아 앞으로 내밀며 말했다.

"드래곤들에게 있어서 자신들 일족의 색깔에 대한 자부심이 얼마나 강한지는 너도 잘 알 거야. 그런 내가 이 머리카락 색깔을 찬란한 금발에서 이런 볼품도 없는 시뻘건 색으로 바꾼 이유가 뭐였는지 너는 벌써 잊어버린 거냐?"

브로마네스가 그것을 잊었을 리 없다. 레드 드래곤이면서도 찬란한 황금빛 머리색을 하고 돌아다니는 드래곤은 그 혼자밖에 없었으니까. 둘은 우정의 상징적인 증표로써 서로의 머리색을 교환했었다.

"하지만 오늘 보니, 그 친구는 없더군. 내가 그동안 잘못 생각하고 있었어. 영원할 거라고 믿었던 우정이, 실상은 겨우 동상 하나의 가치도 없는 싸구려였으니 말이야."

착 가라앉은 아르티어스의 얼굴을 보던 브로마네스의 손에서 스르륵 힘이 풀렸다.

챙그랑!

그의 손에 들려 있던 조각상이 바닥으로 떨어지며 요란한 소리를 토해 냈다. 하늘조차 뚫어 버릴 듯했던 그의 분노는 어디로 갔는지, 브로마네스는 곧바로 기어들어 가는 듯한 풀 죽은 목소리로 사과했다.

"미, 미안하네, 친구. 금은보화가 탐이 났던 건 결코 아니었어. 내가 누군데 친구의 보물을 탐하겠나. 단지 자네가 난처해 하는 모습이 너무 재미있어서 장난을 좀 쳤던 것뿐이라네."

하지만 아르티어스는 냉담하게 대꾸했다.

"됐네. 그렇게 억지로 변명할 필요는 없어. 이게 다 친구를 잘

못 사귄 내 탓이니까."

아르티어스는 돌아서서 창고 밖으로 나가며 중얼거렸다.

"그렇게 보물이 좋다면 몽땅 다 가져가라구. 그따위 것 내겐 없어도 상관없으니까 말이야."

문 쪽으로 힘없이 걸어가는 아르티어스의 뒷모습이 너무나도 애잔하게 보였다. 브로마네스는 짙은 죄책감을 느꼈다. 사실, 그놈의 동상이 뭐가 그리 대단하겠는가. 자신의 창고에 수북이 쌓여 있는 보물들만으로도 마음만 먹는다면 수십, 아니 수백 개라도 만들 수 있을 텐데 말이다.

브로마네스는 재빨리 아르티어스의 뒤를 쫓아가 팔을 붙잡았다. 그리고는 일부러 장난기 어린, 그러면서도 애교 가득한 목소리로 사정했다.

"에이, 짜식. 장난 좀 친 것 가지고 뭘 그렇게 화를 내고 그래? 흐흐, 화 풀어. 장난이었다고 했잖아, 장난!"

하지만 아르티어스의 반응은 냉담하기만 했다. 아르티어스는 브로마네스의 팔을 거칠게 뿌리치며 싸늘하게 소리쳤다.

"집어치워, 새꺄. 빨리 저 보물들이나 챙겨서 꺼져."

그렇게 말하면서도 아르티어스의 붉은 머리카락 색깔은 금빛으로 변하지 않았다. 그것을 본 브로마네스는 아직까지는 용서를 구할 여지가 있다고 판단했다.

"허허, 이거 참. 이보게, 친구. 그만 마음 풀게나. 우리가 하루 이틀 우정을 쌓아 온 게 아닌데, 겨우 이깟 일 때문에 깨진다면 말도 안 되지."

보물들 위로 아무렇게나 던져져 있는 거검을 향해 브로마네스는 황급히 손을 뻗었다. 그러자 거검이 둥실 떠오르더니 그의 손으로 날아왔다. 그는 거검을 아르티어스의 눈앞에서 흔들어 보이며 애교 어린 표정으로 말했다.

"우리 둘의 우정의 증표가 바로 이 녀석이 아니겠나. 자네였기에 내가 이 검을 준 것이지, 다른 드래곤이었다면 어림 반 푼어치도 없지."

그래도 아르티어스가 전혀 화를 풀 기색을 보이지 않자, 브로마네스는 더욱 사근사근한 어조로 말했다.

"자네가 준 검은 당연히 내 침대 머리맡을 장식하고 있다네. 그것보다 더 내 마음에 드는 예술품은 지금껏 보지 못했으니까 말이야."

"……"

"어허, 계속 이러긴가? 자, 받게. 내 사과하겠네. 우린 아~주 절친한 친구 사이가 아닌가. 친한 친구 사이에 장난 좀 칠 수 있는 거잖아. 그런데 그게 자네 마음을 그토록 아프게 했을 줄이야……. 내 미처 생각하지 못한 점, 진심으로 사과하겠네. 다시는 그러지 않겠다고 내 약속하지."

브로마네스의 계속되는 권유에 아르티어스가 못 이기는 척 손을 뻗어 검을 받았다. 그제야 브로마네스는 환하게 웃으며 아르티어스의 어깨를 두드리며 말했다.

"기분도 풀 겸 오랜만에 술이나 같이 한잔할까?"

그때까지 싸늘한 표정을 풀지 않고 있는 아르티어스의 얼굴을 바라보며 브로마네스는 입으로는 환하게 웃고 있었지만 속으로는 연신 투덜거렸다.

'에이, 친구라고 하나 있는 게 이런 쫌생이 같은 놈이니.'

물론 아르티어스가 그런 쫌생이는 아니었다. 그저 브로마네스가 멍청하게 속아 넘어간 것뿐이다. 그는 냉정할 수 없었지만, 아르티어스는 필요하다면 완벽하게 냉혹하게 바뀔 수 있었다. 그렇기에 이런 결과가 벌어진 것이다.

하지만 이런 방면에 약간 둔한 브로마네스는 자신이 또다시 아르티어스가 던진 미끼를 물고, 퍼덕거리고 있다는 사실을 눈치 채지 못하고 있었다.

자신의 계략이 제대로 먹혀들자 아르티어스는 광소라도 터뜨리고 싶었다. 하지만 지금 그래서는 다 된 밥에 콧물을 빠뜨리는 것이나 다름없게 된다. 그렇기에 그는 웃음을 필사적으로 참으며 그랜딜 공작에게 명령했다.

"술과 음식을 준비하라고 일러라. 난 포도주를, 그리고 내 친구에게는 내가 특별히 아끼는 브랜디를 준비하도록. 알겠느냐?"

평소 브랜디를 술맛도 모르는 놈들이 마시는 싸구려 술로 취급하던 아르티어스였다. 그걸 잘 아는 그랜딜 공작인 만큼, 주인의 명령은 그를 내심 당황스럽게 하지 않을 수 없었다.

'주인님이 아끼던 브랜디가 있긴 있었나?'

순간, 그는 자칫했으면 주인에게 그런 브랜디가 어디에 있는지 물어보는 실수를 저지를 뻔했다. 하지만 그의 오랜 연륜이 그런 어처구니없는 실수를 저지르는 것을 막아 줬다.
그랜딜 공작은 깊숙이 고개를 조아리며 대답했다.
"즉시 이행하도록 하겠습니다, 주인님."

아르티어스의 기분이 풀릴 기미가 보이자 브로마네스는 기회를 놓치지 않고 짐짓 너스레를 떨었다.
"이야~ 드디어 자네 레어도 제법 살 만한 곳으로 바뀌어 가는구먼. 내가 그렇게 말했을 때는 듣는 척도 안 하더니, 웬일로 노예를 부릴 생각을 했데?"
"뭐, 어쩌다 보니 그렇게 됐어."
둘이 식당에 도착했을 때는, 엘프들이 분주히 움직이며 식탁 위로 음식을 나르고 있는 중이었다. 아르티어스는 그런 엘프들이 눈에 거슬린다는 듯 퉁명스레 명령했다.
"이제 됐으니 나가 보거라."
그러자 대부분의 엘프들이 식당 밖으로 나갔고, 두 명의 엘프만이 남아 아르티어스와 브로마네스의 뒤쪽에 다소곳이 섰다. 식사 시중을 들기 위함이었다. 그리고 그랜딜 공작은 문 앞쪽에서 다소곳이 고개를 숙이고 자리 잡았다. 그런데 아르티어스는 뒤를 돌아보며 짜증스러운 표정으로 손을 내저었다.
"모두 나가라고 했다!"
"저, 시중은……."
"필요 없다."
그러자 그랜딜 공작이 앞으로 나서며 입을 열었다.

"주인님이 편하게 식사를 하시도록, 저희가 시중을 드는 게 좋……."

그때 갑자기 브로마네스가 인상을 왈칵 찌푸리며 으르렁거렸다.

"이놈의 자식들이! 노예면 노예답게 시키는 대로 할 것이지. 친구, 자네 마음이 너무 좋다 보니 이놈들이 말을 잘 듣지 않는구먼. 어때, 내가 확실히 교육을 시켜 줄까?"

순간 어마어마한 살기가 브로마네스의 몸에서 뿜어져 나왔다. 이에 그랜딜 공작은 깜짝 놀라 온몸을 벌벌 떨면서 황급히 고개를 숙이며 입을 열었다.

"그, 그런 의도는 아니었……."

"알았으니 그만 나가 봐."

아르티어스가 끼어들어 손짓으로 나가라고 하자 그랜딜 공작은 더 이상 생각할 것도 없다는 듯 엘프들을 이끌고 황급히 밖으로 달려 나갔다. 그랜딜 공작은 시중을 들 엘프들을 문밖에 대기시켜 놓은 뒤 지시를 내렸다.

"주인님께서 나를 찾으시면 지체 없이 연락하도록 해라."

"염려 놓으십시오, 공작 전하."

"참, 그리고 아무리 사소한 것이라도 주인님에 관한 거라면 하찮게 생각 말고 곧바로 보고를 하도록."

"옛, 명심하겠습니다."

최근 엘프들만의 왕국을 건설하기 위해 동분서주하고 있는 그랜딜 공작이었기에 작은 정보 하나에도 촉각을 곤두세우곤

했다. 대륙 정세에 막대한 영향력을 행사하는 드래곤의 움직임은 당연히 요주의 대상이었다.

더군다나 자신의 주인인 아르티어스가 어디 평범한 드래곤인가. 얼마 전에는 다크라는 검은 머리 호비트를 양아들로 삼아 대륙 전체를 발칵 뒤집어 놓는 짓도 서슴지 않았다. 그렇기에 아르티어스의 일거수일투족을 최대한 살필 수밖에 없었다.

그랜딜 공작은 혹시나 하는 마음에 귀를 쫑긋 세우고 방에서 주고받는 대화가 밖으로 새어 나오지 않나 들어 봤지만 아무 소리도 들리지 않았다. 그는 씁쓸한 듯 입맛을 다시며 자신의 집무실로 발걸음을 옮기는 수밖에 다른 도리가 없었다.

정령과의 교감

31

이걸 죽여? 살려?

엘프들이 밖으로 나간 뒤, 브로마네스는 자신의 술잔에 술을 따르며 물었다.

"아직 노예들의 시중을 받는 게 익숙하지 않은 모양이지?"

"그런 건 아닌데 주변에 서 있으면 내가 하는 얘기를 엿듣는 것 같아서……."

브로마네스는 술을 한 잔 쭉 들이켠 후, 대수롭지 않다는 듯 말했다.

"뭘 그런 걸 신경 써? 바퀴벌레 같은 것들이 들어 봤자지. 정신경 쓰인다면 나처럼 세뇌를 조금 해 두든지."

"세뇌를 하고 말고의 문제가 아니라, 주변에 누군가가 얼쩡거리는 게 신경 쓰이는 거야."

"그런 거라면 세월이 해결해 줄 거야. 나도 예전에는 조금 껄끄러웠었는데, 요즘은 있는지 없는지 신경도 안 쓰게 되더라고."

그런 식으로 대화를 나누며 아르티어스는 포도주를, 브로마네스는 브랜디를 마셨다. 이렇게 마주 앉아 술잔을 기울이며 대화를 나누는 게 꽤나 오랜만이다 보니, 할 말은 무진장 많았다.

그 주제의 대부분은 과거 둘이 함께했었던 모험들에 대한 추억담이었다.

한참 예전 얘기를 떠들어대던 브로마네스가 문득 떠올랐다는 듯 말했다.

"자네 말을 듣고 보니 그동안 우리 사이가 많이 소원했었다는 것을 느꼈다네. 허~ 참, 우리가 처음 만나 함께 유희를 즐기던 때가 엊그제 같건만……."

"그러게 말이야."

"말 나온 김에 오랜만에 함께 유희나 해 볼까?"

브로마네스의 은근한 제안에 아르티어스는 손을 휘휘 내저으며 대꾸했다.

"유희? 남사스럽게 유희는 무슨 얼어 죽을 유희. 이 나이에 유희를 즐긴답시고 돌아다니면 남들이 흉봐. 노망들었다고 말이야."

그러자 브로마네스가 콧방귀를 뀌며 이죽거렸다.

"네가 언제 남들 이목 생각하면서 살았냐? 얼마 전까지만 해도 호비트 따위를 아들로 삼고는 온 세상을 들쑤셔 놓은 주제에 말이야. 대체 그런 걸 유희라고 하지 않으면 뭐가 유희지?"

정곡을 찔렸기에 아르티어스는 뭐라 항변하지 못했다. 대신 그는 포도주를 벌컥벌컥 들이켠 후, 다시 잔 가득 따르며 물었다.

"유희라면… 어디 생각해 둔 것이라도 있냐?"

입질이 오자 브로마네스는 음흉스럽게 웃으며 말했다.

"복수전 할 생각은 없어?"

그 말에 아르티어스는 이해를 하지 못하겠다는 듯 고개를 갸웃거리며 물었다.

"복수전? 그건 또 뭔 소리야? 누가 들으면 내가 어디 가서 제대로 쥐어 터지고 돌아온 줄 알겠다."

브로마네스는 팔꿈치로 아르티어스의 옆구리를 살짝 치며 이죽거렸다.

"허, 시치미를 떼기는. 실버 두 마리 앞에서 꼬리를 돌돌 말면서까지 열심히 아부 떤 걸 벌써 잊었다는 소리는 아니겠지?"

순간 아르티어스의 얼굴이 시뻘겋게 달아올랐다. 위기를 모면하기 위해서라고는 하지만, 그런 추태를 친구에게 고스란히 보인 것은 정말 치명적인 실수였다. 하지만 그는 애써 태연한 척 말했다.

"아, 아부는 무슨……. 그리고 내가 언제 꼬리까지 돌돌 말았냐?"

"흥, 얼마나 급했으면 자기 것도 아닌 남의 조각상까지 가져다가 바쳤을꼬? 누가 봐도 레드 드래곤인데, 그걸 가지고 아르티엔 어르신의 동상이라고?"

브로마네스는 아예 본격적으로 그 당시의 아르티어스의 목소리까지 흉내 내며 이죽거렸다.

"제가 선친의 모습이 그리워질 때마다 보기 위해 드워프들에게 만들라고 지시한 조각상입니다. 그런데 어르신을 뵈니, 어르신께서는 제 선친을 참으로 깊게 생각하고 계시다는 것을 알겠더군요. 그래서 이걸 어르신께 선물하고 싶습니다. 제발 받아

주십시오. 제~발~~!! 안 그러면 저는 죽습니다."

그러면서 손바닥에 불이 날 정도로 열심히 비벼대는 브로마네스. 사정을 하긴 했지만, 저렇게까지 노골적으로 빌지는 않았었다. 그걸 보며 아르티어스의 눈에서는 불길이 솟아올랐다. 그는 더 이상 참지 못하고 소리를 빽 질렀다.

"헛소리하지 마, 인마! 너도 나 같은 상황이었다면 그렇게 했을 거면서……."

아르티어스는 엘프들을 모두 내보낸 게 정말 제대로 된 결정이었다며 내심 자화자찬했다. 이런 사실을 알게 되면 아무리 노예처럼 부리는 엘프들이라고 해도 자신을 어떻게 생각하겠는가 말이다.

"흥, 간뎅이 작은 골드나 그러지, 나처럼 뼈대 굵은 레드는 모가지가 떨어져 나가는 한이 있더라도 그런 짓은 절대로 하지 않아. 아무리 목숨이 아까워도 그렇지 실버 발바닥을 핥다니, 참 내……."

계속되는 브로마네스의 이죽거림에 아르티어스는 더 이상 참지 못하고 노성을 터뜨렸다.

"내가 언제 실버 놈들 발바닥까지 핥았다고 이 난리야. 난 그저 작은 선물을 하나 줬을 뿐이라구! 선물!"

브로마네스는 비웃었다.

"서언~물? 이봐, 친구. 당시 쟈크레아가 자네를 째려보던 눈빛이 심상찮긴 했지만, 그런 거 가지고 이렇게까지 쫄면 곤란하지."

"쪼, 쫄기는 누가 쫄았다는 거야, 새꺄!"

브로마네스는 딱하다는 듯 혀를 차며 고개를 저었다. 그건 누가 봐도 명백한 무시였다.

"쯧쯧, 내가 알던 친구는 이렇게까지 나약한 드래곤이 아니었는데 말이야."

아르티어스는 우겨 봐야 자신만 더욱 비참해진다고 생각했는지 한숨을 길게 내쉬며 더 이상 반박을 하지 않았다. 그러자 브로마네스는 아르티어스의 어깨를 토닥이며 은근한 어조로 말했다.

"걱정 말게, 친구. 그 영감탱이가 아무리 자네를 죽이고 싶어 한다고 해도 그럴 수가 없다네. 왜냐하면 그 영감은 로드(Lord) 잖나."

브로마네스의 말은 맞는 말이었다. 아르티어스와 같은 개망나니라면 그런 것에 신경조차 쓰지 않고 마음이 내키는 대로 폭력을 휘둘렀겠지만, 쟈크레아는 일족의 지도자인 로드였다. 사회적인 지위와 체면이 있는 만큼, 명확한 물증이 없는 한 함부로 행동할 수가 없는 것이다.

아르티어스 역시 그런 사실을 잘 알고 있었지만, 섣불리 브로마네스의 의견에 동조할 수는 없었다. 당시 자신을 쏘아보던 쟈크레아의 그 무시무시한 눈빛. 쟈크레아가 얼마나 강한지를 그는 본능적으로 느낄 수 있었다. 만약 아버지라도 살아 있다면 몰라도, 지금은 절대로 적으로 돌려서는 안 되는 드래곤이었다.

그때 브로마네스의 동상을 뇌물로 받은 제스미네어가 눈치껏 방패막이를 해 줬기에 무사히 넘어갈 수 있었지만, 아마 다음에 또다시 만나게 된다면 어쩌면 목숨을 내놔야 할지도 모른다.

때문에 아르티어스는 두 번 다시 실버 일족과 얽히는 짓거리는 하고 싶지 않았다. 그런데 저 망할 친구라는 놈은 자신을 끌어들이려고 눈에 빤히 보이는 격장지계(激將之計)를 쓰고 있는 게 아닌가.

'내가 대가리가 여물지도 않은 헤즐링도 아닌데, 그런 얄팍한 수법에 걸려들 것 같아?'

생각이야 그랬지만, 마음속 깊은 곳에서 끓어오르는 분노까지는 어떻게 할 수 없었다. 지금껏 하늘 무서운 줄 모르고 한 성깔 부리며 살아왔던 아르티어스다. 애써 자존심까지 접고 넘어가려고 노력하고 있는데, 옆에서 친구라는 놈이 끊임없이 충동질까지 해대다 보니 더욱 부글부글 끓어올랐다.

결국, 도저히 분노를 억제하기 힘들어진 아르티어스는 자신 앞에 놓여 있던 포도주를 단숨에 들이켰다. 그래도 화가 가라앉지 않자 이번에는 브로마네스의 앞에 놓여 있던 브랜디 병을 집어 들었다.

방금 전까지 부드러운 붉은색 포도주가 담겨 있던 잔에 이번에는 짙은 호박색 액체가 가득 채워졌다. 그것조차도 단숨에 들이키는 아르티어스. 독한 브랜디가 아르티어스의 식도를 타고 내려가며 화끈한 감각이 목에서부터 시작해서 뱃속까지 찌르르 울려 퍼졌다.

그렇게 브랜디를 연거푸 석 잔씩이나 들이킨 아르티어스는 무뚝뚝한 어조로 말했다. 목소리는 나직했지만, 그 밑바닥에는 형언할 수 없는 뭔가가 깔려 있었다.

"크으, 그 얘기는 이쯤에서 그만두세. 실버 놈들과는 더 이상 엮이고 싶지 않다는 게 솔직한 내 심정이야."

그러자 브로마네스는 놀랍다는 듯 말했다.

"짜식, 그러고 보니 진짜로 겁먹었네?"

"그런 게 아니라니까!"

"우리가 개입했다는 걸 실버 놈들이 모르게 하면 되잖아?"

브로마네스의 속 편한 말에 아르티어스는 울컥해서 외쳤다.

"동족을 상대로 우리의 존재감을 무슨 재주로 숨기냐!"

드래곤이 지닌 능력으로 존재감을 최대한 억누를 수는 있다. 하지만 그마저도 한계가 있다는 게 문제였다. 마법의 정점에 섰다는 평가를 받았던 아르티엔조차도 자신의 존재감을 완벽하게 숨기지는 못하고, 그저 최소화 시키는 정도에서 만족해야만 했다. 다른 드래곤이 봤을 때, 노룡인 그를 어린 드래곤으로 착각하게 만드는 수준 정도로 말이다.

그러자 브로마네스가 아주 음흉스런 미소를 지으며 품속에 손을 넣어 뭔가를 꺼냈다. 그의 손에 들린 것은 은색의 작은 목걸이였다. 브로마네스는 그 목걸이를 아르티어스의 눈앞에서 살살 흔들어 보이며 물었다.

"친구, 이게 뭔 줄 알겠나?"

"뭐긴, 허접한 목걸이지."

퉁명스런 대꾸에 브로마네스는 고개를 가로저으며 자부심 어린 어조로 말했다.

"크크, 이건 단순한 목걸이 따위가 아냐. 자네의 염원을 이뤄 줄 수 있는 물건이지. 다시 말해 우리들의 존재감을 완벽하게 감춰 줄 수 있는 아티펙트(artifact)란 말일세."

순간 아르티어스의 두 눈이 휘둥그레졌다.

"뭐, 뭣? 그, 그런 게 있……."

하지만 곧 아르티어스는 짜증스런 얼굴로 퉁명스럽게 말을 이었다.

"그런 아티펙트가 있다면 정말 좋겠지만……. 이 새끼는 안 그래도 열 받아 죽겠는데 자꾸 쓸데없는 소리를 하고 있어. 너, 내가 그런 유치한 거짓말에 홀라당 넘어갈 정도로 멍청해 보이냐? 응?"

브로마네스는 아르티어스의 이런 격한 반응에 혀까지 차며 은근한 목소리로 물었다.

"쯧쯧, 이 친구가 속고만 살았나. 잘 기억해 보게. 내가 자네에게 허튼소리 한 적이 있었나?"

그 말이 채 끝나기도 전에 아르티어스는 곧바로 고개를 끄덕였다.

"물론 많았지. 내가 지금까지 단 한 번도 그런 얄팍한 거짓말에 속지 않았다는 게 네놈에게는 불행이었겠지만 말이야. 하지만 이번에는 나조차도 깜빡 속을 뻔했어. 짜식, 그러고 보니 한동안 안 본 사이에 거짓말이 꽤 많이 늘었는데?"

대견하다는 듯 브로마네스의 등까지 토닥여 주는 아르티어스.

자신의 말을 아예 믿어 주지 않자 브로마네스는 답답하다는 듯 한숨을 길게 내쉬더니 목걸이를 목에 걸었다.

"자, 내 존재감을 한번 느껴 보게."

끝까지 말도 안 되는 거짓말을 계속한다고 생각하던 아르티어스였기에 이런 유치한 말장난에 화를 내는 것도 바보처럼 느껴져 고개를 반대편으로 휙 돌려 버렸다.

"내 말을 믿지 못하겠다는 건 잘 알겠는데, 그래도 한번 느껴 보라니까."

이런 유치한 말장난은 그만하자며 버럭 소리를 지르려던 아르티어스는 자신의 감각이 뭔가 허전하다는 걸 알아차릴 수 있었다. 방금 전까지 바로 옆에서 느껴지던 브로마네스의 존재감이 느껴지지 않고 있었던 것이다. 두 눈을 질끈 감고 있다고 해도 손에 잡힐 듯 확연히 느껴지던 레드 드래곤의 그 불같은 존재감이 말이다.

'설마, 내 말에 삐쳐서 그새 돌아가 버렸나?'

휙 고개를 옆으로 돌리자, 같은 자리에 가만히 앉아 있는 브로마네스의 모습이 눈에 들어왔다.

"헉!"

깜짝 놀란 아르티어스. 이번에는 눈을 꼭 감고는 자신의 감각을 최대한 집중해서 브로마네스의 존재감을 느껴 보려고 했다. 하지만 놀랍게도 전혀 느껴지지가 않았다. 이런 말도 안 되는 일이 가능하다는 것에 놀라 두 눈을 번쩍 떠 보니, 브로마네스가 자신의 말이 맞지 않느냐는 듯 빙글빙글 웃고 있는 게 보였다.

"이, 이럴 수가……."

도저히 믿기 힘들다는 표정을 짓고 있는 아르티어스를 향해 브로마네스는 어깨를 으쓱거리며 거만하게 말했다.

"어떤가? 내 작품이. 기가 막히지 않나?"

"네, 네가 그 목걸이를 만들었다고?"

다급히 되묻는 아르티어스의 목소리에는 묘한 허탈감마저 어려 있었다. 저런 닭대가리도 이런 엄청난 물건을 만들어 냈는데, 자신은 아예 불가능하다고만 생각하고 시도조차 하지 않았으니…….

"물론이지."

"도대체 어떻게 만든 거야?"

그러자 브로마네스는 애정이 듬뿍 담긴 손길로 목걸이를 만지작거리며 대답을 했다.

"실버 드래곤들이 사막에서 뭔가 일을 꾸미고 있다는 정보를 입수했을 때였어. 아주 기분이 나쁘더라고. 물 도마뱀이면 물에서나 놀 것이지, 어디 감히 남의 영역을 넘봐. 나는 놈들을 물 먹일 궁리를 시작했지. 하지만 곧이어 깨달았어. 아무런 뒤탈 없이 그걸 행하려면, 내가 그 짓을 했다는 것을 완벽하게 숨길 수 있어야 한다는 것을 말이야. 아무리 내가 레드 드래곤이라고는 하지만, 실버들을 상대하는 건 조금 껄끄럽거든."

껄끄러운 정도가 아니라, 사실은 목숨을 날릴 각오를 해야만 했다.

"그래서?"

"하지만 아무리 머리를 쥐어짜도 내 존재감을 숨길 수 있는 방법이 떠오르지를 않는 거야."

여기까지는 난감한 듯 어깨를 으쓱하는가 싶더니, 브로마네스는 갑자기 탁자를 세차게 탕! 하고 쳤다. 그런 다음 의기양양한 어조로 덧붙였다.

"하지만 내가 누구냐. 절대 포기하지 않는 불굴의 레드 일족이 아니겠나."

평소에는 게으르다가도 이런 나쁜 장난질에만 근성을 발휘하다니……. 브로마네스가 저런 목걸이를 만들어 냈다는 건 정말이지 기적이었다.

"확실히 자넨 못된 쪽으로는 아주 기발하게 머리가 돌아가지."

"그거 칭찬인가?"

새초롬한 표정으로 묻는 브로마네스의 어깨를 토닥거리며 아르티어스는 활달하게 말했다.

"칭찬이야, 칭찬. 자, 그래서 어떻게 됐어? 쓸데없이 질질 끌지 말고 요점만 말해. 도대체 어떻게 한 거야?"

"오랜 시간 고민했었는데 말이지. 어느 날 갑자기 번쩍하고 떠오르는 게 있더란 말이야. 의외로 가까운 데 힌트가 있더군."

"그게 뭔데?"

"너 예전에 네 아들이 행방불명되었을 때, 생각나?"

스치듯 지나간 일조차도 머릿속에 평생 각인되는 드래곤의 엄청난 기억력인데 당연히 기억하지 못할 리가 없다. 아르티어스는 기억을 떠올리는 것만으로도 짜증이 난다는 듯 인상을 찌푸리며 대답했다.

"그 망할 나이아드 녀석이 내 아들을 정령계로 끌고 갔을 때를 말하는 거야?"

그러자 브로마네스는 고개를 가로저으며 말했다.

"아니, 그때 말고 크루마 녀석들에게 납치되었을 때를 말하는 거야. 예전에 자네가 나한테 말해 줬었잖아. 미친 듯이 대륙 전역을 찾아다녔었는데, 결국에는 흔적조차 찾지 못했다고 말이야."

"그랬었지."

"그때 자네가 말해 줬던 것들을 기본 바탕으로 해서 연구를 했지. 사실 자네 아들은 호비트인 주제에 특이하게도 드래곤에 좀 더 근접한 존재잖나. 호비트가 가지고 있을 거라고는 가히 상상하기조차 힘든 막강한 마나도 그렇고, 정령왕과의 관계 역시……."

순간, 아르티어스의 머릿속을 번쩍하고 스쳐 지나가는 게 있었다.

"호, 혹시?"

"흐흐, 이제야 눈치 챘군. 이 목걸이를 어떻게 만들었는지를 말이야. 사실 알고 보면 별거 아니었어. 자네나 나나 용언(龍言)의 힘은 완벽하게 숨길 수 있는 단계에 와 있지 않나. 그리고 마나 역시 마찬가지야. 그렇다면 우리 드래곤들이 그것 외에 완벽하게 끊어 버리지 못하는 게 대체 뭘까?"

아르티어스는 지체하지 않고 대답했다.

"정령과의 교감!"

브로마네스는 회심의 미소를 지으며 고개를 끄덕였다.

"맞아. 바로 그걸세, 친구."

목걸이를 바라보는 아르티어스의 두 눈에 미칠 듯한 희열이 어렸다. 저것만 있다면 복수가 가능했다. 그 망할 실버 두 마리에게 직접적인 복수는 불가능하겠지만, 실버 패밀리가 추진하고 있는 사업에는 충분히 훼방을 놓을 수 있는 것이다.

브로마네스는 품속에 손을 넣더니 또 하나의 목걸이를 꺼냈다. 자신의 목에 건 목걸이에 노란색 보석이 박혀 있다면, 이번 것은 붉은색 보석이 박혀 있었다. 아마도 그 목걸이는 아르티어스에게 선물하려고 만든 것인 모양이었다.

"어때? 가지고 싶은가?"

아르티어스는 미친 듯 고개를 끄덕였다. 그런 아르티어스를 바라보며 브로마네스가 음흉스레 미소 지으며 물었다.

"그럼 나하고 함께 유희를……."

아르티어스는 목걸이를 획 낚아채며 호탕하게 외쳤다.

"두말하면 잔소리지! 이 새끼들! 두고 봐라. 내가 뒤끝이 얼마나 강한지 확실하게 각인시켜 주마."

희희낙락하며 목걸이를 목에 걸려고 하는 아르티어스를 향해 브로마네스가 황급히 입을 열었다.

"아, 잠깐! 그런데 그 목걸이에는 쬐금, 아주 쬐금 문제가 있거든."

"문제?"

잠시 어이없다는 표정을 짓던 아르티어스. 문득 뭔가 떠올랐다는 듯 고개를 끄덕였다.

"다른 드래곤이 나를 못 알아보는 것은 좋은데, 나 또한 다른 드래곤의 존재감을 읽을 수가 없다. 뭐 그런 거냐?"

아르티어스의 물음에 브로마네스는 어색한 미소를 지으며 말했다.

"그것도 그렇긴 하지만……. 어쨌거나 내가 이런 말을 하는 것은, 마음의 준비를 하고 목걸이를 거는 게 좋을 것 같아서 말이야……."

순간 아르티어스의 표정이 떨떠름하게 변했다.

"허, 마음의 준비라고? 그러면 그렇지! 너 같은 돌대가리가 제대로 된 물건을 만들었을 거라고 믿은 내가 바보다. 그래, 뭐야? 뭐가 문제인지 감추지 말고 다 털어놔 봐."

뭔가 말을 꺼내려던 브로마네스는 답답하다는 듯 머리를 긁적이더니 툭 내뱉었다.

"아, 진짜! 만들기는 제대로 만들었는데, 그 효과에 문제가 좀 있어서 말이야. 그게… 말로 설명을 하기가 좀 난해해서 말이지. 에이, 직접 목에 걸어 봐. 그럼 뭐가 문제인지 명확하게 알게 될 테니까."

목걸이를 차고 있음에도 브로마네스가 아직까지 멀쩡하게 살아 있는 것을 보면 생명과 직결된 문제는 아닌 듯했다. 그렇기에 아르티어스는 과감하게 목걸이를 자신의 목에 걸었다. 녀석의 말대로 차 봐야 안다면 차 보면 될 게 아니겠는가.

착용하는 순간 전기충격 같은 게 오는 건 아닐까 하여 마음을 굳게 먹었건만, 의외로 아무 일도 일어나지 않았다. 브로마네스의 너스레에 자신이 너무 과민하게 반응한 게 아닌가 하는 생각이 들려고 하는 순간, 왠지 어색한 느낌이 감지됐다. 마치 사방이 꽉 막힌 벽 속에 들어가 있는 듯한 적막감과도 같은…….

그건 지금껏 아르티어스가 단 한 번도 느껴 본 적이 없는 괴이한 느낌이었다. 두 눈이 휘둥그레진 그는 자신도 모르게 주위를 둘러봤다. 하지만 바뀐 것은 하나도 없었다. 앞에서 너 역시 그렇지 하는 표정으로 자신을 빤히 쳐다보고 있는 브로마네스의 모습도 그렇고, 화사하게 꾸며진 식당도 그렇고……. 눈앞에 있는 모든 것이 훤히 보임에도 불구하고, 꼭 밀실(密室) 속에 갇힌 것만 같은 답답한 기분이 드는 것이다.

아르티어스의 묘하게 일그러진 표정을 보며 브로마네스는 재미있다는 듯 크득크득 웃었다. 사실 자신이 목걸이를 처음 목에 걸었을 때, 천성적으로 답답함을 싫어하는 레드 일족의 특성상 기겁을 하며 호들갑을 떨었다는 걸 망각하고 말이다.

"꽤 재미있는 느낌이지? 나 역시 목걸이를 걸어 보고 난 뒤에야 알 수 있었다네. 우리들 드래곤에게 있어서 정령과의 교감이라는 게 얼마나 커다란 부분을 차지하고 있었는지를 말이야."

그때까지도 이해할 수 없다는 듯 주위를 두리번거리고 있는 아르티어스를 향해 브로마네스는 계속 말을 이었다.

"눈을 한번 감아 보게. 아주 완벽한 어둠이 기다리고 있을 거야. 나는 그때서야 비로소 알 수 있었지. 내가 지금껏 봐 왔던 것은 눈을 통해서만이 아니었다는 사실을."

그 말대로 눈을 감고 나서야 아르티어스는 자신을 어리둥절하게 만든 그 어색한 감각 이상이 무엇으로부터 비롯된 것인지를 이해할 수 있었다.

정령체인 드래곤은 알게 모르게 주변의 정령들을 이용하며 살아간다. 설혹 눈앞에 있는 사물을 볼 때에도 시각 외에 정령들을 통해서 흡수되는 데이터가 복합적으로 쓰이고 있었던 것이다. 즉, 드래곤은 눈을 감고 있다고 하더라도 눈앞에서 벌어지는 일을 훤히 알 수 있었다.

정령들의 도움을 받는 감각기관은 시각만이 아니다. 청각과 후각까지. 자신이 느끼지도 못하는 사이에 무의식적으로 그런 과정이 벌어지고 있다 보니, 모두들 그런 것을 당연하게 생각하며 살고 있었던 것이다. 그런데 그런 데이터의 이동이 갑자기 틀어 막히니 마치 세상과 단절되는 듯한 고독감이 엄습해 온 것이다.

잠시 후, 눈을 뜬 아르티어스는 떨떠름한 어조로 중얼거렸다.

"자네가 왜 마음의 준비를 하라고 했는지 그 이유를 알겠군."

브로마네스는 그것 보라는 듯 씨익 미소 지으며 말했다.

"어쨌든 함께 유희를 떠난다니 준비를 좀 해야겠지. 준비가 끝나는 대로 내 레어로 와."

그 말에 아르티어스는 어깨를 으쓱하며 대꾸했다.

"준비? 그런 게 무슨 필요가 있나. 나는 이대로 가도 돼. 우리가 첫 유희를 떠나는 어린 드래곤들도 아니고 말이야."

하지만 브로마네스는 오랜만에 유희를 떠난다는 사실에 마음이 들떴는지 싱글거리며 말했다.

"그렇게 생각한다면 일단 내 레어로 가자. 나는 준비를 좀 해야겠거든. 이때를 위해서 챙겨 둔 것들이 많다구."

뒤끝 강한 실버 드래곤

31

이걸 죽여? 살려?

햐크레아는 아르티어스라는 '먹이'를 완전히 포기한 게 아니었다. 그때는 상황이 여의치 않아서 그냥 물러설 수밖에 없었지만…….

아르티어스가 실버 드래곤을 '덩치만 큰 돌대가리'쯤으로 치부할 정도로, 실버 일족이 마법 공부에 등한시하는 것은 사실이다. 하지만 아무리 대충 공부한다고 해도 고룡이 될 정도의 장구한 세월이 흐르다 보면 웬만한 마법은 다 마스터를 할 수밖에 없게 된다.

햐크레아는 노룡답게 고차원적인 마법을 이용하여 아르티어스의 레어를 2중, 3중으로 감시하고 있는 중이었다. 그는 기다리고 있었다. 그 주제 파악도 제대로 못하는 노랑 도마뱀 새끼가 밖으로 기어 나오기만을. 그리고 그때가 바로 놈의 제삿날이 되게 해 주기를.

하지만 그로서도 아르티어스가 이토록 빨리 레어 밖으로 나올 거라고는 예상조차 하지 못했다. 그는 진심으로 감탄했다.

"허, 정말 겁대가리를 상실한 놈이로군. 설마 내가 손가락이나 빨면서 자신에게 손을 대지 못할 거라고 철석같이 믿고 있는 건가?"

잠시 고개를 갸웃거리던 쟈크레아는 곧 고개를 끄덕였다. 그 교활하기 짝이 없는 아르티어스란 놈은, 말썽만 부리지 않는다면 자신이 개입하지 못할 거라 판단한 거라고 말이다.

그건 어느 정도 사실이었다. 일족의 로드로서의 체면이 있지, 명확한 증거도 없이 자신보다 어린 드래곤을 핍박할 수는 없는 노릇이었으니까. 더군다나 그놈과는 종족도 다르지 않은가. 놈을 이유도 없이 박살 내 놨다는 사실이 밖으로 새 나간다면, 골드 일족의 로드가 가만히 있을 리 없었다.

하지만 놈도 이것까지는 예상하지 못했을 것이다. 로드의 권능을 이용하여 놈을 함정으로 끌어들일 수도 있다는 사실을. 즉, 자신의 뒤끝이 얼마나 강렬한지 몰랐다는 게 놈의 치명적인 실책이라는 말이다.

"큭큭큭, 제까짓 게 뛰어 봤자 벼룩이지······."

비열한 웃음을 흘리며 쟈크레아가 손을 쓱 휘젓자, 방금 전까지 그의 모습을 비추고 있던 거울에 다른 존재의 모습이 드러났다. 그것은 은빛 드래곤의 형상이었다. 그 드래곤은 자신에게 통신마법을 걸어온 상대가 쟈크레아임을 알아보고는 황급히 머리를 조아렸다.

「로드(Lord)께서 어쩐 일이십니까? 저에게 연락을 다 주시고.」

"한 가지 부탁할 일이 있다."

「말씀만 하십시오, 로드시여.」

"아르티어스라는 놈을 알고 있느냐?"

이름을 듣는 순간 은빛 드래곤의 눈에서 무시무시한 광채가 뿜어져 나왔다. 그건 오랜 세월 쌓인 깊고 깊은 원한이 서린 눈빛이었다.

「알긴 하는데 무슨 일 때문에 그러십니까?」

"놈을 찾아가서 시비를 걸어라."

시비를 걸라는 말에 은빛 드래곤의 두 눈에서 원한 어린 눈빛이 푸시시 사라지고, 곧바로 침통한 표정이 되어 고개를 축 늘어뜨렸다.

「이런 말씀 아뢰게 되어 원통합니다만, 놈은 저보다 월등하게 강합니다.」

그가 예전에 아르티어스에게 박살 났다는 것은 쟈크레아도 이미 알고 있었다. 그렇기에 그에게 이런 제안을 하고 있었던 것이다.

"쯧, 한심한 녀석. 그렇게 패기가 부족하니 하찮은 골드 따위한테 쥐어 터지고 다니는 거야."

자존심이 무척 상했겠지만 상대는 감히 티를 내지 못했다. 그런 상대를 한심하다는 듯 바라보며 쟈크레아가 지시했다.

"넌 내가 시키는 대로 놈을 찾아가서 시비만 걸면 된다. 놈이 너에게 솜털만큼이라도 피해를 주면, 내가 직접 놈에게 지옥을 경험하게 해 줄 테니까."

그제서야 상대는 쟈크레아의 의도를 눈치 챘다. 드디어 복수를 할 수 있겠다는 생각에 상대는 흥분해서 외쳤다.

「로드의 지엄하신 명령이신데, 제가 어찌 감히 거부하겠습니까.」

"호오, 내 명령이라서 따르시겠다? 그렇게 생각한다면 다른 놈을 시키지 뭐. 네놈 아니더라도 놈에게 이를 갈고 있는 녀석들은 많으니까."

「헤헤, 그게 아니라는 걸 잘 알고 계시지 않습니까? 제가 하겠습니다. 아니, 제가 그 일을 꼭 하고 싶습니다. 맡겨만 주십시오.」

쟈크레아는 한심하다는 눈빛으로 은빛의 실버 드래곤을 잠시 바라보더니 퉁명스럽게 말했다.

"놈은 방금 전에 레어에서 나왔다."

「그럼 목적지가 어딘지……?」

쟈크레아는 눈살을 찌푸리며 짜증 어린 말투로 소리쳤다.

"그것까지 내가 알아내서 네놈에게 알려 줘야만 하겠느냐? 네가 알고자 하는 의지만 있다면 알 수 있는 방법은 널리고 널렸잖아!"

매서운 쟈크레아의 질책에 은빛 드래곤은 납쭉 고개를 조아리며 황급히 말했다.

「제가 놈의 행방을 알아보겠습니다. 맡겨만 주십시오, 로드시여. 원하시는 대로 모든 것이 이루어질 것입니다.」

      *   *   *

삐익, 삐익.

요란한 경보 소리와 함께 통신용 수정구에 엘프의 모습이 나타났다. 외곽 경비를 책임지고 있는 엘프였다.

"무슨 일인가?"

그랜딜 공작의 물음에 수정구 안의 엘프가 고개를 조아리며 대답했다.

「손님이 오셨습니다, 전하.」

"손님?"

수정구를 자세히 보니, 엘프의 뒤편으로 반쯤 가려져 있는 오크의 모습이 보였다. 은빛 머리털을 멋지게 기른 오크였는데, 머릿결이 풍성하고 윤기가 자르르 도는 것이 늙어서 탈색된 백발과는 차원이 달랐다.

엘프가 가장 혐오하는 게 바로 부식한 오크다. 그렇기에 경비를 서고 있는 엘프가 오크를 보고 손님이라며 자신에게 보고할 리가 없다. 그렇다면 저 오크는 오크로 변신한 드래곤일 가능성이 크다는 말이다. 그것도 실버 드래곤이……

"손님을 최대한 정중하게 식당으로 안내하도록 해라. 주인님께서는 지금 식당에 계시니까 말이다."

「옛.」

그랜딜 공작은 통신을 끊자마자, 곧바로 식당 쪽 담당자를 호출하여 명령했다.

"주인님께 손님이 오셨다고 전해라. 아마도 실버 드래곤인 것 같다고 말이야."

「그렇게 전하도록 하겠습니다.」

하지만 곧이어 식당 담당자가 핼쑥하게 질린 얼굴로 그랜딜 공작에게 연락을 취해 왔다.
「식당 안에는 아무도 안 계십니다」
그랜딜 공작은 이상하다는 듯 고개를 갸웃거리며 중얼거렸다.
"브로마네스님과 술잔을 기울이고 계셨던 게 조금 전이었는데, 그럴 리가 있나?"
「제 말이 믿어지지 않으신다면 직접 와서 확인해 보십시오. 지금 식당 안에는 아무도 안 계신 게 틀림없습니다」
"보물창고로 다시 가셨나?"
하지만 보물창고에서도 아르티어스와 브로마네스의 모습은 발견되지 않았다. 그제서야 당황한 그랜딜 공작은 여기저기 통신을 넣어 주인의 행방을 수소문했다. 하지만 그 어디에도 주인이 계시다는 답신은 오지 않았다. 심지어 아르티어스의 침실까지 다 뒤졌는데도 말이다.
그랜딜 공작은 허탈하다는 표정으로 길게 한숨을 내쉬었다.
'빌어먹을! 하필이면 다른 드래곤이 왔을 때 어딘가로 가 버릴 건 또 뭐람.'
어쩌면 브로마네스의 레어에 놀러 갔는지도 모른다. 그랜딜 공작은 곧바로 다시 식당 담당자를 통신으로 불러 지시했다. 그 쪽으로 조금 있으면 오크로 변신한 드래곤이 갈 건데, 그에게 주인께서 지금 자리에 안 계시다는 사실을 전하라고 말이다. 그 때까지만 해도 그랜딜 공작은 오크로 변신한 손님의 방문을 별 것 아닌 것으로 치부하고 있었다.

　　　　　＊　　＊　　＊

　자신의 레어로 돌아온 브로마네스는 고개를 조아리는 노예들에게 명령했다.
　"근래 만들어 뒀던 무구(武具) 세트를 가져오너라."
　"옛, 주인님."
　노예가 달려 나가는 모습을 보며, 아르티어스는 어이없다는 듯 물었다.
　"네가 소장하고 있는 무구 세트를 입고 유희를 하겠다고?"
　"응."
　아르티어스는 황당하다는 듯 질책했다.
　"이 새끼가 정신이 있나 없나. 실버 놈들에게 들키지 않아야 된다면서 이런 말도 안 되는 목걸이까지 만든 놈이, 무구 세트를 입고 갈 생각을 해?"
　아르티어스가 짜증을 내는 것도 다 이유가 있었다. 브로마네스는 호비트들의 주목을 받는 것을 즐겼다. 그렇기에 그가 수집해 놓은 무구들은 다른 드래곤들의 수집품들에 비해 훨씬 더 화려한 명품들이었다.
　아르티어스의 짜증에 브로마네스는 한숨을 푹 내쉬며 중얼거렸다.
　"에휴~ 그런 게 아니라니까 그러네. 조금만 기다려 봐."
　왜 갑자기 그가 시무룩한 표정을 짓고 있는지 그 이유를 아르티어스는 도무지 짐작할 수가 없었다. 하지만 노예들이 가져온 무구들을 보자마자, 아르티어스는 그가 왜 그런 시무룩한 표정을 지었는지 그 이유를 알 수 있었다.

"어때, 너무 이상하지? 쩝, 용병들이 입는 실전(實戰) 스타일로 만들라고 지시하긴 했지만, 아무리 봐도 너무 촌스러워서……."

"그, 그렇긴 하다만……."

실전용이라는 말에 어울리게, 노예들이 가지고 온 무구들은 무척이나 투박하게 생긴 것들이었다. 화려한 것을 좋아하는 브로마네스가 이런 싸구려틱하게 생긴 무구 세트까지 준비할 생각을 한 것을 보면, 그가 이번 유희에 얼마나 큰 기대를 품고 있는지 익히 짐작할 수 있었다.

슬쩍 아르티어스의 반응을 살피던 브로마네스는 인상을 확 찡그리며 소리쳤다.

"에이, 젠장! 용병들이 입는 흔한 갑옷처럼 보이게 만들라고 지시하기는 했지만, 이걸 드워프 놈들이 들고 오는 것을 보는 순간 머리 꼭대기로 피가 확 끓어오르는 거야. 아무리 내가 그렇게 지시하긴 했지만, 이따위 싸구려 냄새가 풀풀 나는 걸 나보고 입으라고 만들었다니……. 순간, 녀석들의 대가리를 박살내 버리고 싶은 걸 참느라 무지 힘들었다니깐."

하지만 아르티어스는 무구들을 자세히 살펴본 뒤, 브로마네스의 말과는 달리 엄청난 명품들이라는 사실을 알아채고는 할 말을 잃었다. 단순하고 투박하게 보이는 것과 싸구려라는 말이 동일시될 수는 없다.

이 무구들을 만든 장인은 브로마네스가 키우고 있는 최고 등급의 실력을 갖춘 드워프들이다. 사향 덩어리를 아무리 헝겊으로 꽁꽁 감싸 놓아도 향기가 밖으로 새어 나오듯, 아무리 단순하게 만들었다고 해도 그들의 장인 혼은 감춰질 수가 없었던 것이다.

만약 묵향과 만나기 이전의 아르티어스였다면, 브로마네스처럼 겉모습만으로 이 무구들을 판단했을지도 모른다. 하지만 아들놈과 어울리면서 혼이 담긴 명품은 화려한 외양이 아닌, 내면에 감춰져 있다는 걸 배웠다.

"친구, 실전용 갑옷을 입고 싶어 하는 마음은 이해하겠네만, 이 무구들은 가급적 입지 않는 게 좋겠군."

아르티어스의 만류에 브로마네스는 이해할 수 있다는 듯 고개를 끄덕였다. 자존심이 무척 강한 브로마네스였기에 안 그래도 입기에 떨떠름하던 차에, 아르티어스의 반응까지 이러자 그의 입은 댓발이나 튀어나왔다.

"그렇지? 네가 보기에도 너무 싸구려처럼 보이지? 에이, 빌어먹을. 내 이 똥자루 같은 드워프 새끼들을 그냥!"

"허~ 참. 네 눈에는 이게 싸구려로 보이냐?"

질문이 채 끝나기도 전에 시큰둥한 브로마네스의 대꾸가 튀어나왔다.

"척 봐도 싸구려처럼 보이는데."

"아냐. 안목이 있는 호비트라면 이 무구들이 엄청난 명품이라는 걸 단번에 알아볼 거야. 일개 용병이 걸칠 수 있는 무구들이 아니라는 거지."

그 말에 크게 당황한 브로마네스. 그는 흉갑(胸甲)을 들고 이리저리 살펴보며 고개를 갸웃거렸다. 만약 그 말이 사실이라면 용병으로 신분을 위장하려는 자신의 계획이 근본부터 뒤틀리게 되니까.

"그, 그런가?"

"그러니 괜한 짓 하지 말고, 나처럼 마법사로 분장해."

"흥, 아무리 친구라고 하지만, 내 취향까지 간섭할 생각은 하지 마. 나는 전사가 좋아. 그것도 이렇게 근육이 울퉁불퉁한 근육전사가 말이야."

브로마네스는 팔을 굽혀 이두박근을 만들어 보이며 야릇한 미소를 지으면서 말했다.

"흐흐, 호비트 암컷들은 이 우람한 근육만 보여 줘도 그냥 뿅뿅 간다니깐."

아르티어스는 한마디 하지 않고서는 도저히 참을 수가 없었다.

"에라이, 새꺄! 실버 패거리들 골탕 먹이자며 유희를 떠나자고 한 놈이, 뭔 호비트 암컷 타령이야!"

"짜샤! 암컷 때문이기도 하지만, 강한 전사의 척도는 누가 뭐래도 이 우람한 근육들에서 시작한단 말이야."

말을 듣다 보니 저런 헛소리를 나불거리다가 혼난 놈이 하나 있었다. 그놈이 누구였었지? 맞다. 아들놈의 친구들 중에서 가장 우람한 근육질을 자랑하던 팔시온이란 놈이었지.

그때의 기억이 떠올라 아르티어스는 쓴웃음을 짓지 않을 수 없었다.

'그러고 보니 그놈하고 의외로 죽이 잘 맞을지도……'

브로마네스가 의외로 완강히 거부했지만 아르티어스 역시 대충 넘어갈 생각은 없었다.

"어쨌거나 저 무구들을 입고 가는 건 안 돼! 너 같은 닭대가리라면 속아 넘어갈지 모르겠지만, 조금만 물건 보는 눈이 있는 놈을 만나게 되면 단박에 들통 난다고!"

"에이, 젠장! 네가 그렇게까지 말한다면 어쩔 수 없지……."

그래도 브로마네스가 포기하지 못하는 물건이 하나 있었다. 그건 바로 검이었다. 무구를 바닥에 던져 놓은 그는 검만큼은 꽉 움켜쥐며 으르렁거렸다.

"다른 건 몰라도 이건 꼭 가져가야겠어. 뭐라고 하지 마."

수천, 수만의 적병 사이를 필마단기(匹馬單騎)로 뚫고 들어가 적장(敵將)의 목을 베는 게 브로마네스의 로망이다. 하지만 문제는 그가 그럴 정도로 고급검술을 구사하지 못한다는 데 있었다. 만약 상대가 그래듀에이트 정도의 실력만 지니고 있어도 오히려 자신의 목을 내줘야 할 판이었다. 그렇기에 그는 모자라는 검술 실력을 '아이템 빨'로 메꾸려 하는 것이다.

아르티어스는 미간을 찌푸리며 짜증난다는 듯 말했다.

"좀 귀찮기는 하겠지만, 상황을 봐서 몰래 마법을 쓰면 되잖아."

브로마네스는 말이 되는 소리를 하라는 듯 어깨를 으쓱거리며 대꾸했다.

"그러다 들키면 어쩌려고? 실은 내가 마검사였노라고 말하라는 거야? 그럴 바에는 차라리 이놈을 쓰는 게 좋아. 어지간한 실력 차이는 그냥 무시하고 썰어 버릴 수 있도록 특별히 공을 들여 만들어 놓은 놈이니까."

용병이라고 모두 다 싸구려 무구들만 사용하는 게 아니다. 전장을 떠돌아다니는 용병들 중에는 자신의 무구에 전 재산을 쏟아붓는 자들이 허다했다. 피 튀기는 전장에 섰을 때, 믿을 수 있는 것은 자신의 실력과 무구밖에 없다는 것을 그들 역시 잘 알고 있었으니까.

그렇기에 브로마네스가 마법검만은 꼭 챙겨야 하겠다고 고집부리는 걸 아르티어스로서도 딱히 만류할 방도가 없었다.

"만약 상대가 타이탄을 꺼내면?"

브로마네스는 당연한 걸 왜 묻냐는 식으로 곧바로 대꾸했다.

"그때는 어쩔 수 없이 근육전사는 포기해야겠지."

"흥, 멋 부리는 것에 목숨까지 걸 생각은 없는 모양이지?"

"목숨이 위태로울 정도의 스릴을 즐기는 건 좋지만, 상대가 타이탄이라면 얘기가 다르지. 넌 내가 이제 처음 유희를 떠나는 헤즐링처럼 보이냐?"

"그렇게까지 말하니 할 말 없군. 자네 좋을 대로 하게."

아르티어스는 무구들은 물론이고, 브로마네스의 목에 걸린 목걸이까지 쭉 훑어본 뒤 말을 이었다.

"목걸이도 그렇고, 저 허접하게 보이려고 애쓴 명품 무구들도 그렇고……. 꽤나 오래전부터 이번 유희를 계획해 왔다는 걸 알 수 있겠어. 그래, 우선은 자네 계획대로 따르기로 하지. 어디에서부터 시작할 건데?"

"호호, 일단은 알카사스 왕국의 수도, 다란스로 가야 해."

둘이 다란스로 막 공간이동을 하려는 순간, 아르티어스의 몸에서 약한 신호음이 흘러나왔다. 신호음만 듣고도 아르티어스는 그랜딜이 보낸 통신이라는 것을 눈치 챘다.

"무슨 일이냐?"

「손님이 오셨습니다, 주인님. 확실한지는 모르겠지만, 생김새로 봤을 때는 실버 드래곤인 것 같습니다.」

"실버 드래곤?"

잠시 고개를 갸웃거리던 아르티어스는 곧 퉁명스러운 어조로 말했다.

"뭣 때문에 왔는지는 모르겠지만, 만나고 싶지 않으니 대충 둘러대서 돌려보내."

「알겠습니다, 주인님.」

아르티어스는 서둘러 통신을 끝낸 후 브로마네스를 향해 말했다.

"기다리게 했군. 자, 이제 가세."

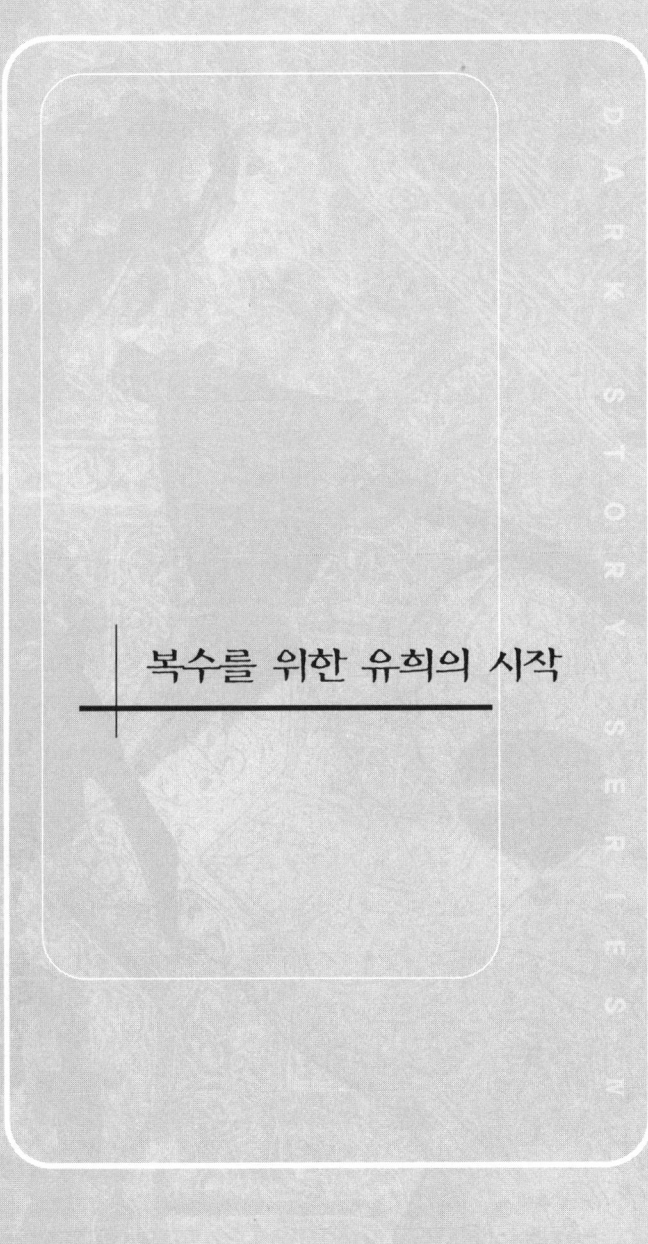

복수를 위한 유희의 시작

31

이걸 죽여? 살려?

알카사스 왕국의 수도 다란스에 도착한 후, 브로마네스가 아르티어스를 데리고 간 곳은 뒷골목에 위치한 허름한 술집이었다. 워낙 구석진 어두운 곳에 자리 잡고 있었기에, 단골이 아닌 한 찾아오기가 힘들 것처럼 보였다.
 "용병단에 대한 정보와 용병 신분증이 필요하다더니… 왜 이리로 데리고 와? 혹시 저기가 도둑길드냐?"
 "도둑길드? 흐흐, 그런 것과는 비교도 안 되는 좋은 곳이지. 잔말 말고 따라오기나 해."
 브로마네스는 자신만만하게 앞장서서 술집 안으로 들어갔다. 허름한 뒷골목에 위치한 술집이라고는 생각되지 않을 정도로 실내는 호화롭게 장식되어 있었다. 더군다나 슬쩍 손님들을 쳐다보는 중년의 바텐더는 학자라고 말해도 믿겨질 정도로 중후한 분위기의 소유자였다.
 만약 우연히 들어온 사람이라면 바깥과는 너무나도 대조되는 술집의 분위기에 눈이 휘둥그레졌을지도 모른다. 하지만 이런 정도의 묘한 분위기에 당황하기에는 둘의 나이나 경험이 너무 많았다. 그들이 봤을 때는, 이놈이나 저년이나 다 쓰잘데기 없는 호비트일 뿐이었으니까.

"어서 오십시오, 손님. 자, 이쪽으로······."

미모의 아가씨가 다가와 그들을 비어 있는 자리로 안내하려 했지만, 브로마네스는 그녀의 말은 들은 척도 하지 않고 곧장 바텐더가 있는 곳을 향해 성큼성큼 걸어갔다.

바텐더는 브로마네스의 우람한 근육질을 보고도 전혀 동요하지 않았다. 그는 브로마네스를 향해 부드러운 미소를 보내며 인사했다.

"어서 오십시오, 손님."

브로마네스는 바텐더 앞의 의자에 털썩 앉으며 느물거리는 표정으로 입을 열었다.

"그사이 바텐더가 바뀌었군."

중년이 다 된 바텐더로서는 그 말이 꽤나 의외였다. 상대는 아무리 많이 봐 줘도 30대 중반 정도. 저놈이 코흘리개 시절인 열 살 때 여기에 와 봤다면 몰라도, 어떻게 저런 소리를 내뱉을 수 있겠는가.

더군다나 이곳은 저런 머릿속까지 근육으로 꽉 찬 것 같은 용병 나부랭이가 올 수 있는 곳이 아니었다. 어중이떠중이 손님이 오는 것을 막기 위해 술을 꽤나 비싸게 팔고 있었으니까.

하지만 바텐더는 내심을 감추며 부드러운 목소리로 질문을 던졌다.

"예전에 오신 적이 있으십니까?"

대답 대신 브로마네스는 주머니에서 낡은 금화(金貨) 한 개를 꺼내 카운터 위에 올려놓았다. 금화에 새겨진 천사상(天使像)을 중심으로 십자가가 깊게 파여 있었다. 누군가 날카로운 도구를 사용해서 의도적으로 흠집을 만들어 놓은 것이다.

금화를 본 순간, 중년 바텐더의 눈동자가 미세하게 흔들렸다. 최고 등급인 VIP고객들에게만 지급되는 금화였기 때문이다. 이곳이 부유한 알카사스 왕국의 수도였지만, 금화를 지급받은 인물의 수는 80여 명이 채 되지 않았다. 그리고 그 고객들의 신상은 자신이 완벽하게 기억하고 있었다.

'다른 나라에서 온 고객인가?'

중년 바텐더는 최대한 부드럽게 미소 지으며 다시 물었다.

"누구의 소개를 받고 오셨습니까?"

"푸른 잔 속으로 사라지는 실리에르."

그 말에 잠시 고개를 갸웃거리던 바텐더는 갑자기 고개를 푹 숙였다. 너무 놀라 당황한 자신의 얼굴을 사내에게 보이지 않도록.

잠시 후, 고개를 든 바텐더는 최대한 공손한 어조로 말했다.

"오랜만에 듣는 그리운 이름이로군요. 잠시만 기다려 주십시오."

바텐더는 여종업원을 한 명 불러 지시했다.

"이 손님들을 특실로 안내해 드려."

"이쪽으로 오십시오, 손님."

자리에서 일어난 브로마네스가 몸을 돌려 특실 쪽으로 걸어가기 시작한 그 순간, 바텐더는 사내의 등에 메여 있는 검을 살펴볼 수 있었다. 순간, 그의 얼굴이 놀라움에 딱딱하게 굳어 버렸다.

아주 단순한 디자인으로 제작되기는 했지만, 이 바닥에서 오랜 세월을 살아온 그의 눈을 속일 수는 없었다. 저 검은 엄청난 보검이었다. 그것도 드워프가 직접 세공했음 직한…….

'도대체 어떤 인물이기에 저런 보검을 지니고 있지?'

최고 등급인 VIP고객인 만큼 보검을 가지고 있다는 것이 그리 놀라운 일은 아니었다. 하지만 일부러 저렇게 공을 들여 싸구려처럼 보이도록 제작하지는 않는다. 사내가 그런 검을 지니고 있다는 점이 그의 경각심을 더욱 자극시켰다.

손님들이 시야에서 사라지자마자 그는 슬쩍 홀 주변을 둘러본 뒤, 카운터 위에 놓여 있는 인형 모양의 장식품들을 재빨리 살펴봤다. 사람들은 모르고 있었지만, 장식품에 박혀 있는 7개의 유리조각들은 술집 주변에 설치되어 있는 경보(警報) 마법과 연동되어 있었다. 만약 침입자가 있다면 유리조각들이 붉은빛으로 빛나게 되어 있었던 것이다. 하지만 그의 우려와는 달리, 그 어떤 이상 징후도 나타나지 않았다.

그가 이렇듯 예민하게 반응하는 데는 이유가 있었다. 손님의 등급에 따라 주어지는 표식은 금화, 은화, 동화로 총 세 가지다. 그리고 표식을 보이며 접선할 때의 암호는 1년마다 바뀌었다. 따라서 바텐더는 손님이 제시하는 암호만 들어도 그 손님이 언제 가입했는지를 손쉽게 파악할 수 있게 되는 것이다.

그런데 오늘 그는 전혀 예상치도 못한 뜻밖의 일을 당했다.

자신의 기억이 맞다면, 손님이 제시한 암호는 253년 전에 발행된 암호였던 것이다. 혹시 자신이 암호를 잘못 들은 게 아닌지 몇 번을 떠올려 봤지만 분명했다. 만약 수인족과 같은 고객들이 어쩌다 이곳을 찾는 경우가 없었더라면, 자신도 몇백 년 전의 암호를 외우려 개고생을 하지 않았으리라.

'이게 도대체 말이 되는 소리야?'

표식은 절대로 상속되지가 않는다. 만약 자신의 후계자가 있어서 그가 새롭게 조직에 접선하게 된다면, 기존의 표식은 회수되고 새로운 표식을 발급하게 되어 있었다. 그리고 그때 그의 등급과 함께 새로운 암호를 지정해 주게 된다.

그런 이유로 바텐더는 머릿속이 혼란스럽기만 했다. 만약 손님이 누군가의 대를 이어 표식을 물려받은 후계자였다면, 분명 어리숙하게 행동했을 것이다. 아무리 연기를 잘한다고 해도, 이 바닥에서 굴러먹은 자신의 눈을 속일 수는 없을 테니까.

만약 상대가 엘프와 같이 수명이 긴 아인족(亞人族)이었다면 그가 이렇게까지 고민할 필요도 없었으리라. 하지만 아무리 생각해 봐도 그 사람은 분명 인간이었다. 그것도 마법사나 신관이 아닌 전사(戰士).

물론 고도로 수련을 한 검객들의 경우 노화를 억누르는 신통한 재주를 부리기도 한다고 들었다. 하지만 그것도 정도가 있지, 253년씩이나 되는 세월 동안 새파란 쌍판때기를 유지한다는 것은 그의 상식으로는 불가능했다.

바텐더는 점원 하나를 불러 자신을 대신하도록 한 다음, 주위를 슬쩍 살핀 뒤 지하로 내려갔다. 접객 담당인 레베카를 만나기 위해서였다.

'일단 레베카의 얘기를 들어 보고 결정하기로 하자. 만약 조금이라도 수상쩍은 게 포착되면, 그때 없애 버려도 늦지 않을 테니까.'

사내들이 제아무리 날고 기는 재주가 있다 하더라도 그건 문제가 되지 않았다. 설혹 그 덩치 좋은 사내가 전설에 회자되는 영웅쯤 되는 실력자라고 해도 접객실에 비밀리에 설치되어 있는 함정이 발동되면 살아서 나갈 수는 없을 테니까.

조직이 창설된 지 이미 수백 년이 흘렀음에도 불구하고, 아직까지도 비밀을 유지할 수 있었던 것은 다 이렇게 유사시를 대비한 기반 시설들을 잘 갖춰 놓은 덕분이었다.

여종업원은 두 사람을 데리고 복도를 지나 계단으로 내려갔다. 잠시 후, 도착한 곳은 지하에 위치한 어느 방 앞이었다.

"이곳입니다."

문이 열리자, 허름한 술집의 지하라는 것이 믿겨지지 않을 정도로 화려한 실내가 드러났다. 여종업원은 문을 연 다음, 앞장서서 안으로 들어갔다. 방 안에 함정 따위가 설치되어 있지 않다는 것을 보여 줘 손님들을 안심시키기 위함이었다.

그녀는 한 발자국 정도 들어간 후 멈춰 서서, 손짓으로 안쪽을 가리키며 말했다.

"이쪽입니다, 손님."

접객실로 손님들을 안내한 다음에야, 여종업원은 이들이 어쩌면 범상치 않은 신분을 지니고 있을지도 모른다는 생각을 했다. 이렇게 화려한 실내에 들어왔음에도 불구하고, 그들의 표정에는 그 어떤 변화도 나타나지 않았기 때문이다. 지금까지 그녀가 경험해 본 대부분의 손님들은 실내를 장식하고 있는 화려한 그림이나 예술품에 시선을 빼앗기곤 했었다.

"잠시만 기다리시면 담당자께서 오실 겁니다."

손님들에게 의자를 권한 후, 그녀는 접객실 옆에 마련되어 있는 작은 방으로 들어갔다. 손님들에게 권할 차를 준비하기 위해서였다.

잠시 후 향긋한 차가 나왔지만, 담당자라는 사람은 모습을 드러내지 않았다.

"얼마나 더 기다리고 있어야 하는 거지?"

붉은 머리의 사내가 입을 열기 전까지만 해도, 그녀는 상대가 여자인 줄만 알았다. 길게 기른 머리카락도 머리카락이지만, 여자라고 해도 속을 만큼 아름다운 미모를 지니고 있었기 때문이다. 하지만 그의 입에서 튀어나온 음성은 분명 까칠한 남자의 것이었다.

"조금만 기다려 봐. 곧 오겠지, 뭐."

여성적으로 생긴 것과는 달리 붉은 머리 사내 쪽이 노랑머리 사내에 비해 인내심이 부족한 모양이다.

이때, 반대편 문이 열리며 미모의 중년여인이 들어왔다. 그녀가 바로 여종업원이 말한 담당자인 모양이다. 그녀는 화사한 미소를 지으며 인사를 건넸다.

"오래 기다리시게 해서 죄송합니다. 저는 레베카라고 해요."

인사를 건네는 그녀에게 노랑머리 사내가 무뚝뚝한 어조로 말했다.

"현재 왕국 내에 있는 용병단들 중에서 그 전력상 상위 10위권 안에 들어가는 용병단들의 목록과 구체적인 전력(戰力)까지."

미모의 여성이 들어와서 나긋하게 인사를 건넴에도 불구하고, 인사조차 받아 주지 않고 곧바로 본론으로 들어가는 노랑머리 사내. 그런 사내의 태도가 레베카로서는 뜻밖이었다. 더군다나 나이도 그리 많아 보이지 않는 젊은 놈이 초면에 반말 짓거리라니…….

하지만 레베카는 참았다. 상대는 손님이다. 그것도 최고 등급의 금화를 제시한. 더군다나 신분도 좀 수상쩍은 인물이었다. 그런 참에 상대방이 내뱉는 저런 오만방자한 태도는 그의 신분을 유추하는 데 상당한 도움이 되기 마련이다. 어쩌면 하고 있는 겉모습과 달리 꽤 높은 신분을 지닌 사람인지도 모른다.

그런데 무엇보다 그녀를 당황스럽게 만든 것은 사내가 의뢰한 정보의 내용이었다. 이곳은 최고 수준의 정보들만을 취급하는 곳이다. 당연히 한번 의뢰를 하려면 엄청난 액수를 지불해야만 했다. 그런데 도둑길드에만 가도 충분히 알아낼 수 있는 싸구려 정보를 이곳까지 찾아와서 의뢰한다는 게 말이 되는가 말이다.

'확실히 지부장님의 말씀대로 뭔가 꿍꿍이가 있어 찾아온 놈들이거나, 아니면 여기가 어떤 곳인지 제대로 알지도 못하고 기어 들어온 애송이들이거나 둘 중 하나겠군.'

하지만 이어진 요청은 그녀의 기대를 충족시키는 것이었다.

"그리고 각 용병단 단장의 성격에 대한 자세한 자료를 원하는데……. 언제쯤 준비해 줄 수 있지?"

아무리 방대한 정보를 보유하고 있다 해도 개개인의 성격까지 파악하고 있기는 힘들었다. 하지만 레베카는 망설이지 않고 즉시 대답했다.

"내일 이 시간에 다시 들러 주시면, 그때까지 준비해 놓겠습니다."

"아, 그리고 한 가지 더. 우리 두 사람의 용병패와 용병수첩을 마련해 줘."

"용병 등급은 몇 급 정도로 해 드릴까요?"

"당연히 특급이지."

이때, 지금까지 아무 말 없이 조용히 앉아만 있던 붉은 머리 사내가 불쑥 끼어들었다.

"특급은 무슨 얼어 죽을 특급. 2급 정도로 해."

레베카도 붉은 머리의 사내를 여자라고 착각하고 있었던 듯하다. 아름다운 미모에 갑작스럽게 까칠한 사내의 목소리가 튀어나오자, 얼마나 당황했는지 깜짝 놀란 표정을 감추지 못하는 것을 보면 말이다. 하지만 그녀가 입을 헤벌리고 바라봄에도 불구하고, 둘은 전혀 신경도 쓰지 않고 말다툼을 벌였다.

복수를 위한 유희의 시작 69

"2급이라니? 내 체면이 있지… 어떻게 날 2급 따위 용병으로……."

퍽!

"쿠엑!"

"이 녀석이 내가 그렇게 말했는데도 아직 정신을 못 차리고 있어."

붉은 머리 사내는 주먹 한 방으로 가볍게 노랑머리 사내를 제압한 뒤 레베카에게로 시선을 돌리며 말했다.

"우리 둘 다 2급으로 해."

"얼마나 오랫동안 사용하실 건지 여쭤봐도 되겠습니까? 사용 기간에 따라 가격이 달라지기에……."

그녀의 질문은 당연한 것이었다. 한 며칠 사용하고 버릴 신분증명서와 몇 달, 혹은 몇 년간 사용할 신분증명서의 정밀도는 천지 차이다. 며칠 사용하고 버릴 것은 죽은 시체에서 슬쩍한 것을 사용하는 정도만으로도 충분했다.

하지만 장기간 사용할 것은 얘기가 다르다. 신원조회를 아무리 꼼꼼하게 한다고 해도 헛점이 드러나지 않도록 모든 것을 철저하게 짜 맞춰야 했다. 사용자의 외모는 물론이고, 말투나 지나간 행적까지도……. 그런 만큼 장기간 사용할 신분증명서일수록 그 가격은 기하급수적으로 비싸지는 게 당연했다.

붉은 머리 사내의 폭력에도 굴하지 않고 노랑머리 사내는 머리통을 부여잡고서 줄기차게 자신의 의견을 말했다.

"저 녀석은 2급이라도 상관없지만, 난 무조건 특급으로 해!"

레베카는 환하게 웃으며 고개를 끄덕였다. 그 정도 정밀도의 위조 신분증을 만들어 줄 수 있는 곳은 왕국 전체를 뒤진다고 해도 자신들 외에는 찾을 수가 없을 테니까.
"특급으로 준비하려면 최소한 2주일은 기다리셔야……."
그녀의 말이 채 끝나기도 전에 붉은 머리 사내가 인상을 왈칵 찡그리며 소리쳤다. 곱상하게 생긴 얼굴과 달리 성격은 엄청나게 급한 모양이었다.
"뭐야! 그럼 2주일이나 여기서 손가락이나 빨고 있으라고?"
그러자 옆에 앉아 있던 노랑머리 사내가 히죽 웃으며 대꾸했다.
"어허, 시간이 좀 걸리더라도 완벽한 게 좋잖아?"
"완벽한 거 좋아하고 있네."
붉은 머리 사내는 시선을 휙 레베카에게로 돌리며 물었다.
"마법사 용병 신분증으로 대충 만들어 놓은 거 없어?"
레베카는 난감한 듯 고개를 갸웃하며 물었다.
"대충이라고 하시면… 어느 정도를 말씀하시는 겁니까?"
"용병단 정문만 통과할 수 있을 정도면 돼."
그 말에 레베카는 충격을 받았다. 그런 싸구려를 여기서 구하는 멍충이가 있을 줄이야. 하지만 그녀는 급히 표정을 감추며 공손하게 말했다.
"그것조차도 내일은 되어야 드릴 수 있습니다."
"여기에 따로 준비해 놓은 것은 없어?"
"여러 직업군의 신분증을 비치해 두고 있긴 합니다만, 유감스럽게도 용병용은 미처 준비해 두지 못했습니다. 지금껏 그런 걸 찾으신 손님은 단 한 분도 없으셨으니까요."

레베카는 자신들 쪽의 잘못이 아니라는 점을 피력하기 위해 그따위 싸구려 용병 신분증을 찾는 사람이 단 한 명도 없었다는 것을 강조했다.

그럴 수밖에 없었다. 마법사는 아주 눈에 띄는 직업이다. 그런데도 굳이 신분을 위장해야 한다면, 마법사일 때 오히려 사람들의 시선을 적게 받는 곳에 침입할 때뿐이다. 즉, 마법사들이 많이 들락거리는 마법사 길드라든지, 연구소와 같은…….

그런 관점에서 볼 때, 마법사로 침투하기에 가장 부적합한 곳이 바로 용병단이다. 용병단 내의 마법사 수가 워낙 극소수이다 보니, 어떻게 해도 사람들의 시선을 끌기 때문이다. 용병들 사이에 끼어들어 흔적 없이 묻혀 지내려면, 마법사보다는 검사(劍士) 계열의 직업을 선택해야 한다는 것은 너무나 당연한 상식이었다.

"젠장! 없다면 어쩔 수 없지. 그럼 내일 올 테니까 모두 다 준비해 둬."

"내일? 친구, 이 아가씨는 2주일 후에 오라고 했네만……."

노랑머리 사내가 끼어들자, 붉은 머리 사내가 신경질적으로 대꾸했다.

"2주일씩이나 어떻게 기다리고 있냐?"

"친구, 기다리는 게 짜증난다는 건 이해하지만, 그래도 확실한 게 좋지 않겠나."

그러자 붉은 머리 사내는 콧방귀를 뀌며 대꾸했다.

"확실한 거 좋아하네. 이런 일 한두 번 하냐? 신분증 따위는 발가락으로 만든 거라도 상관없어! 왜 중요하지도 않은 걸 가지고 2주일씩이나 시간을 낭비해."

"하지만… 그렇다면 여기에 나 혼자 2주일씩이나 있으라는 말인가, 친구?"

"그게 싫다면 나하고 함께 움직이든지."

잠시 망설이는 듯하던 노랑머리 사내가 음흉한 웃음을 지으며 중얼거렸다.

"에이, 그래도 기왕에 여기까지 왔는데……."

"그럼 마음대로 해."

붉은 머리 사내는 신경질적으로 휙 시선을 돌리며 말했다.

"내일 다시 올 테니, 확실히 준비해 놓도록."

"알겠습니다, 손님."

사내들과 대화하면서 레베카는 문득 이상하다는 생각이 들었다. 대부분의 손님들은 의뢰를 함에 있어서, 얼마나 많은 액수를 지불해야 하는지부터 물었었다. 그들이 요구하는 정보료가 그만큼 비쌌기 때문이다. 물론 최상위급 고객들이야 그깟 돈에 그리 연연하지도 않는 게 사실이긴 했지만.

레베카는 환하게 웃으며 정보 이용료 가격을 말했다. 슬쩍 찔러보는 것인 만큼 바가지를 듬뿍 씌워서.

"금액은 모두 합해서 650골드입니다."

650골드라는 거액을 말했는데도 불구하고 두 사내는 얼굴 표정조차 변하지 않았다. 처음 이곳에 온 손님들의 대부분은 정보 이용료가 너무 비쌈에 경악을 금치 못하곤 했었다. 그런데도 두 사내는 그 어떤 반응도 없었다. 평소보다 2배나 되는 금액을 불렀는데도 말이다.

레베카는 내친김에 한 번 더 슬쩍 찔러봤다.

"관례상 절반은 선금(先金)으로 주셔야겠는데요."

말이 떨어지기가 무섭게 노랑머리 사내가 품속에 손을 집어넣더니 묵직해 보이는 가죽주머니를 하나 끄집어내 그녀 앞에 던졌다. 그 어떤 표정 변화도 보이지 않고, 거액을 태연히 지불하는 사내를 보며 레베카가 오히려 기가 질려 버렸다.

"안녕히 가십시오, 손님."

바텐더는 친절을 가장해서 두 사내를 문밖에까지 배웅했다. 그러면서 슬쩍 주위를 살펴봤지만, 그 어떤 이상 징후도 발견되지 않았다. 물론 조직원 몇을 시켜 벌써 주위를 샅샅이 훑어보게 한 뒤였다.

"이상하네……. 내가 잘못 짚었나?"

바텐더는 자리를 다른 점원에게 맡긴 후, 다시금 레베카를 만나러 지하로 내려갔다. 사내들이 뭘 요구했는지 궁금했던 것이다.

바텐더의 질문에, 레베카는 방금 전에 있었던 일들을 자세히 설명했다. 그런 다음 그녀는 자신이 사내들에게서 받은 느낌을 말했다. 253년 전의 암호만 아니라면, 특급에 해당하는 분위기의 손님들이었다고 말이다.

하지만 여전히 이해가 되지 않는 점도 많았다. 그건 말도 안 되는 싸구려 의뢰들 때문이다. 특히 마법사용 용병패와 용병수첩은 아무리 생각해도 이해를 하기 힘들었다. 위험한 곳만 골라서 쫓아다니게 되는 게 용병 일이다. 그런 만큼 전쟁터만 잠깐 뒤져도 용병패나 용병수첩 따위는 몇 수레를 가득 채울 만큼 흔해 빠진 게 사실이다.

"붉은 머리 사내가 말한 의미를 잘 모르겠어요. '이런 일 한두 번 하냐. 신분증 따위는 어떤 걸 가지고 있어도 상관없어.' 그는 분명히 그렇게 말했거든요. 저급한 신분증을 가지고 할 수 있는 일은 전혀 없잖아요. 아무리 용병단에 입단한 후, 며칠 내로 일을 끝낼 수 있다고 해도 그런 저급한 신분증으로는 할 수 있는 게……."

그녀의 의문은 당연한 것이었다.

적군의 시체까지 뒤져 귀중품을 약탈하는 게 당연시되는 세상인 만큼, 신입 용병이 들어왔을 때 그의 신분 확인은 필수였다. 때문에 아무리 경험이 많고 실력이 뛰어난 용병이 입단했다 해도, 처음에는 중요한 임무를 맡기지 않는다. 왜냐하면 믿을 수가 없기 때문이다.

그래서 용병단에서는 신입 용병이 들어오면 일단 비중이 낮은 일을 시키며, 그 기간 동안 용병길드에 의뢰해 상대의 신분을 검증한다. 혹시 신분을 속이고 입단한 것은 아닌지 철저히 확인하는 것이다.

이런 모든 검증을 통과한 후에야 제대로 된 동료로 받아들이게 된다. 능력이 있다면 높은 직책, 중요한 임무, 그리고 용병단 내의 고위급 간부들과도 만날 수 있게 되는 것이다.

그런데도 불구하고 붉은 머리 사내는 최하 등급의 신분증을 원했다. 그것만으로도 충분하다고 말이다. 가뜩이나 눈에 띄는 마법사용의 용병패. 그것을 가지고 며칠 내로 해치울 수 있는 일이 뭐가 있을까?

그것도 도둑길드에서 저렴하게 구입해도 되는 것을 가지고, 그 수십 배나 많은 액수를 지불하면서까지 여기서 구입해서 말이다.

"아무리 생각해도 도저히 이해가 가질 않아."

잠시 고개를 갸웃거리던 바텐더는 눈살을 찌푸리며 지하 은밀한 곳에 위치한 작은 밀실로 들어갔다. 정기 연락 시간은 아니었지만, 아무리 생각해도 일단 상부에 보고를 해 두는 게 좋을 것 같다는 생각에서였다.

"급히 보고 드릴 게 있어서 연락을 넣었습니다."

바텐더는 상관에게 방금 전에 있었던 이해할 수 없는 의뢰 내용과 손님들에 대해 상세하게 보고했다. 얘기를 다 들은 상관은 심각한 표정을 짓더니 잠시 뭔가 생각하다가 갑자기 수정구 위쪽으로 손을 쓱 움직였다. 그와 동시에 수정구 안에는 상관 외에 또 다른 한 사람의 영상이 더 나타났다. 탐스러운 금발을 길게 기른, 조각상처럼 잘생긴 외모의 근육질 사내.

그 모습을 보자마자 바텐더는 흥분해서 외쳤다.

"바, 바로 그자가 틀림없습니다."

어지간한 일에는 눈썹조차 까딱 안 하던 상관의 얼굴색이 순간 노랗게 변했다.

「이자가 틀림없나?」

"예, 맞습니다. 제가 똑똑히 기억하고 있습니다."

「틀림없다면 그가 원하는 것은 그 어떤 것이라도 최선을 다해서 처리해 주도록 하게.」

상관의 지시에 바텐더는 의아함을 감추기 힘들었다.

"예? 그렇게 중요한 인물입니까?"

「쓸데없는 질문은 하지 말게. 자네 레벨로는 그 사내의 정보에 접근하는 게 허락 되지 않으니까 말일세.」

상관의 매몰찬 대답에 바텐더의 얼굴색이 시시각각으로 변했다. 지부장씩이나 되는 자신조차 접근이 허락되지 않은 정보가 있다는 게 믿어지지 않았기 때문이다. 이곳 알카사스의 왕실에서 벌어지고 있는 비밀스런 일들에 대한 접근 권한까지 다 가지고 있는 자신인데 말이다.

'코린트나 크루마 제국과 같은 초강대국의 황족이라도 된다는 말인가? 뭐, 알려 주지 않아도 상관없어. 어차피 얼마 지나지 않아 알 수 있게 될 테니까.'

정보에 대한 다란스 지부장의 호기심이 얼마나 대단한지 상관은 잘 알고 있었다. 그가 밑바닥에 있을 때, 그의 소질을 발견하고는 자신이 직접 키우다시피 한 녀석이었으니까. 그런 근성의 소유자가 저렇게 간단하게 물러설 리가 없었다. 더군다나 입가에 미묘한 미소까지 머금고 있지 않은가.

「벌써 아이들을 붙였군.」

"……"

지부장은 고개를 살짝 숙인 채 대답하지 않았다. 하지만 상관은 자신의 짐작이 옳다고 확신했다.

「뒤를 밟으라고 내보낸 조직원들을 모두 불러들여. 지금 당장!」

상관의 명령에 지부장은 마지못해 변명을 늘어놓았다.

"명령대로 불러들이기는 하겠지만 지금 당장은 어렵습니다. 은밀하게 뒤를 쫓으라 했기에 다음 정기 연락 시간은 되어야……."

상관은 뭔가 심각하게 고민하는 듯한 눈치였다. 이윽고 한숨을 푹 내쉬더니, 조심스럽게 주위를 둘러봤다. 마치 누군가 엿듣는 사람이 있는지 확인이라도 하려는 듯. 상관은 긴장감이 가득한 표정으로 수정구 쪽에 얼굴을 바짝 들이댔.

상관이 특급 정보를 털어놓으려 한다는 걸 눈치 챈 지부장 역시 긴장감에 마른침을 꿀꺽 삼켰다.

「그 사내는 드래곤이다. 금발을 길게 기른 것으로 보아, 아마 골드 드래곤이겠지.」

얘기를 듣던 지부장의 얼굴에 경악감이 떠올랐다. 상관은 그런 지부장의 심정을 이해한다는 듯 희미하게 미소 지으며 나지막한 목소리로 말을 이었다.

「그 드래곤은 몇 번인가 우리와 거래를 했었지. 그리고 그때도 자네처럼 그의 신분에 대해 과도한 호기심을 드러낸 지부장이 있었네. 그 결과가 어땠는지 아나?」

 말을 하던 상관의 얼굴에는 어느새 짙은 공포심이 어려 있었다. 그의 얼굴만 봐도 결과가 어땠는지 충분히 짐작이 가고도 남았다. 지부장은 갑작스런 한기에 온몸이 부들부들 떨려 오는 것을 억제할 수가 없었다.

「명심해라. 드래곤을 상대로 섣부른 호기심은 금물이다. 그리고 쓸데없이 입을 놀리지도 마라. 드래곤의 분노는 공포 그 자체니까.」

"며… 명심하겠습니다."

고블린이 우습게 보여?

31

이걸 죽여? 살려?

올란도 용병대는 이동을 시작했다. 중대장인 올란도를 포함한다고 해도 겨우 열일곱 명밖에 되지 않는 단출한 인원. 소수정예로 움직이는 모험가 파티에 비한다면 꽤나 많은 숫자였지만, 일반적인 용병대를 기준으로 본다면 그리 많은 숫자도 아니었다. 2개 소대의 정원조차 제대로 채우지 못한 상태였으니까.

그런 악조건에서 오크 떼와 격전을 치르고도 단 한 명도 죽지 않았다는 것은 꽤나 운이 좋았다고 볼 수 있었다. 출동한 후 첫 번째 의뢰를 수월하게 처리한 다음이라, 용병대의 사기는 그 어느 때보다 높았다. 그래서인지 이번 출동에서는 얼마나 벌 수 있을까?

모두의 관심사는 바로 그것뿐이었다.

산을 넘은 뒤 제법 커다란 마을의 모습이 보이자 하리스는 라이의 옆구리를 툭 치며 말했다.

"아마 오늘 저 마을에서 묵을 것 같다. 첫 번째 출동에서 살아남은 걸 축하하는 의미에서 내가 한잔 찐하게 쏠 테니까 기대하라구."

라이는 난처했다. 술이라고는 마셔 본 적이 없었으니까.

"그, 그러실 필요까지는……."

"뭐야? 고참인 내가 쫄따구에게 한잔 사 주겠다는데, 설마 싫다는 거야?"

하리스의 눈꼬리가 위로 쭉 올라가는 것을 보자 가슴이 뜨끔해진 라이는 과장되게 호들갑을 떨며 둘러댔다.

"아, 아뇨. 그럴 리가 있나요. 말만 들어도 감사합니다. 와, 이거 무진장 기대되는데요."

열심히 손사래를 치던 라이는 옆에서 무표정한 얼굴로 말을 몰고 가는 모라이어스를 슬쩍 훔쳐봤다. 용병대 안에서 가장 친하게 지내고 싶은 사람은 다름 아닌 바로 그였다. 만약 모라이어스가 한잔 사 주겠다고 했다면 얼마나 좋았을까…….

'그래, 조급하게 생각하지 말자. 천천히 시간을 들여서 다가가다 보면, 결국에는 마음을 열겠지.'

물론 친하게 지내는 데 실패해도 상관은 없었다. 하리스에게 들으니, 모라이어스가 제대할 날도 그리 멀지 않았다고 하니까. 그가 제대한 다음에 탈출을 도모해도 늦지 않으리라.

올란도 용병대는 마을에 들어서자마자 식당을 향해 달려갔다. 식당 앞에 말고삐를 묶을 수 있는 긴 막대가 준비되어 있긴 했지만, 열일곱 필씩이나 되는 말들을 묶으려고 한꺼번에 몰리다 보니 무척 혼잡스러웠다.

이때, 식당 안쪽에서 소년 하나가 달려 나오며 반갑게 맞이

했다.

"어서 오십시오, 손님들. 고삐는 저에게 주시고 안으로 들어가세요. 말들은 제가 마구간에 넣어 두겠습니다."

모두 말고삐를 소년에게 건네주고 식당 안으로 들어가려고 하는데, 올란도는 말을 탄 채 라이언을 향해 심드렁하게 말했다.

"곧 돌아올 테니까, 내 것도 시켜 놔."

"알겠습니다, 중대장님."

말을 몰고 어딘가로 사라지는 올란도. 그런 그의 뒷모습을 훔쳐보던 라이가 하리스를 툭 치며 물었다.

"중대장님은 어디로 가는 거예요?"

"어디로 가기는……. 뻔하잖아. 용병길드로 가는 거겠지."

"용병길드요?"

라이가 두 눈을 끔뻑거리며 잘 모르겠다는 듯 멍하니 서 있자, 하리스는 혀를 차며 대답해 주었다.

"젠장, 그 생뚱맞은 반응을 보니 용병길드라는 말 자체를 처음 들어 보는 모양이군."

라이가 고개를 끄덕이자, 하리스는 머리를 긁적거리며 잠시 생각에 잠겼다. 말주변이 썩 좋지 못한 하리스로서는 어떻게 얘기를 해야 잘 알아들을지 잠시 궁리를 해야만 했기 때문이다.

"이번에 맡은 의뢰를 완수했다는 보고를 상부에 전해야 할 거 아니겠냐. 그리고 다음에 처리할 의뢰가 뭔지에 대해서도 지시를 받아야 할 거고 말이지. 하지만 그때마다 본대로 돌아가야 한다면 얼마나 시간 낭비가 심하겠냐?"

"그거야 임무를 완수할 때마다 우편으로 보고를 하면……?"

딱!

큼지막한 주먹으로 매몰차게 군밤을 때려서인지 눈물이 핑 도는 걸 느낀 라이는 머리통을 부여잡고 거칠게 항변했다.

"아야야, 갑자기 왜 때려요?"

"이런 멍청한 놈. 특급 우편마차로 보고를 한다고 해도 답신을 받으려면 최소한 일주일은 걸린다. 그럼 그동안 우린 멍하니 앉아서 손가락이나 빨고 있으라고?"

"그럼 연락사무소 같은 걸 만들어 운영하면 되잖아요?"

"쯧쯧, 의뢰가 들어오면 어디든 가야 하는 게 우리 용병이야. 내 자랑은 아니지만, 이 나라 구석구석 안 가 본 데가 거의 없다. 그렇게 이리저리 싸돌아다니는 게 우리 팔자란 말이다. 그런데 연락사무소를 한두 개 정도 설치하는 거라면 몰라도, 이 나라 전역에 설치하려면 도대체 몇 개나 설치해야겠냐? 그리고 그 유지비는?"

"그, 그건 그러네요."

라이가 자신의 말을 이해하는 듯하자, 하리스는 어깨를 으쓱거리며 다시 말했다.

"그래서 길드라는 게 필요한 거야. 그런 연락사무소 역할을 해 주는 게 바로 용병길드거든."

"그러려면 유지비가 엄청나다고 했잖아요? 그런데 용병길드란 곳은 어떻게 유지비를……."

딱!

맞은 데를 또 맞은 라이는 그저 머리통을 부여잡고 신음을 흘리기 바빴다.

"아야야······."

"이런 돌대가리 같은 놈. 어떻게 그렇게도 머리가 안 돌아가냐? 용병길드는 우리 용병단뿐만이 아니라, 우리나라에 존재하는 모든 용병들을 상대로 장사를 하는 거라구. 게다가 연락 업무만이 아니라 왕국 곳곳에서 접수되는 의뢰들을 받아들여, 각 용병단이나 용병들과 맺어 주는 거간꾼 역할도 한단 말이다. 그 외에도 왕국 곳곳에서 입수되는 정보들을 바탕으로 장사를 하기도 하고."

"오오, 그렇군요."

그제서야 고개를 끄덕이는 라이를 삐딱하게 쳐다보며 하리스가 조롱하듯 물었다.

"너 도대체 어디 출신이냐? 아무리 시골 촌구석에서 자랐다고 하지만, 너처럼 무식한 놈은 내 살다 살다 처음이다."

"전에 말씀드렸잖아요. 오츠아 왕국이라고."

"그래, 그러니까 그 오츠아라는 데가 도대체 어디에 붙어 있는 나라냐고! 내 견문이 짧아서인지는 모르겠지만, 당최 처음 듣는 왕국 이름이라서······."

그 말에 라이는 어색하게 웃으며 뒤통수를 긁적이다 대꾸했다. 집을 벗어나자마자 노예로 이리저리 끌려 다니다 보니 그로서도 알 도리가 없었던 것이다.

"헤헤, 대륙 북쪽이라는 것 외에는 저도 잘······."

라이의 대답에 하리스는 딱하다는 듯 연신 혀를 차며 중얼거렸다.
"쯧쯧, 하긴 어린 나이에 이런 곳에 끌려온 걸 보면 네 팔자도 참……."

주문한 음식이 나올 때쯤 올란도가 돌아왔다. 테이블을 가로질러 성큼성큼 걸어온 올란도는 옹기종기 모여 앉아 있는 부하들을 향해 큰 소리로 말했다.
"오늘은 이 마을에서 머물고, 내일 아침에 출발한다."
"중대장님, 술 한잔해도 괜찮겠습니까?"
올란도는 마치 큰 인심이라도 쓴다는 듯 고개를 끄덕였다.
"내일 행군에 지장이 없을 정도만 마셔라."
"우와~~."
모두들 환호성을 내지르며 너도 나도 점원에게 술을 주문했다. 그리고 올란도도 그건 예외가 아니었다.
"브랜디 한 병 가져와."
그러자 옆에 앉아 있던 라이언이 심란한 표정으로 물었다.
"그냥 맥주나 드시는 게 좋지 않겠습니까?"
"내 몸은 내가 알아서 해."
"그건 그렇지만 중대장님 평상시와는 느낌이 왠지 다른 듯해서요. 다짜고짜 독주부터 시키시다니……. 뭐, 안 좋은 일이라도 있습니까?"
올란도는 고개를 흔들며 착잡한 표정으로 대꾸했다.

"이번에 내려온 임무가 고블린을 처리하라는 거야."
"옛? 고블린이라고요!"
"쉿! 목소리가 너무 크다."
 라이언이 급히 입을 다물었지만, 대원들 중에서 귀가 밝은 놈들은 이미 다 들어 버린 후였다. 식당 안이 그리 넓은 것도 아니고, 모두들 옹기종기 모여 앉아 있다 보니 그건 어쩔 수 없는 결과였다.
 흥겨웠던 분위기가 한순간에 싸늘하게 식는 것을 느끼며, 라이는 이해할 수 없다는 듯 하리스에게 슬쩍 물었다.
"고블린은 아주 허약한 몬스터잖아요. 그런데 왜 모두들 똥 씹은 듯한 표정을 짓고 있죠?"
 하리스는 짜증이 덕지덕지 묻어나는 얼굴로 한동안 라이를 쳐다보다 퉁명스럽게 물었다.
"너, 정말 몰라서 그렇게 말한 건 아니겠지? 그냥 웃자고 한 농담이지? 하아, 빌어먹을. 도대체 이런 덜떨어진 놈이 왜 하필이면 내 밑에 배속되어서……."
 하리스는 문득 처음 용병단에 끌려왔을 때, 자신도 라이처럼 어리버리 했었는지를 생각해 봤다.
'내 살다 살다 너처럼 대가리에 똥덩어리만 들어 있는 놈은 처음 본다!'
 몇 년 전에 죽은 고참이 자신을 볼 때마다 답답하다는 듯 가슴을 치며 하던 소리였다.
"거참, 모르니까 그러죠. 그나저나 고블린은 정말 약한 몬스

고블린이 우습게 보여? 89

터였는데…….."

 하리스는 이해하자며 마음을 넓게 먹으려 노력했지만, 라이의 말에 화가 불끈 솟구치는 것을 어쩔 수 없었다. 당시 자신은 정말 아무것도 몰랐기에 군소리 없이 고참의 말을 그대로 따랐었다. 최소한 이 덜떨어진 놈처럼 멍청한 질문을 계속 나불거리며 고참의 기분을 건드리지는 않았다는 말이다.

 딱!

 "에쿠!"

 "이런 망할 녀석! 첫 번째 의뢰를 무사히 마쳤다고, 몬스터 알기를 길가의 돌멩이쯤으로 생각하네. 잘 들어. 네놈 말대로 고블린이 약한 몬스터인 것은 사실이야."

 물론이다. 그것을 라이는 투기장에서 있었던 격투로 이미 체험한 상태였다. 덩치가 크고 힘이 쎈 오크에 비해 고블린은 정말 나약한 존재다. 키도 겨우 1.3미터 정도밖에 되지 않는 데다가, 오크처럼 근육질의 체형을 지니고 있는 것도 아니다.

 "문제는 그놈들도 자신들이 약하다는 것을 잘 안다는 거야. 그래서 외부로부터의 위험을 피하기 위해 두더지처럼 땅굴을 파고, 그 속에서 생활을 하지. 즉, 땅속에다가 땅굴을 그물망처럼 수십 개를 연결하여 판 뒤, 마을을 건설해서 사는 몬스터란 말이다. 그런 놈들을 어떻게 잡아 죽일 수가 있겠냐?"

 "여우 사냥하듯 굴 입구에 불을 피워서 연기를……."

 하리스는 한심하다는 듯 라이를 바라보더니 대꾸했다.

 "크크, 고블린이 네놈처럼 멍청하다면야 우리가 왜 통 씹은 얼굴을 하고 있겠냐? 연기는 물론이고, 굴속에 물을 퍼부어도 씨알도 안 먹히는 게 현실이야. 놈들은 연기가 흘러 들어오는 쪽을 재빨리 틀어막아 버리거든. 워낙 굴이 좁다 보니 틀어막기도 쉽겠지."

"그럼 어떻게 잡습니까?"

"놈들의 서식지 전체에 걸쳐 포위망을 구축해 놓은 다음, 그놈들이 기어 나올 때까지 기다리는 수밖에."

"그런 방법으로 어느 세월에 놈들을 다 잡습니까?"

"그럼 삽이라도 들고 가서 땅이라도 팔 거냐? 내가 말한 방법이 최선이야. 놈들이 아무리 땅속 깊은 곳에 처박혀 있는 걸 좋아한다고 해도, 배가 고프면 밖으로 기어 나올 수밖에 없으니까."

여기까지 말한 하리스는 신경질적으로 외쳤다.

"녀석들의 조상이 두더지도 아닌데, 왜 그렇게 땅굴을 잘 파냐고! 빌어먹을! 의뢰도 어떻게 이따위 의뢰가 걸려 가지고……."

생각만 해도 짜증이 솟구치는지 하리스는 앞에 놓여 있던 커다란 맥주잔을 집어 마치 기갈이라도 들린 듯 벌컥벌컥 단숨에 들이켜 버렸다. 빈 잔을 거칠게 탁자 위에 내려놓은 하리스는 점원을 향해 소리쳤다.

"여기 맥주 두 잔 더 가져와!"

그러자 옆에 앉아 있던 용병 중 하나가 피식 웃으며 중얼거렸다.

"거참, 성질머리 하고는. 시키려면 아예 술을 한 통 시키든지,

아니면 한 잔씩 시키지 두 잔은 뭐야?"

"쳇, 그게 아니라 첫 출동에서 살아남았으니 이 녀석 축하주로 먹이려고 그런다."

그 말에 라이는 화들짝 놀라며 말했다.

"에? 나, 나는 됐어요."

그때 점원이 시원한 맥주 두 잔을 가지고 왔다. 하리스는 그중 한 잔을 라이에게 건네며 말했다.

"어허, 술맛을 모른데서야 어찌 당당한 사나이라고 할 수 있나. 그리고 술도 마실 줄 모르는 좀생이 같은 놈에게 내 등 뒤를 맡기긴 싫거든. 그러니 군소리하지 말고 잔이나 들어!"

거품이 부글부글 흘러나오고 있는 흑갈색 액체가 가득 담긴 잔을 앞에 두고 어쩔 줄 몰라 하는 라이. 그런 라이의 등을 툭 치며 하리스가 으르렁거렸다.

"야, 뭘 그렇게 보고만 있어. 쭉~ 마셔. 오늘같이 더운 날 마시는 맥주는 정말 끝내주니까 말이야. 일을 끝낸 다음에 시원한 맥주 한잔! 이런 재미조차 모르는 놈은 남자도 아냐. 그러니 눈 딱 감고 마시는 거야."

"그, 그게 아직 술을 마셔 본 적이 없어서……."

"어허, 맥주가 술이냐? 쓸데없는 소리 하지 말고, 어서 마셔."

하리스의 강권에 못 이겨 라이는 잔을 입가로 가져가 한 모금 살짝 마셔 보았다. 시원한 지하에 저장되어 있던 맥주였기에 상당히 차가웠다.

'뭐가 이렇게 써?'

마시고 싶은 생각은 전혀 없었지만, 하리스의 눈치를 보며 몇 모금 억지로 삼켰다. 그런 라이의 등을 토닥이며 하리스가 말했다.

"오늘 수고했다. 첫 실전이라는 게 믿겨지지 않을 정도로 잘 싸웠어."

생각지도 못했던 고참의 칭찬에 라이는 잔을 내려놓으며 급히 감사의 말을 꺼냈다.

"감사합니다, 선배. 선배께서 잘 가르쳐 주신 덕분이죠."

그러자 하리스는 지금까지의 장난스러웠던 표정을 지우고 라이의 눈을 바라보며 말했다.

"네가 술을 마셔 본 적이 없다는 걸 알지만, 오늘은 아무래도 좀 권해야겠다. 그래야 허심탄회하게 대화를 나눌 수 있을 테니까."

"그, 그게 무슨 말인지……?"

"몇 번이나 물어볼까 생각을 하긴 했었는데 말이야. 너, 왜 그러는 거냐? 전투가 끝난 후부터 왠지 착 가라앉아 있는 거 같은데……."

"아무것도 아닙니다, 선배."

"아니기는 뭐가 아무것도 아니야. 어서 말을 해 봐."

순간 라이의 어깨가 아래로 축 처졌다. 오늘 아침, 동굴에서 벌어졌던 일이 또다시 떠올랐기 때문이다.

당시 라이가 도끼로 찍어 잡은 수컷 오크는 겨우 두 마리. 활약이 그리 대단했다고는 볼 수 없었다. 더구나 오크가 몽둥이를 휘두르며 무서운 기세로 달려들었을 때는, 아무런 생각도 하지 못하고 거의 본능적으로 싸웠었다. 그렇기에 라이는 자신이 어떻게 오크 두 마리를 때려잡았는지 기억조차 나지 않았다.

 대신 지금 라이의 뇌리를 짓누르고 있는 것은 앞뒤 분간조차 되지 않을 정도로 캄캄한 동굴 속에서 치러졌던 치열했던 전투 장면이 아니었다. 그것은 바로 암컷과 새끼들을 때려잡은 기억이었다.

 전투가 끝난 후, 암컷과 새끼들을 처리하게 된 게 바로 라이언의 소대였다. 그리고 그런 궂은일은 쫄따구가 떠맡을 수밖에 없었다. 새끼들을 보호하기 위해 암컷들은 몸으로 막아섰다. 머리 위로 도끼날이 떨어지는 그 순간에도 암컷들은 피하지 않았다. 다만 애절한 표정으로 자신을 바라보고 있을 뿐이었다. 어미가 피투성이가 되어 쓰러지자, 비명을 질러대던 새끼들……. 라이는 정신없이 도끼를 휘둘렀었다.

 하리스도 그 일을 함께하기는 했지만, 그는 라이가 이토록 큰 정신적 충격을 받았을 거라고는 미처 예상하지 못했다. 어두운 동굴 속이었기에 라이의 표정을 살펴보기가 힘들었던 탓이다. 더군다나 라이가 핏물을 흠뻑 뒤집어쓴 상태라 주위가 훤하게 밝았다고 해도 그의 표정을 알아보기는 힘들었을 것이다.

 "그, 그게 계속 생각이 나서요. 오크가 생김새는 돼지 같지만…, 몸은 사람과 흡사하게 생겼잖아요. 그래서인지 마지막에 새끼들을 처리할 때 마치 어린애를 죽여 버린 것 같아서……."

 하리스는 혀를 차며 라이의 등을 토닥인 뒤 위로해 줬다.

"쯧쯧, 이 녀석 큰일 날 생각을 하고 있었네. 아무리 사람과 비슷하게 생겼다고 해도, 몬스터는 몬스터야. 새끼나 암컷이라고 해서 다르지 않아. 암컷들은 새끼를 낳고, 또 새끼들은 나중에 자라서 사람들을 죽이고 잡아먹겠지. 그것들은 죽여 없애야 할 몬스터들일 뿐이야. 우린 당연한 일을 한 거지. 그러니 그런 쓰잘데기 없는 죄책감 따위 느낄 필요가 없어. 알겠어? 자, 조금 더 마셔. 오늘의 승리를 위하여!"

분위기에 휩쓸려 맥주 한 잔을 벌컥벌컥 마셨더니 몽롱하게 눈이 풀리며 기분이 좋아지기 시작했다. 아마도 이런 기분 때문에 고참들이 술을 마시는 모양이라고 라이는 생각했다.

하리스는 그 후로도 계속 몬스터와 사람은 완전히 다르니 마음에 두지 말라며 라이를 위로해 주었다. 하지만 라이는 도저히 잊을 수가 없었다. 새끼를 감싸 안으며 자신을 향해 등판을 내보이던 암컷 오크. 그 오크의 두려움 가득했던 눈길을 잊을 수가 없었다.

그때 라이가 그 암컷을 어떻게 했던가. 도끼로 인정사정없이 찍어 버렸지 않은가. 암컷이 죽자 미친 듯이 비명을 질러대던 그 새끼들까지도…….

어느새 라이의 두 눈에서는 눈물이 뚝뚝 흘러내리고 있었다.

"나는 그러고 싶지 않았다구요. 훌쩍……."

"어허, 사내새끼가 청승맞게 눈물은. 뚝 그치지 못해! 이래서 술은 처음 배울 때가 중요한 거야. 그때 울면, 다음부터는 술만 마시면 자동적으로 울게 된다구. 자자, 쓸데없는 생각 하지 말고, 좋았던 기억만 떠올리도록 해. 술은 즐거운 기분으로 마셔야 되는 거야. 그래야 보약이 되는 거지."

고참답게 하리스는 라이의 마음을 잘 어루만져 줬다. 지금껏 용병 생활을 해 오며 첫 살생을 한 후 죄책감에 괴로워하는 신병들을 많이 봐 왔던 하리스였기에, 이런 라이의 모습이 결코 낯선 것은 아니었다. 그렇기에 그는 성심껏 위로해 주고 있었다.

하지만 라이를 좋게 본 하리스와는 달리, 올란도는 삐딱한 시선으로 라이를 보고 있는 대표적인 인물이었다.

'오크 암컷과 그 새끼를 죽인 게 충격이었다고? 하기야 그럴 수도 있겠지. 사람과 비슷하게 생겨 먹은 건 사실이니까……. 하지만 그렇다고 해도 말이 되지 않잖아. 핏물을 온몸에 뒤집어쓰고서 미친놈처럼 죽어라 도끼를 휘둘러댔던 놈인데.'

잠시 고개를 갸웃거리던 올란도는 석연치 않은 표정으로 라이언에게 불쑥 물었다.

"마지막 끝처리는 누가 했지?"

"끝처리라뇨?"

뜬금없는 질문이었던 만큼 라이언으로서도 알아듣기 힘들었던 모양이다. 하지만 부하가 자신의 말을 재깍재깍 알아듣지 못하는 것에 올란도는 짜증이 밀려왔다.

"동굴에서 빠져나오기 전에 내가 물었었지. 암컷과 그 새끼들 처리는 어떻게 했느냐고 말이야. 그때 넌 잘 처리했다고 대답했던 것으로 기억하는데?"

"아, 그거요? 하리스에게 라이와 함께 마무리하라고 지시했습니다."

"아무리 암컷과 새끼들이라지만 처음 들어온 신참에게 그런 일을 시키면 어떡하나? 워낙 사람과 비슷하게 생겨 먹은 오크들을 상대로 말이야."

올란도의 지적에 라이언은 걱정도 팔자라는 듯 태연하게 대꾸했다.

"그때는 워낙 손이 모자라 어쩔 수가 없었습니다. 나중에 제가 하리스에게 슬쩍 물어봤더니 걱정할 필요 없이 잘하더랍니다. 일말의 주저함도 없이 도끼를 휘두르는 게 아주 타고난 용병 체질이라면서 말이죠."

"그래? 그거 잘됐군. 꽤나 적응이 빠른 놈이 들어왔어."

"예. 지금 생각해 보면 그때 뽑기를 정말 잘한 거 같습니다."

그러자 라이언의 옆에서 묵묵히 술을 마시고 있던 론도가 퉁명스러운 어조로 중얼거렸다.

"젠장, 내가 눈이 삐었지. 설마 그 멸치같이 삐쩍 골은 놈이 6급 용병패를 가지고 있었을 줄이야……."

하지만 올란도는 론도의 투덜거림에 아무 반응도 보이지 않았다. 그는 라이를 힐끗 쳐다보며, 가소롭다는 듯 미소를 짓고 있는 중이었기 때문이다.

'꽤나 적응이 빠른 놈이라고? 흥! 어리숙해 보이지만 실제로는 속에 능구렁이 몇 마리는 들어 있는 놈인데 아직 모르는 모양이군. 어쭈, 이젠 눈물까지 줄줄 흘리며 하리스를 가지고 놀

고 있구먼.'

 라이가 눈물을 흘리자 하리스가 열심히 달래 주는 모습이 보였던 것이다. 올란도의 시선이 이번에는 말없이 술잔을 기울이고 있는 모라이어스에게로 넘어갔다.

 '네놈이 하리스에게 한 것처럼 모라이어스도 꼬시기 위해 순진한 척 접근하겠지? 모라이어스의 묵인이 없다면 탈출은 원천적으로 불가능하다는 것을 네놈도 확실히 깨달았을 테니까 말이야. 하지만 그게 그렇게 쉬운 일은 아닐 게다.'

 노예로 팔려 오는 도중에 인간에게 환멸을 느껴 버린 모라이어스는 지금까지 그 누구에게도 마음을 열어 준 적이 없었다. 마치 단단한 껍질을 뒤집어쓴 조개처럼 마음을 굳게 닫아걸고, 누구라도 일체의 접근조차 허용하지 않고 있었.

 그걸 잘 알고 있는 올란도였기에 앞으로의 전개가 더욱 흥미로웠다. 놈은 과연 어떻게 할까?

 다음 날 아침, 잠에서 깬 하리스는 머리통을 틀어쥐며 비명을 내질렀다.

 "끄으윽! 술을 너무 마셨는지 아주 죽겠구먼."

 머릿속에 지진이 난 것처럼 지끈지끈 아프고, 속은 뒤집어질 듯 울렁거렸다. 오랜만에 마신 데다가, 라이 녀석을 달랜다고 평소보다 조금 더 과음을 한 게 결정적이었다. 푹신한 침대에서 벗어나고 싶지는 않지만, 그는 자리를 박차고 일어날 수밖에 없었다. 오줌보가 터지기 일보 직전인 상황이었으니까.

주위를 둘러보니, 모두들 잠에 곯아떨어져 있었다.
"빌어먹을, 빨리 싸고 돌아와서 조금 더 자야지."
급히 화장실로 달려간 하리스는 화산이 터지듯 막혔던 오줌을 개운하게 뿜어내며 만족스런 한숨을 내쉬었다.
"어~ 시원하다. 그런데 물을 빼고 나서 그런지, 배도 고프고 쓰리고 아주 난리가 났군. 으구구, 머리통까지 더 지끈거리는 것 같네. 젠장, 이놈의 숙취!"
하지만 이때, 그의 뇌리를 스치고 지나가는 생각이 하나 있었다.
"참, 그러고 보니 술 마시는 게 처음이라고 했었지? 흐흐흐, 녀석도 지금쯤 숙취라는 게 뭔지 확실히 체험하고 있겠군. 맞아. 숙취를 느껴야 술을 제대로 마신 거고, 술을 제대로 마셔야 사나이라 할 수 있지."

하리스의 예상은 보기 좋게 빗나가 버렸다. 아침을 먹는 라이의 얼굴은 전혀 숙취에 절어 있는 표정이 아니었다. 그것을 증명이라도 하듯, 녀석은 왕성한 식욕으로 음식을 배가 터지기 일보 직전까지 뱃속에 쓸어 넣고 있었다.
그런 라이를 보자 하리스는 왠지 모를 배신감까지 느껴졌다. 그래서 그런지 라이를 부르는 그의 목소리는 퉁명스럽기만 했다.
"야, 뺀질이."
"그렇게 부르지 말라니까요. 당최 제가 뭘 뺀질거렸다고 자꾸 그렇게 부르는 겁니까?"

불퉁한 라이의 대답에 하리스는 기가 막힌다는 듯 말했다.
"어제 술을 처음 마셔 본 거라며? 게다가 한두 잔 마신 것도 아니고, 술에 취해 눈물을 줄줄 흘리며 울 정도로 마신 놈이 어떻게 이렇게 쌩쌩할 수 있냐?"
"헤헤, 제가 아직 어리다 보니 회복이 빠른가 보죠, 뭐. 아니면 술 체질이거나."
"그, 그런가?"
떨떠름한 얼굴로 다시 아침을 먹기 위해 고개를 숙이는 하리스의 머릿속으로 안 좋은 생각 하나가 스쳐 지나갔다.
'아무리 그렇다고는 해도, 저렇게 쌩쌩할 수는 없지. 혹시 저놈이 술에 취한 척 능청을 떤 게 아닐까? 그래, 맞아. 그럼 눈물을 질질 흘리며 자신의 속마음을 털어놓은 것조차도 사기란 말이잖아!'
하리스는 불끈 치솟는 분노에 고개를 치켜세우고 라이를 째려봤다. 그런데 아무리 봐도 어리숙한 얼굴에 솜털이 보송보송한 어린애가 아닌가.
'허, 이거 참. 저놈 얼굴을 보면 순진한 것 같은데, 가만히 이리저리 생각해 보면 마치 내가 농락당한 기분이 드니 원. 하기야 이 험악한 곳에서 살아남으려면 어리숙해서는 제명에 못 죽지.'
그렇게 생각하니 치솟는 분노가 서서히 가라앉는 걸 느꼈다.
'그래, 교활해져서라도 살아서 이 용병단을 나가야지. 그래야 가족들이 있는 고향엘 갈 수 있잖아.'
다시 고개를 숙이고 아침 식사를 하는 하리스의 눈가에 왠지 모를 물기가 어리기 시작했다.

아침부터 시비를 거는 하리스를 라이는 이해할 수가 없었다.
'젠장. 왜 또 시비는 걸고 야단이야. 무슨 일로 심사가 뒤틀린 거지?'
그 전날 밤에는 야영을 했고, 어제는 하루 종일 강행군에 시달렸다. 오크와의 전투보다도 오히려 장시간의 행군이 더 그들을 힘들게 한 게 사실이다.
임무를 완수한 뒤 오랜만에 제대로 된 안락한 잠자리에 누웠으니, 꿀잠을 잘 수밖에 없는 게 당연한 이치. 숙면을 취하고 일어난 후의 상쾌한 아침에 왜 저렇게 시비를 걸어대는지 그로서는 이해를 할 수가 없었던 것이다.
식사를 마친 뒤 라이는 침대가 있는 방으로 돌아가지 않고, 여관 뒷마당으로 가 아침 운동을 시작했다. 몸을 혹사시킨다고 할 정도로 혹독한 훈련을 계속해 왔던 것이 인이 박인 것이다.
묵직한 전투도끼였지만, 라이에게는 너무나도 가볍게 느껴졌다. 루톤식 도살식에 따라 도끼와 방패를 휘두르며, 어제 아침에 있었던 전투 장면을 떠올리려고 애썼다.
하지만 그를 향해 창을 찔러대던 오크의 모습은 떠오르지 않았다. 대신 그의 뇌리를 잠식해 오는 것은 암컷과 새끼 오크들의 절망 어린 눈동자들뿐이었다.
"젠장!"
라이는 자신도 모르게 욕지거리를 내뱉으며, 더욱 힘차게 도끼를 휘둘렀다. 마치 악몽과도 같았던 그 장면들을 머릿속에서 완전히 깨부숴 버리기라도 하듯.

 창문에 비스듬히 기댄 채 마당에서 수련을 하고 있는 라이의 모습을 지켜보는 사람이 있었다. 그는 바로 올란도였다.
 라이가 아직 탈영을 할 생각을 버리지 않았다는 걸 그는 이미 눈치 채고 있었다. 그렇기에 라이가 이른 아침부터 완전무장을 갖춘 채 밖으로 나가는 것을 보고 그가 그냥 지나칠 리 없지 않은가.
 '어쭈? 모두들 간밤에 떡이 되도록 술을 퍼마셨으니, 지금이 찬스라는 건가? 저놈을 그냥······.'
 하지만 그의 예상과는 달리 라이는 도망치지 않았다. 기특하게도 혼자서 수련을 시작했던 것이다. 여관의 뒷마당으로 간 라이는 대련 상대는 없었지만, 마치 상대가 앞에 있는 것처럼 공격과 방어 동작을 전개하기 시작했다.
 간단한 기본 동작들이었지만, 그 동작 하나하나에는 힘이 실려 있었다. 공격과 방어의 흐름이 아주 자연스럽게 이어지는 것을 보고 올란도의 눈에 이채가 어렸다.
 "호오, 제법인데? 하리스 녀석이 큰소리칠 만도 해."
 하지만 그의 감탄사는 그리 오래가지 않았다. 곧이어 라이의 움직임이 왠지 산만해지기 시작했기 때문이다. 처음 시작할 때의 그 날카롭고 절도 있던 기세는 다 어디로 갔는지, 그저 무작정 크게 휘둘러대기만 했다. 만약 전장에 투입되어 저딴 식으로 움직였다가는 얼마 버티지도 못하고 목숨을 잃을 게 뻔했다.

"츳, 5급이라고? 뭐, 5급 정도는 간신히 통과할 수 있을지도 모르지. 하지만 적을 상대로 저따위 공격을 하다가는, 그날로 바로 모가지가 날아갈걸?"

더 이상 라이의 수련을 지켜보는 것은 시간 낭비라고 판단한 올란도는 식당을 향해 발걸음을 옮겼다. 어제 독한 브랜디를 너무 많이 마신 탓인지 목구멍이 까칠했던 것이다.

식당으로 가 보니 소대장들이 이미 자리를 차지하고 앉아 식사를 하고 있는 게 보였다. 둘 다 부스스한 얼굴로 음식은 그저 깔짝거리기만 할 뿐, 잡담을 나누고 있었다.

"일어나셨습니까? 중대장님."

인사를 건네는 소대장들에게 건성으로 답을 하며, 올란도는 점원을 불러 시원한 물 한 잔을 부탁했다.

"출동 준비 상태는?"

"서너 달은 족히 걸릴 임무인데, 서두를 필요 있습니까?"

"하루라도 빨리 시작하는 게, 하루라도 빨리 끝내는 방법이야."

"그건 그렇죠. 식사 끝내시기 전까지 준비 완료해 놓도록 하겠습니다."

왠지 수상쩍은 마법사

31

이걸 죽여? 살려?

정보 단체로부터 넘겨받은 자료를 분석한 후, 아르티어스와 브로마네스는 '페가수스' 용병단을 선택했다.

유희의 첫 시작을 제대로 된 신분증으로 하고 싶다며 똥고집을 부리는 브로마네스를 뒤로하고, 아르티어스는 홀로 페가수스 용병단을 향해 떠났다. 공간이동 마법을 썼기에 그곳에 도착하는 데 걸린 시간은 얼마 되지도 않았다.

"헉, 마법사?"

용병단에 지원하는 마법사가 드물기는 드문 모양이다. 곧바로 행정관실로 안내된 것을 보면 말이다.

"어서 오게."

"랄프 디겔이라고 합니다."

붉은 머리를 길게 기른 30대 중반쯤으로 보이는 남자다운 생김새의 마법사. 평소 아르티어스가 애용하는 여성스러운 얼굴이 너무 눈에 띈다는 브로마네스의 조언에 따라, 그는 이곳에 오기 전에 얼굴을 남성적인 모습으로 바꾸어 놓은 상태였다.

"자, 이리 앉게. 그나저나 자네 안목이 높구먼. 우리 페가수스 용병단에 지원한 것을 보면 말이야."

행정관은 페가수스 용병단이 얼마나 좋은지 한참 동안이나 떠벌여댔다. 그러면서도 그 사이사이에 어느 정도 수준의 월급을 원하는지 타진하는 것을 보면, 꽤나 말재주가 화려한 인물이었다.

행정관을 보며 아르티어스는 이곳을 선택하기를 정말 잘했다는 생각을 다시 한 번 했다. 밀고 당기면서도 매끄럽게 분위기를 이끌어 가는 행정관 녀석이, 나중에 자신에게 꽤나 쓸모가 있을 거라는 생각이 들었기 때문이다.

"아무래도 그 전에 있던 곳보다는 조금 더 받아야 하지 않겠습니까?"

"암. 그건 당연하지. 그래, 그 전에는 얼마나 받았나?"

엄청나게 많이 줄 듯 얘기했지만, 막상 행정관이 제시한 금액은 예전에 받았다고 했던 금액보다 고작 10실버 더 많은 액수였다.

"적다고 생각한다면 그건 자네의 오산일세. 우리 용병단은 성공 수당을 꽤나 후하게 지급하는 것으로 유명하니까 말이야."

"그 정도면 괜찮은 것 같군요."

"그래, 잘 생각했네. 다른 용병단에 가 봐야 이쪽보다 더 좋은 대우를 받기는 힘들 걸세."

하지만 그렇게 말하면서도 행정관은 의심스런 눈초리로 사내를 은근슬쩍 살펴보고 있었다. 그건 사내가 자신이 처음에 제시한 금액을 너무 쉽게 받아들였기 때문이다. 마법사가 용병단에 들어오는 목적이라고 한다면, 돈 말고 또 무슨 이유가 있겠는가.

'흐음······. 이건 좀 수상쩍군. 용병단에서 굴러먹었다는 인간이 순진하다는 건 말도 안 되고 말이야.'

용병단 내에 있는 마법사라고 해 봐야 채 30명도 되지 않는다. 그들을 통신기로 사용하는 것만으로도 인력이 모자라는 판에, 화력 지원을 위해 최전선에 동원할 여력은 없었다. 즉, 마법사로 입단해서는 성공 수당을 기대하기 힘들다는 말이다.

다른 용병단에서 일했다며 용병패와 용병수첩까지 제시한 인물이 그런 내막을 모를 리가 없다. 즉, 저자가 용병단에서 일했다는 것은 새빨간 거짓말이라는 뜻이다.

이곳 용병단에 잘 왔다는 말을 하는 와중에도 행정관의 머릿속에는 온갖 생각이 교차하고 있었다.

'당장 저놈을 붙잡아다가 족쳐 볼까? 아냐, 모르는 척 그냥 놔두고 관찰을 해? 대체 무슨 목적으로 우리 용병단에 침투하려고 하는 건지······.'

하지만 그렇게 생각을 하려 해도 도저히 이해하기 힘든 구석이 있었다. 은밀한 침투를 목적으로 한다면, 굳이 이렇게 눈에 확 띄는 마법사라는 직종으로 올 이유가 없기 때문이다.

'아마 마법사라는 건 사실일 거야. 그렇지 않았다면 굳이 마법사라는 병과를 고집할 이유는 없었을 테니까.'

머릿속은 복잡하기 짝이 없었지만, 행정관은 겉으로는 태연자약하게 행동했다. 그는 입단지원서에 사내가 받게 될 혜택과 급료 따위를 꼼꼼하게 작성한 다음, 그것을 건네주며 말했다.

"잘 읽어 본 다음, 여기에 서명하게."

사내가 서명을 마치자 행정관은 소탈한 미소를 지으며 말했다.

"우리 용병단의 한 식구가 된 것을 진심으로 축하하네. 절대 후회는 하지 않을 게야."

새로 온 마법사 랄프 디겔이 자신의 집무실을 떠나자마자 행정관의 안색은 급격히 어두워졌다.

'이 일을 어떻게 처리해야 하지?'

제대로 된 용병이라고 하기에는 너무나도 수상쩍은 놈이었지만, 그렇다고 첩자로 단정하기에도 문제가 있었다. 정식으로 첩자 교육을 받은 인물이 저렇게까지 어수룩하게 행동할 리가 없기 때문이다.

'일단은 거리를 두고 관찰하는 게 좋겠어.'

행정부 병사가 아르티어스를 안내한 곳은 대기대(待機隊)였다. 처음 입단한 신병들이 기거하는 곳이라서 그런지, 남루한 차림의 앳된 병사들이 많이 눈에 띄었다. 아마 저들은 오늘 입단한 애들이리라. 정상적인 신병이었다면 지금 이 시간에는 훈련대로 가서 훈련을 받고 있어야 했으니까 말이다.

"이 방입니다. 거처가 정해지시기 전까지, 당분간 여기서 기거하시면 됩니다."

병사가 방문을 활짝 열자, 단정하게 정리된 실내가 드러났다. 열 명씩 기거할 수 있도록 짜여 있는 일반적인 숙소와 달리, 이 방은 침대가 하나만 놓여 있는 독실이었다.

병사는 침대 옆쪽에 놓여 있는 사물함을 가리키며 말했다.

"짐은 여기에 정리해 두시면 됩니다. 그리고 식사는 조금 수고스러우시겠지만, 훈련대로 가셔서 그곳의 교관 식당을 이용하십시오. 이쪽에 있는 건 훈련병용 식당밖에 없으니까요. 나중에 드셔 보시면 아시겠지만, 훈련병용으로 지급되는 식사는 정말 형편없거든요."

병사는 아르티어스가 짐을 정리하는 것을 도와주면서도 쉬지 않고 부대의 상황에 대해, 알아 두면 편리할 만한 것들에 대해 조언을 해 줬다. 별로 가지고 온 게 없었기에, 짐 정리는 금방 끝났다. 정리가 끝나자 병사는 아르티어스에게 제안했다.

"용병단 내를 좀 구경하시겠습니까?"

지금까지 그가 안내했던 다른 사람들은 이 제안에 대해 모두들 쌍수를 들고 고마워했었다. 하지만 이번은 그의 예상과 달랐다. 상대는 시큰둥하게 대꾸했다.

"안 해 줘도 돼."

"그래도……."

"아, 괜찮아. 그러니까 가 봐. 나는 좀 쉬고 싶어."

잠시 머뭇거리는 병사. 지금 이렇게 내보내 놓고는 나중에 뒤에서 무슨 소리를 할까 걱정되었기 때문이다. 한 번 안내를 해 줘도 나중에 혼자 찾아다니려면 길을 잃어버리는 경우가 태반인데, 이렇게 안내조차 받지 않는다면 그 결과는 불을 보듯 뻔했다.

"이곳 용병단의 규모는 결코 작지 않습니다. 여기서 보면 안

쪽이 다 보이지 않기에 작다고 착각하시는…….”

하지만 아르티어스는 병사의 말을 냉정하게 잘라 버렸다.

"용병 숫자만 7천 명 내외. 그리고 용병단에 빌붙어서 사는 것들의 숫자는 약 3천 정도……. 합계 1만 명 정도가 생활하는 작은 도시 규모라는 것쯤은 이미 알고 있네. 내 말이 틀렸나?”

"아, 아니…, 틀린 것은 아닙니다만…….”

병사가 머뭇거리면서도 밖으로 나갈 생각을 하지 않자, 슬그머니 짜증이 난 아르티어스 어르신. 갑자기 비릿한 미소를 지으며 품속에 손을 넣어 주머니 안을 뒤졌다.

"오호, 그러고 보니 팁을 주지 않아서 그러는 모양이군. 가라는데도 왜 안 나가고 버티고 있나 했지.”

아르티어스는 주머니 속에서 동전 한 닢을 꺼내 앞으로 내밀며 이죽거렸다.

"여기 있네, 수고료.”

자신의 순수한 호의가 무시당한 건 그래도 참을 만했다. 수고료랍시고 돈을 준 놈을 지금껏 단 한 명도 만나 본 적이 없었지만, 무엇보다 그 액수가 치가 떨릴 지경이었다. 겨우 단돈 1타라. 순간적으로 병사의 얼굴이 모멸감으로 시뻘겋게 달아올랐다.

'이런 개자식이! 나를 뭐로 보고. 그래, 길을 잃고 한번 고생을 죽어라 해 봐야 정신을 차리지. 망할 놈. 콱, 시궁창에 머리를 처박고 죽어 버려랏!'

병사는 분노로 인해 떨리기는 했지만, 그래도 정중한 어조로 말했다. 상대는 마법사였으니까.

"수고료를 주실 필요는 없습니다. 그럼 편히 쉬십시오."

"그래, 수고했네."

병사를 내보낸 후, 아르티어스는 안쪽에서 열쇠를 걸어 문을 잠그며 투덜거렸다.

"망할 자식! 꺼지라면 재깍재깍 꺼질 것이지 군소리는……."

교관 식당의 밥이 아무리 좋다고 해도 레어에서 대기 중인 노예들이 차려 준 밥만 하겠는가. 그 전에는 밥을 차려 줄 노예들이 없었기에 이리저리 식당을 찾아다닌다고 고생을 했었지만, 지금은 그런 생각을 할 필요가 없었다.

아르티어스는 노예들이 차려 준 맛있었던 요리들을 주르륵 떠올리며 입맛을 다셨다.

"룰루루, 오늘은 과연 어떤 메뉴가 기다리고 있을까?"

아르티어스가 레어로 돌아갈 때, 즐겨 이용하는 곳은 레어의 제일 안쪽에 위치한 거대한 공동(空洞)이었다. 그곳을 애용하는 이유는 타고난 그의 신중함 때문이었다.

인간 세상을 떠돌 때, 온갖 나쁜 짓을 다 해 봤던 그가 아닌가. 공간 이동 출구에 장난을 치는 것쯤은 당연히 해 봤던 일이다.

물론 다른 놈에게 그 방법을 쓸 때야 재미가 있을지 모르지만, 역으로 그것에 자신이 당한다고 생각하면 모골이 송연한 노릇이다. 아무리 자신이 드래곤이라고 하지만, 한 방에 끽소리도 못 내고 사망할 게 뻔했으니까.

 희미한 빛이 생기는가 싶더니 공동의 중간쯤에 모습을 드러낸 아르티어스. 공간이동이 완료되자마자 즉시 비행마법을 시전했다. 그렇지 않으면 밑바닥으로 추락할 게 뻔했으니까.

 그리고 그와 동시에 주변을 밝혀 주는 라이팅(Lighting) 마법도 함께 시전했다. 본체일 때는 상관없었지만, 호비트의 몸으로 변신한 상태에서는 어둠을 뚫고 사물을 볼 수 없었기 때문이다.

 더군다나 정령과의 소통을 차단하는 마법목걸이까지 걸고 있는 지금, 공동 안은 칠흑과도 같이 어두웠고 기괴할 정도로 고요했다.

 천천히 지상으로 내려서며 아르티어스는 고개를 갸웃거렸다. 노예들을 부리기 시작한 이래, 이 안쪽에서 광구(光球)가 떠오르면 밖에서 보초를 서고 있던 엘프들이 안으로 달려 들어와 허겁지겁 인사를 건넸었다. 그리고 그들의 기별을 받은 그랜딜도 곧이어 이쪽으로 달려왔었다.

 하지만 지금은 아무런 기척도 느껴지지 않고 있었다.

 '이상한 일이네……'

 공동 밖으로 나가 보니, 밖에는 아무도 없었다. 평소에는 그랜딜이 세워 놓은 보초병 둘이 언제나 서 있었는데 말이다. 그것을 확인하는 순간, 아르티어스는 즉시 목걸이를 벗었다. 목걸이를 벗자마자 주변의 모든 것이 너무나도 생생하게 다가오기 시작했다. 마치 반쯤 잠에 취했다가 완전히 잠에서 깨어나듯이.

 아르티어스는 그랜딜의 집무실 쪽으로 방향을 잡아 걷기 시작했다. 그의 앞에는 자신이 만든 작은 빛의 구슬만이 빛을 뿜어내고 있을 뿐, 그 어떤 인기척도 느껴지지 않았다. 온기가 완전히 사라진 황량한 모습이다. 예전에는 새삼스러울 것도 없는 광경이었지만, 요 근래 엘프들이 만들어 놓은 따뜻한 온기를 느꼈던 그였기에 이런 모습이 아주 이질적으로 느껴졌다.

"도대체 무슨 일이 있었던 거지? 설마 단체로 도망쳤을 리는 없을 텐데……."

이때, 그의 눈에 확 하고 들어오는 게 있었다. 벽에 흩뿌려져 있는 검붉은 얼룩들. 바닥에는 웅덩이처럼 붉게 고여 있는 곳도 있었다. 만져 보고 그 질감 및 냄새를 확인할 것도 없었다. 정령들이 그에게 다 알려 주고 있었으니까.

피였다.

바닥에 흥건히 고여 있는 피는 아직 완전히 굳지도 않은 상태였다. 불현듯 그랜딜 공작이 자신에게 실버 드래곤이 레어에 방문했다며 보고했었다는 사실이 그의 뇌리에 떠올랐다.

"리멤버런스 오브 더 어스(Remembrance Of The Earth;대지의 기억)!"

그러자 커다란 원반 형태의 빛무리가 생겨나더니 그 안에 엘프들의 모습과 함께 보이는 오크 한 마리. 비록 희미한 영상이기는 했지만, 그 오크의 머리털 색깔이 은빛이라는 것 정도는 충분히 알아볼 수 있었다.

아르티어스의 눈이 실쭉 가늘어지며 음산하게 빛났다. 순간, 그의 몸이 쏜살처럼 앞으로 날아가기 시작했다. 비행마법이었다.

인간이나 엘프라면 아무리 마법에 능숙하다고 해도, 이렇게 장애물이 산적해 있는 비좁고 어두운 공간에서 고속의 비행마법을 쓸 엄두는 절대로 내지 못할 것이다. 한 번만 실수해도 곧바로 사망이었으니까. 하지만 드래곤인 아르티어스는 달랐다. 정령의 도움으로 눈에 보이지도 않는 저 앞쪽까지도, 이미 완벽하게 파악을 끝내 버린 상태였으니까.

다행히 그랜딜 공작은 살아 있었다. 자신의 노예가 침대 위에 처참한 모습으로 누워 있는 것을 본 아르티어스는 이를 부드득 갈았다.

"어떤 놈이냐? 혹 이름을 들었느냐?"

몸져누워 있던 그랜딜 공작은 억지로 몸을 일으키며 공손하게 인사했다.

"주, 주인님께서 오셨습니까?"

"인사는 필요 없으니, 묻는 말에나 대답하라."

"누군지는 밝히지 않았습니다만, 그의 모습은 분명하게 기억하고 있습니다, 주인님."

그랜딜 공작은 힘겹게 수인을 맺으며 환영마법(幻影魔法)을 사용해서 오크의 모습을 보여 줬다. 대지의 기억에서 뽑아낸 것과는 비교도 할 수 없을 정도로 선명한 영상이었다.

영상 속에 나타난 오크는 믿어지지 않을 정도의 재빠른 몸놀림을 보여 줬다. 게다가 마법까지 능수능란하게 쓰고 있었다.

속수무책으로 쓰러지는 엘프들. 상대는 오크 따위가 아니라 드래곤임에 틀림이 없었다.

워낙에 많은 드래곤들과 원한 관계를 맺고 있는 아르티어스다. 범인이 실버 드래곤이라는 것 정도밖에 알 수 없었지만, 왠지 심증이 가는 놈이 하나 있었다.

그랜딜 공작의 영상을 보다 보니 그의 뇌리에 탁 하고 떠오르는 놈이 있었던 것이다. 자기 아들이 고자가 되면 어쩌겠느냐며 중얼거리던 그 팔푼이 아빠. 그놈이 범인임에 틀림없었다. 영상 속의 오크의 머리카락 색은 분명 은발이었다. 은발인 만큼 실버 드래곤임이 틀림없고, 이 정도면 증거로도 충분······.

"끄응······."

이 대목에서 아르티어스는 신음성을 흘리지 않을 수 없었다. 문제는 저런 환영(幻影) 따위가 증거가 될 수 없다는 데 있었다. 놈이 정령마법이라도 썼으면 몰라도, 그렇지 않은 이상 이게 실버 드래곤이 저질러 놓은 짓이라고 확신할 수가 없었기 때문이다.

머리카락 색깔은 자신의 취향에 따라 선택하는 것이지, 실버 드래곤이 변신하면 무조건 은발을 하고 있는 것은 아니다. 즉, 다른 드래곤이 실버 드래곤인 척 꾸미고 와서 깽판을 쳐 놨을 가능성도 무시할 수 없다는 말이다.

예전의 아르티어스였다면 생각해 볼 것도 없이, 바로 그 팔푼이 아빠의 레어로 달려가 박살을 내 놨을 것이다. 놈이 범인이건 아니건, 그건 중요하지 않다. 만약 놈이 범인이 아니라고 해도 치솟는 울분을 해소할 수 있을 테고, 범인이 발견될 때까지 다른 드래곤들을 박살 내다 보면 언젠가는 범인을 잡아낼 수 있을 테니까.

하지만 그렇게 하기에는 쟈크레아라는 존재가 계속 마음에 걸렸다. 지금껏 그만한 능력을 지닌 드래곤이 자신을 손봐 주겠답시고 별렀던 적이 있었던가. 쟈크레아를 떠올리자, 자신도 모르게 한기가 들며 몸이 부르르 떨렸다. 그리고 그와 동시에 번쩍하며 떠오르는 게 있었다.

'맞아! 그거였어…….'

닳고 닳은 아르티어스는 곧바로 감을 잡았다. 놈이 왜 겁대가리를 상실해서 이런 맹랑한 짓을 저질렀는지, 그 이유를 말이다. 아르티어스는 콧방귀를 뀌며 중얼거렸다.

"흥! 내가 이런 얄팍한 수법에 멍청하게 걸려들 거라고 생각하다니……. 가소로운 놈."

호비트들은 100년도 안 되는 짧은 수명에 비해 처절하게 부대끼며 삶을 살아가는 특별한 종족이다. 엘프나 드워프 같은 놈들의 삶은 몇백 년을 살아서인지 느긋하면서도 지루했다. 그렇기에 아르티어스가 주로 유희를 즐기기 위해 선택한 곳은 호비트들의 세상이었다. 그곳에서 얼마나 많은 못된 짓을 보고 따라 했는지……. 그러면서 그는 자연스럽게 호비트 찜 쪄 먹을 정도의 교활함을 배웠다.

'내가 자기를 찾아가는 그 순간, 쟈크레아를 불러들이겠다는 것이겠지. 어쩌면 쟈크레아 놈과 함께 이 계략을 꾸민 것인지도

모르고 말이야.'

아르티어스가 그렇게 머리를 굴리고 있을 때, 그랜딜 공작이 어리둥절한 표정으로 물었다.

"예? 그건 무슨 말씀이십니까, 주인님. 제가 주인님께 무슨 짓을 했다고……."

방금 전에 아르티어스가 중얼거린 말만 듣고, 그가 그렇게 오해할 만했다. 그렇기에 아르티어스는 아무것도 아니라는 듯 말했다.

"너에게 한 말이 아니다. 그 침입자라는 놈에게 한 소리지. 자, 조사해 볼 것이 있으니, 가만히 있거라."

아르티어스는 마법을 사용해서 그랜딜 공작의 머릿속을 차근 차근 훑어 나갔다. 혹 놈이 그랜딜 공작을 세뇌해 놓은 게 아닌가 하는 의심이 들었기 때문이다. 입장을 바꿔 놓고 생각해서, 자신이 만약 놈의 처지였다면 그랜딜 공작을 세뇌해 놨을 것이다. 목표물의 움직임을 파악하는 데는 그게 가장 효용성이 높았으니까.

마법으로 들여다본 그랜딜 공작의 머릿속은 수많은 정보들로 복잡하게 얽혀 있었다. 아무런 감정의 색깔도 씌워져 있지 않은 것들도 있었지만, 복잡한 감정의 색깔을 띠고 있는 것들도 많았다. 분노, 흥분, 회한(悔恨), 아쉬움, 사랑 등등…….

정보에 덧씌워져 있는 감정의 다채로운 색깔들로 인해, 기억의 실타래는 더욱 복잡하게 얽히게 된다. 다른 기억과 엉켜 버리거나 심지어는 끊어져 버린 것들도 많았다. 오래된 기억의 경

왠지 수상쩍은 마법사 119

우, 서로가 뒤엉켜 있어 어떤 게 더 최근의 것인지 그 구분조차 모호하다.

그 어떤 규칙도 없이 다채롭게 엉켜 있는 기억의 실타래를 왜곡시킨다는 것은 신의 영역에나 들어가야 가능할 정도의 고난도 작업이다. 그렇다 보니 기억을 조작한다는 것은 필연적으로 흔적을 남길 수밖에 없었다. 그 흔적이 크냐, 작냐의 차이가 있을 뿐.

초보자들의 경우, 너무 심하게 정신 체계를 헤집어 놓아 도저히 회복할 수 없을 정도의 상처를 만들어 놓기도 한다. 그 결과 기억의 붕괴를 초래하여 백치가 되는 사태가 벌어진다. 물론, 드래곤들이 그런 멍청한 실수를 저지르는 경우는 없었지만 말이다.

'놈이 남겨 놓은 흔적만 찾아낸다면, 어떤 놈이 그랬는지 조금이라도 범위를 좁힐 수 있을 거야. 드래곤들이 모두 다 똑같은 정신계 마법을 배운 것도 아니고, 연구하는 방향도 종족에 따라 조금씩 다르니까.'

실낱같은 희망을 붙잡고 그랜딜의 정신세계를 끈질기게 훑어 댔지만, 결국 아르티어스는 포기했다. 자신의 능력으로는 그 어떤 이상 징후도 발견할 수 없었던 것이다.

"세뇌를 해 놨을 거라는 추측은 내가 너무 앞서 나간 거였나?"

하지만 그랜딜 공작이 괜찮다고 해서 안심할 수는 없는 노릇이었다. 그랜딜 공작 말고 다른 엘프를 세뇌해 놨을 수도 있기 때문이다.

결국 아르티어스는 레어 안의 모든 엘프들을 다 불러들여, 그들의 기억을 샅샅이 훑어보는 중노동을 해야만 했다. 맛있는 요리를 먹으러 왔다가 쫄쫄 굶으며 고생만 실컷 하고 있는 셈이다.

아르티어스는 새벽이 다 될 때까지 쉬지 않고 작업을 했지만, 그 어떤 엘프에게서도 정신계 마법에 걸린 흔적은 찾아낼 수가 없었다.

'젠장. 범인이 누군지 뻔히 알면서도 그냥 놔둬야 하다니……'

심증은 있는데, 물증이 없다. 과거 같았다면 증거 따위는 무시하고 일단 박살부터 내 놨었겠지만, 쟈크레아가 놈의 뒤에 떠억 버티고 있다는 것을 뻔히 알면서도 자기 무덤을 팔 정도로 아르티어스는 멍청하지 않았다.

'망할 놈의 새끼들. 내 노예들을 두들겨 패 놓고, 레어를 부숴 놨다고 해서 내가 이성을 잃고 날뛸 줄 알았냐? 그런 얄팍한 수에 내가 걸려들 거라고 생각했다니, 가소로운 것들.'

그런데 생각과는 달리 자꾸만 울화가 치미는 건 어쩔 수가 없었다. 호비트들 세상에 나가서 서로 속고 속이며 아웅다웅할 때에는 이렇게 기분이 더럽지 않았다. 처음부터 유희라고 생각하고 있었으니까.

하지만 실제로 같은 드래곤에게 이런 꼴을 당하고 나니, 기분이 아주아주 더러웠다. 옆집에서 일어난 일에 대해 얘기를 듣는 것과, 자신이 직접 그 일을 당한 것과의 차이라고나 할까? 울화가 치밀어 오른 아르티어스가 주먹을 불끈 쥐었다. 주먹에서 우드드득 하는 소리가 울려 나왔다.

'흥! 내가 그냥 참고 넘어갈 거라고 착각하지 마라. 오늘의 치욕! 반드시 몇 곱절로 갚아 줄 테니.'

　　　　*　　*　　*

쟈크레아로부터 밀명을 받고 아르티어스의 레어로 가 마음껏 분탕질을 친 실버 드래곤은 지금 자신의 레어로 돌아가 느긋하게 기다리고 있는 중이었다. 아르티어스가 자신이 던진 미끼를 덥석 물기를 바라면서 말이다.

"이상하네……. 박살이 난 엘프 놈들이 아르티어스에게 보고를 했을 텐데, 왜 아직까지 아무런 움직임이 없는 거지?"

잠시 고개를 갸웃거리던 그는 차례대로 자신의 노예들을 호출해서 확인했다.

「아무런 이상도 없습니다, 주인님」

「드래곤은커녕 개미 새끼 한 마리 얼씬도 하지 않았습니다, 주인님」

아르티어스가 미쳐 날뛰며 쫓아갈 만한 실버 드래곤들의 레어에는 모두 다 자신의 노예들을 배치해 뒀다. 만약 그곳에 이상한 낌새라도 보인다면 노예들은 즉시 자신에게 보고를 올릴 것이다. 그럼 그 정보를 곧바로 쟈크레아에게 전해 주기만 하면 된다.

 자신은 아르티어스와 만날 일이 없는 만큼, 혹여 아르티어스가 그곳에서 운 좋게 살아남는다고 해도 후환을 걱정할 필요는 없었다.

 그야말로 완전범죄.

 곧 끝날 거라고 예상했는데, 이게 의외로 감감무소식이다.

 "이상하네. 이럴 리가 없는데……."

 이번에는 아르티어스의 레어를 감시하기 위해 파견해 놓은 노예들을 불렀다.

 "그쪽 동태는 어떠냐?"

 「아무런 움직임도 없습니다, 주인님」

 "그럴 리가 있나. 혹시 네놈들이 게으름을 피우다가……."

 그가 채 질책을 쏟아 놓기도 전에 노예는 고개를 연신 가로저으며 다급하게 변명했다.

 「절대로 그런 일은 없었습니다, 주인님. 지엄하신 명령을 받고, 저희들이 어찌 감히 한눈을 팔 수 있겠습니까. 단언컨대 드래곤은커녕 엘프 한 마리도 밖으로 빠져나간 적이 없습니다. 믿어주십시오」

 여기저기에 파견해 놓은 노예들을 닦달해 본 결과, 놈이 아직까지 움직이지 않고 있다는 게 확실해졌다.

 '흐음. 급한 성질을 억제하지 못하고 곧바로 튀어나올 거라고 예상했었는데……. 의외로군. 이제 어떻게 하는 게 좋을까?'

 "한 번 더 놈의 레어로 쳐들어가서 쑥대밭을 만들어 버려?"

자리에서 벌떡 일어섰지만, 그는 곧이어 고개를 가로저으며 자리에 앉을 수밖에 없었다. 그것은 너무 위험하다는 것을 그는 너무나도 잘 알기 때문이다. 놈의 노예들이 아직까지도 놈에게 보고를 하지 않았을 리 없다. 즉, 놈은 이 모든 사태를 다 알고 있으면서도 아직까지 움직이지 않고 있다는 말이다.

"설마… 나를 기다리고 있는 건가?"

그럴 가능성이 농후하다고 봐야 했다. 성격이 급하고 호전적인 것은 사실이었지만, 놈은 절대로 바보가 아니었으니까.

방금 전, 그가 기다림을 참지 못하고 아르티어스의 레어에 한 번 더 분탕질을 치러 갈까 하는 생각을 떠올렸듯, 그놈도 자신이 가만히 앉아 있으면 범인이 못 참고 한 번 더 분탕질을 치러 오지 않을까 하는 생각을 했음에 틀림없다.

분명 놈은 만반의 준비를 다 갖춰 놓고 기다리고 있을 것이다. 마치 거미줄 위에 앉아 먹잇감이 걸려들기를 기다리는 거미처럼…….

"결국 인내심이 강한 자가 이긴다는 소린가?"

그는 노예들에게 명령하여, 술과 안주를 준비하라 일렀다. 기다리는 것이라면, 그놈 못지않게 자신도 일가견이 있는 드래곤이다.

그는 확신했다. 반드시 놈이 먼저 움직일 것이라는 것을. 왜냐하면 자신은 적이 누군지 알지만, 아르티어스는 적이 누군지 모른다. 아는 것이 없는 만큼, 인내심도 그만큼 빨리 바닥을 드러낼 수밖에 없다.

더군다나 아르티어스라는 골드 드래곤은 인내심이라는 게 천성적으로 부족한 놈이 아니던가.

그는 의자에 푸근하게 몸을 묻으며 중얼거렸다.

"오래 기다릴 필요도 없겠지. 씩씩거리며 뛰쳐나와서 근처 실버 드래곤들의 레어를 기웃거릴 때가 바로 네놈의 제삿날이니까. 크흐흐훗.'

원래 이 정도는 다 하잖아

31

이걸 죽여? 살려?

실버 드래곤의 예상과 달리, 아르티어스는 레어에 있지 않았다. 레어에 있어 봐야 신경질만 더 날 것이 뻔했기에, 곧바로 용병단으로 공간이동해 버렸던 것이다.

며칠 후, 드디어 아르티어스가 기다리고 있던 명령이 하달되었다. 344중대의 임무 수행을 도우라는 것이다. 원칙대로라면 신입 마법사에게 이런 임무를 덜컥 맡기는 경우는 극히 드물었지만, 이번 경우는 얘기가 달랐다.

행정관의 건의에 따라 상부에서는 이번 임무를 통해 신입 마법사가 얼마나 성실하게 일을 하는지, 그리고 대인관계는 어떤지 등등……. 마법사가 내밀었던 용병수첩에 적힌 내용만으로는 판별할 수 없었던 것들을 알아볼 요량이었던 것이다.

아르티어스는 통보받은 시간에 맞춰 344중대를 찾아갔다.

이미 중대원들은 출발 준비를 완료해 놓고 그를 기다리고 있었다. 50여 기(騎)에 달하는 인마(人馬)가 도열해 있는 모습은 꽤나 위압적이었지만, 드래곤인 아르티어스에게 있어서 그 모습은 애완동물 한 떼거리 정도로밖에 인식되지 못했다.

'그놈들에게서 받은 정보대로 그런대로 훈련은 잘되어 있는

것 같군.'

"어서 오십시오, 마법사님."

서로 인사가 오고 간 뒤 7시가 넘었지만 중대원들은 출발하지 못했다. 왜냐하면 아직 신관(神官) 2명이 도착하지 않았기 때문이다.

"하여튼 신관이라는 것들은……."

어쩌고저쩌고……. 도열해 있던 중대원들 중 몇 명이 차마 입에 담기 힘들 만큼 지독한 욕설을 내뱉으며 투덜거렸다. 물론, 아르티어스에게 들리지 않도록 아주 낮은 목소리로 말이다. 혹시 저 붉은 머리털의 마법사가 신관에게 고자질을 할 수도 있으니까.

"신관이 오기는 오는 건가?"

기다림에 지친 아르티어스가 짜증이 나서 중얼거려 본 것이었는데, 소대장 중 한 명이 곧바로 응대해 왔다. 그는 마법사가 신관이 오지 않는 게 아닌가 걱정하는 것으로 착각했던 것이다.

"물론입니다, 마법사님. 신관도 없이 어찌 의뢰를 수행하러 가겠습니까."

"내가 이곳 용병단은 처음이라 잘 몰라서 그러는데, 여기 신관들은 원래 이렇게 늦게 오나?"

"처, 처음 오셨다구요?"

아르티어스를 바라보는 장교들과 고참병들의 눈빛이 수상쩍다. 옷차림으로 봤을 때는 꽤나 실전 경험이 많은 마법사라고 생각됐는데, 처음이라고 하니 가슴이 덜컹 내려앉았던 것이다.

의심이 들기 시작하자 너무 젊어 보인다는 점까지도 수상쩍게 느껴졌다.

신관들의 경우 신성력으로 젊음과 미모를 유지하기에 미남미녀가 아닌 자들이 없다. 그리고 그것은 마법사에게도 어느 정도는 통용되는 말이다. 처음에는 아르티어스의 젊음이 마법에 의한 것이라고 생각했는데, 그게 진짜로 젊어서 그런 것이라면? 당연히 입 안이 씁쓸할 수밖에 없는 노릇이다.

"그래, 여기에 온 지 3일쯤 되었다네."

"이런 질문 드리는 것을 오해하지는 마십시오. 혹시 그 전에 계셨던 곳을 알려 주실 수는 없겠습니까?"

그러자 아르티어스는 상당히 불쾌하다는 듯 퉁명스럽게 물었다.

"혹시 내가 초짜가 아닌가 걱정하는 건가?"

"그, 그건 아닙니다. 저희들이 어찌 감히……."

"아니면 됐어."

중대원들은 아르티어스가 소대장의 질문에 자신들이 원하는 대답을 해 주기를 간절히 원했다. 하지만 아르티어스는 그러지 않았다. 저등한 호비트들 따위가 자신을 어떻게 생각하든지 그런 것은 그의 안중에 아예 없었기 때문이다.

하지만 그런 그의 자신감을 중대원들은 오해할 수밖에 없었다. 겉모습은 꽤 경험 많은 마법사처럼 보였지만, 알고 보니 쥐뿔도 모르는 생초보였던 것이다. 중대원들은 내심 한숨을 푹 내쉬었다. 실력 있는 마법사가 용병단에 들어올 리 없다는 것을 그들도 잘 알고 있었기 때문이다.

'어쩐지 마법사를 지원해 준다기에 이게 웬 떡이냐 했더니……. 그러면 그렇지. 쓸 만한 마법사를 중대 단위 임무에 보내 줄 리가 없잖아. 휴~ 이번 임무도 고생문이 훤하게 열렸구나.'

용병들은 출동할 때, 마법사와 신관을 지원받기를 간절히 원했다. 신관에게서는 치료를, 그리고 마법사에게서는 막강한 화력 지원을 받을 수 있기 때문이다. 하지만 그들의 요구는 거의 대부분 받아들여지지 않았다. 대대라면 혹 모를까, 중대 단위에까지 지원해 줄 만큼 마법사의 숫자가 많지 않았던 것이다.

그런 상황인데도 불구하고 이번에 마법사를 대동할 수 있게 된 것은, 의뢰를 수행할 곳이 워낙에 외진 곳이라서 본대와 연락을 주고받을 수 있는 방법이 전무했기 때문이다. 즉, 이번 출동에서 아르티어스 어르신의 주된 용도는 장거리 통신기였던 것이다.

의뢰를 수행해야 할 곳은 엄청나게 멀리 떨어진 곳에 위치해 있었다. 이동마법진을 통해 거리를 대폭 단축시켰는데도 불구하고, 무려 한 달에 걸쳐 말을 타고 이동해야만 했다.

"드디어 도착했습니다."

과연 상부에서 마법사를 지원해 줄 만도 했다. 이렇게 외진 산골마을에 용병길드의 지부가 건설되어 있을 턱이 없었으니까.

이때, 중대장은 경이로운 장면을 목격하게 되었다. 마법사가 말에서 내리지도 않은 채, 품속에서 작은 수정구를 꺼내더니 그 위쪽으로 손바닥을 쓱 훑었다. 그 순간 수정구는 마치 살아 있기라도 하듯 그 움직임에 반응해 번쩍하고 빛났다. 빛이 사라졌을 때, 놀랍게도 수정구 안에는 깐깐해 보이는 인상의 마법사의 모습이 비춰지고 있었다.

그 모습을 본 중대원들의 두 눈이 휘둥그레졌다. 지금까지 장거리 통신마법을 저토록 쉽게 행하는 마법사를 본 적이 없었던 것이다.

「여기는 페가수스 용병단입니다. 무슨 일로……」

공용 채널이었기에 습관적으로 주절거리는 마법사. 그런 마법사에게 아르티어스가 말했다.

"여기는 344중대입니다. 목적지에 무사히 도착했기에 보고 드리는 겁니다."

「아, 자네가 이번에 새로 들어왔다는 신입이로군. 열심히 해 보게. 하기야, 고블린 때려잡는 것 정도를 가지고 능력을 발휘할 수도 없긴 하겠지만 말이지. 하지만 이번에 자네가 가진 능력을 제대로 보여 준다면, 다음부터는 그런 하찮은 임무에 동원되는 일은 없을 걸세.」

"친절하신 조언 감사드립니다. 그럼 중대장을 바꿔 드리죠."

아르티어스는 중대장 앞으로 수정구를 쓱 들이밀었다.

순간 중대장은 당황했다. 그는 지금껏 살아오면서 말 위에 앉은 채 수정구를 가동시키는 마법사를 단 한 명도 본 적이 없었다. 대부분의 경우는 땅바닥에 마법진부터 그리고, 그 중간에다

수정구를 놓아 통신을 했었던 것이다.

어쨌거나 마법사가 수정구를 갑자기 자신 앞으로 들이밀자, 그는 너무 당황해서 아무 생각도 떠오르지 않았다. 그는 급히 손을 내저으며 황급히 말했다.

"저, 저는 할 말이 없습니다."

"중대장이 따로 보고할 사항은 없다고 합니다."

「그럼 귀 중대가 목적지에 무사히 도착했다고 상부에 보고하겠네.」

"예, 감사합니다."

「그럼 고생하게.」

"예, 수고하십쇼."

고블린이라는 것은 덩치도 작고, 힘도 약한 몬스터다. 하지만 고블린만큼 상대하기 까다로운 몬스터도 드물었다. 땅굴을 파는 데 있어서 두더지 저리 가라 할 정도의 실력을 지니고 있었기 때문이다.

놈들은 땅속에 자신들의 마을을 건설한다. 놈들이 얼마나 넓은 면적에 걸쳐 땅굴망을 구축해 놨는지는 아무도 모른다. 그리고 그 속에 얼마나 많은 고블린들이 득실거리고 있는지도…….

중대장은 우선 마을 사람들을 통해, 놈들의 대략적인 서식 지역을 파악하기 위해 노력했다. 그리고 그동안에 소대장들은 각자 자신의 부하들을 거느리고 마을로 들어오는 통로에 방어선을 구축하기 시작했다.

중대원들이 바쁘게 움직이는 모습을 지켜보며, 아르티어스는 페가수스 용병단원들에 대한 평가를 내리고 있었다.

그가 마지막 유희를 즐겼던 것도 꽤나 오래전의 일이다. 하지만 호비트들의 세상이 바뀌어 봐야 얼마나 바뀌었겠는가. 그때나 지금이나 마법사들은 마법을 쓰고, 용병들은 칼질을 하면서 먹고사는 건 똑같은데 말이다. 드래곤의 입장에서 봤을 때, 호비트들이 하는 짓은 그때나 지금이나 변한 것이 전혀 없었다.

"하는 짓을 보니 완전히 쓰레기들은 아니군."

마을 사람들과 대화를 통해 고블린의 대략적인 서식지를 알아보고 돌아오던 중대장의 눈에 이런 아르티어스의 모습이 보였다. 아르티어스는 나무 그늘에 반쯤 드러누운 채 중대원들이 바쁘게 움직이고 있는 것을 구경하고 있었다. 문제는 중대원들이 땀을 줄줄 흘리며 바쁘게 움직이고 있음에도, 마치 자신과는 아무런 관계도 없다는 듯한 저 나른한 표정이었다. 순간 중대장은 짜증이 왈칵 치솟았다.

'아무리 본대와 연락을 주고받는 게 저 인간의 주 임무이기는 하지만, 저렇게까지 태평하게 늘어져 있는 모습을 보니 왠지 열이 받는군. 젠장, 우리들은 뺑이를 쳐야 돈을 벌 수 있는데, 저 인간은 대체 뭐야.'

눈치 없는 마법사에 비한다면 신관들은 그나마 좀 나았다. 게으름을 피우더라도, 중대원들의 눈에 띄지 않는 곳에서 늘어져 있을 테니까. 하지만 불만이 있다고 하더라도, 마법사에게 뭐라 따지지는 못했다. 아무리 그가 중대장이라고 하지만, 신관과 마법사에게 육체노동을 강요할 권한은 없었기 때문이다.

"이봐, 호크! 맡어진 작업은 모두 끝났나?"

"예, 중대장님."

"그럼 포위망을 구축하러 가자."

전통적인 고블린 사냥법은 엄청난 인내심을 요구했다. 먼저 고블린 서식지 전체에 걸쳐 광범위한 포위망을 구축한 뒤, 놈들이 식량을 구하지 못하도록 차단한다. 그리고 하염없이 기다리면 된다. 녀석들의 비축된 식량이 다 떨어지기만을.

결국 식량이 바닥난 고블린들은 굶주림을 참지 못하고 땅굴 속에서 기어 나올 수밖에 없는데 이때 한 놈도 남김없이 다 죽이면 일은 끝난다. 정말 무식한 방법이긴 했지만, 그것만큼 효과적인 사냥법도 없었다.

물론 처음에는 전통적인 방법과는 다른 방식으로 고블린 사냥을 시도해 보기도 했었다. 하지만 문제는 땅굴의 폭이 워낙 좁아서 그 안으로 몸을 비집고 들어가기도 힘들었고, 워낙 넓은 지역에 걸쳐 땅굴망을 구축해 놓았기에 땅을 파서 놈들의 본거지를 밖으로 드러나게 할 수도 없었다.

게다가 여우 사냥하듯 연기를 땅굴 속으로 불어넣어도 봤지만 고블린들이 통로를 재빨리 막아 버리자 그걸로 끝이었다. 그리고 그것은 물이나 기타 다른 것을 통한 공격에도 해당되었다.

결국에는 전통적인 방법, 즉 식량 조달을 차단하는 것 외에는 방법이 없다는 얘기다. 이런 이유로 인해 고블린 사냥은 보통 봄에 집중적으로 행해졌다. 왜 그런가 하면, 겨울을 나는 과정에서 비축해 놨던 식량의 대부분을 소진했을 게 뻔했기에, 포위망을 구축한 뒤 기다리는 시간을 대폭적으로 줄일 수 있기 때문이다.

아르티어스는 중대원들이 포위망을 구축한답시고 이리저리 뛰어다니는 모습을 바라보며 갈등했다. 사실, 자신이 손을 쓴다면 순식간에 고블린을 정리할 수 있을 거라는 것쯤은 잘 안다.
하지만 그렇게 대놓고 실력을 보이면 중대원들이 자신을 의심하게 될 것은 당연한 사실. 물론 이 정도 병력의 용병들 따위가 자신을 의심하는 것쯤이야 신경도 쓰지 않지만, 혹시라도 이놈들이 사방에 소문이라도 퍼뜨리면 문제가 될 수도 있다. 재수가 없다 보면 그 소문이 실버 드래곤의 귀에도 들어갈 수 있는 노릇이었으니까.
그렇다고 이대로 그냥 멍하니 시간만 보내고 있자니 답답함에 속이 부글부글 끓어올랐다.
'조금만 도와주면 모를 거야. 그래, 웬만한 호비트 마법사들이라면 다 알고 있는 그런 마법을 쓴다면, 내가 드래곤이라는 것을 어떤 놈이 눈치 채겠어?'
결국 마음을 정한 아르티어스는 중대장을 향해 어슬렁어슬렁 걸어갔다.
"이봐, 중대장."
"예, 디겔님, 무슨 일이십니까?"
"고블린의 본거지가 어디쯤인 것 같나?"

중대장은 앞쪽에 보이는 들판 쪽을 손가락으로 가리키며 말했다.
"저 일대 전체입니다. 이쪽에서부터 시작해서, 저쪽에 보이는 커다란 나무 보이시죠? 제 생각에는 거기까지가 녀석들의 세력권인 것 같습니다."
들판의 북쪽에는 야트막한 산이 솟아올라 있어, 겨울에는 북쪽에서 불어오는 차가운 바람을 막아 줘 꽤나 따뜻할 게 분명했다. 설명을 듣고 가만히 살펴보자 과연 고블린들이 자리를 잡음직한 그런 지형이었다.
"놈들이 제 발로 기어 나올 때까지 한없이 기다리고만 있을 수는 없는 노릇이라서……. 내가 저 위쪽에다가 마법진을 몇 개 설치할까 하는데, 자네가 나를 좀 도와줘야겠어."
순간 중대장의 두 눈이 휘둥그레졌다.
"마법진을 설치하시겠다고요? 그것은 너무 위험합니다. 저쪽을 보십쇼. 수풀이 우거져 있어 놈들이 어디에 숨어 있는지 전혀 알 수가 없습니다. 만약 저 안으로 들어가셨다가 놈들이 쏜 독침이라도 맞으신다면, 생사를 장담할 수 없는 만큼 절대 안 됩니다."
방어막을 치고 들어가면 된다며 반박하려던 아르티어스는 입을 다물었다. 생각해 보니 저급한 마법사가 고난도의 마법진을 그리러 들어가면서, 자신의 몸을 물리 방어막으로 감싸고 있다는 것은 말이 안 된다는 것을 깨달았던 것이다.
'그러면 어쩌지?'

잠시 궁리하는 아르티어스. 그리고 그는 곧이어 해답을 찾아냈다. 다년간의 유희를 통해 쌓은 경험 덕분이었다.

"저 위를 불태우게."

중대장은 고개를 가로저으면서 떨떠름한 표정으로 대꾸했다.

"그럴 필요가 있을까요? 불을 질러 봐야 놈들에게는 그 어떤 타격도 줄 수가 없는데……."

"물론 연기나 화기가 땅굴 안으로 들어가지는 않겠지. 하지만 놈들이 은폐할 수 있는 수풀이 완전히 사라지고 나면, 내가 저 안으로 들어가서 마법진을 그리기가 훨씬 쉬워지지 않겠나?"

이렇게까지 위험을 무릅쓰고 자신들을 도와 마법진을 그리겠다는 말에 중대장은 아르티어스를 다시 봤다. 지금껏 자진해서 자신들을 돕겠다고 나선 마법사는 이 사람이 처음이었으니까. 그래서인지 중대장은 환한 미소를 지으며 공손한 어조로 대답했다. 물론 언제나 마법사나 신관에게는 공손하긴 했지만, 지금 그의 언행에는 진심이 담겨 있었다.

"아, 그러시다면 그렇게 해 드리지요."

중대장은 마법사가 자신들을 적극적으로 도와주겠다는 제안을 하자마자 부하들을 집합시켰다. 그리고 우선 한 개 부대를 차출하여 목표로 하는 지점에 불을 지르도록 지시를 내렸다. 그런 뒤 중대장은 아르티어스를 바라보며 공손한 태도로 물었다.

"그리시겠다는 마법진이 대체 어느 정도 크기입니까?"

아르티어스는 막대기를 들고 흙바닥에 커다란 원을 하나 그린 뒤 손가락으로 가리키며 대답했다.
"이 정도 크기요."
중대장은 즉각 부하들을 불러서 그 원의 외곽에 빙 둘러서라고 지시했다. 널찍한 방패를 들었다고 가정하고 촘촘히 자리를 잡게 하고 보니, 32명이나 되는 병사가 필요했다. 중대장은 그들에게 각자 널찍한 사각형 방패를 준비하라고 지시했다. 고블린의 독침 공격만 막으면 되는 만큼, 그리 튼튼할 필요는 없었다. 하지만 독침이 들어올 작은 간격도 있으면 안 되었다.
중대장이 빈틈없이 일을 처리하는 모습을 보며 아르티어스는 페가수스 용병단을 선택한 자신의 혜안에 스스로 감탄했다.
'용병단의 중심축이라고 할 수 있는 중대장들의 실력이 모두 다 저 정도라면, 예상보다 빨리 주변 용병단들을 통합할 수 있겠어. 어쨌거나 브로마네스 이놈이 좀 눈치껏 잘해 줘야 할 텐데…….'
지금쯤이면 브로마네스도 용병단에 들어와 있을 것이다. 꽤나 오랜 세월 유희를 즐겨 왔던 놈인 만큼, 실수는 하지 않을 거라고 믿고 싶었다. 하지만 아르티어스는 도무지 안심이 되지 않았다.
녀석에게는 쓸데없는 똥고집이 있다고 해야 하나, 아니면 아직까지도 제정신을 못 차렸다고 해야 하나, 하여간에 그런 고집불통인 부분이 있었던 것이다. 고집을 피울 때가 따로 있지, 지금은 실버 드래곤들에게 자신들의 행적이 탄로 날까 조심하고 또 조심해야 할 때가 아니겠는가. 그런 중차대한 시점에 화려한 갑옷과 무기를 들지 못해 안달이라니! 도저히 안심이 안 되는 것이다.

결국 불안감을 참지 못했던 아르티어스는 수정 구슬을 꺼내 통신을 보냈다.

"뭐 하냐?"

아르티어스의 물음에 브로마네스는 뚱한 목소리로 대꾸했다.

「이런 젠장. 뭐 하냐고? 훈련소에서 멍충이들 가르치느라 아주 미쳐 버리겠다.」

뜬금없이 들어온 특급 용병이다. 신원이 확실하게 파악되기 전까지는 절대로 중요 임무를 맡기지 않는다. 당연히 기밀 사항에 접근할 수 있는 자리는 더더욱.

그렇기에 본부에서 브로마네스를 훈련대 교관으로 발령 낸 모양이었다. 일을 얼마나 열심히 하는지 지켜보며 감시할 수도 있을 뿐 아니라, 상대의 성격도 가늠해 볼 수 있다. 더군다나 가르치는 모양새를 보며 실력까지 살펴볼 수 있으니 가히 일석삼조라고 봐야 했다.

"킥킥, 그래 열심히 해 봐라. 누가 아냐? 조만간에 네 능력을 알아보고 중대장 시켜 줄지 말이야."

아르티어스의 농담에 브로마네스는 더욱 짜증이 치밀어 오르는 듯했다.

「젠장. 감히 호비트 따위가 나를 뭐로 보고! 이러고 있을 게 아니라, 단장을 찾아가서 협박을 해 볼까?」

"아서라. 쓸데없는 짓 하지 마. 그러다가 네가 거기에 있다는 게 밖으로 새 나가기라도 하면 엄청나게 껄끄러워져."

「그 정도는 말 안 해도 나도 알고 있어. 짜증이 나서 한번 해 본 소리지.」

이때, 성난 듯한 우렁찬 목소리가 나지막이 들려왔다.

「트리스탄 교관! 지금 어디에 있나?」

그러자 브로마네스는 짜증이 가득한 얼굴로 투덜거렸다.

「이만 끊자. 찢어 죽여도 시원찮을 새끼들! 내가 쉬는 꼴을 못 보는구만.」

"킥킥, 어쨌거나 수고해라. 건투를 빈다."

브로마네스를 좀 더 놀려 주고 싶었지만, 아르티어스는 서둘러 통신을 끊었다. 자신을 향해 걸어오고 있는 중대장의 모습을 봤기 때문이다.

"목표 지역에 대한 소각 작업을 완료했습니다. 그리고 방패도 준비되었구요."

"수고했소."

아르티어스는 품속에서 두툼한 마법책 한 권을 꺼낸 뒤, 짐짓 너스레를 떨었다.

"너무 오래전에 배웠던 마법이라, 제대로 잘할 수 있을지 모르겠네."

물론 들으라고 한 소리였지만, 아르티어스의 혼잣말에 중대장은 어떤 마법을 쓰려고 하는지 물어보지 않았다. 성공하면 그때 가서 아낌없이 찬사를 보내도 늦지 않다. 괜히 이것저것 물어본 뒤, 자칫 실패라도 하게 되는 날에는 서로 난처해지는 것이다.

"자, 이제 출발 준비! 모두들 위치로!"

중대장의 지시에 따라 크게 원형으로 둘러선 중대원들의 손에는 널찍한 나무판이 들려 있었다. 각자가 휴대하고 있는 방패가 없는 것은 아니었지만, 고블린을 상대로 작고 탄탄한 방패는 별로 쓸모가 없었다.

고블린의 주 무기는 독침이다. 독침을 막는 데는 방어력 따위는 의미가 없었고, 최대한 넓은 면을 막을 수 있기만 하면 족했다. 그렇기에 몇몇 병사들은 어디서 떼어 왔는지 문짝 같은 것을 들고 있는 자들도 있을 정도였다.

중대장은 그들 중에 제2소대장에게 지시했다.

"쿠르다인! 자네가 책임지고 마법사님이 안전하게 일을 끝마치실 수 있도록 보좌해 드리게."

"옛, 중대장님."

아르티어스는 언덕 쪽을 손가락으로 가리키며 쿠르다인을 향해 말했다.

"저곳을 중심으로 해서 마법진 5개를 그리려고 하는데, 좀 도와주게."

"여부가 있겠습니까, 마법사님. 자, 이쪽으로 오십시오."

아르티어스가 원형방진의 중앙으로 들어오자 쿠르다인이 다시 말했다.

"어느 방향으로 가면 좋을지 말해 주십시오. 그러면 그쪽으로 병사들을 인도하겠습니다."

"앞으로."

아르티어스의 주문에 쿠르다인은 부하들을 향해 외쳤다.

"앞으로 갓!"

척척척…….

"빨리 갈 생각하지 말고, 좌우 동료의 방패와 자신의 방패 사이에 틈이 생기지 않도록 주의해라. 왼발! 오른발! 왼발! 오른발…….."

원형방진(圓形方陣)을 유지한 채 이동하기란 대단히 힘들다. 평탄한 지형만 있는 게 아니라 높낮이가 심한 지형도 있고, 어떤 곳은 타다가 만 굵은 나무나 바위 등 방해물들까지 있기 때문이다.

틱, 틱.

대형을 유지하며 천천히 나아가고 있을 때, 나무 방패에 뭔가가 부딪치는 듯한 가벼운 소리가 몇 번인가 들렸다. 고블린들이 날린 독침이 부딪치는 소리였다. 하지만 곧이어 그런 소리는 더 이상 들려오지 않았다.

중대 내에 정밀사격이 가능한 저격수만 5명이다. 그들은 조그마한 움직임만 포착되어도, 곧장 그쪽으로 화살을 날렸다. 얼마 전까지만 해도 주위는 짙은 수풀이 우거져 있어, 고블린들이 어디에 숨어 있는지 알 수가 없었다. 하지만 수풀을 모두 태워 버린 지금은 훤히 드러나 있는 상태였다. 때문에 고블린들이 아무리 조심스럽게 움직인다고 해도 눈에 띄기 쉬웠다.

물론 은폐된 땅굴 안쪽에서 살짝 대롱만을 내밀고 독침을 쏴 대는 고블린을 일격에 쏴 죽인다는 것은 쉬운 일은 아니다. 하지만 마음 놓고 독침을 쏠 수 있는 것과, 한 발 한 발 쏠 때마다 생명의 위협을 받는 상황에서 쏘는 것은 천지 차이가 난다.

고블린들은 독침을 몇 발 날려 본 다음, 사정이 여의치 않자 공격을 포기하고 다시금 굴속으로 들어가 숨어 버렸다.

"이쯤이 좋겠소."

아르티어스의 말에 2소대장은 부하들에게 명령했다.

"모두 제자리에 섯! 방패 놓고 현 상태에서 대기! 방어에 만전을 기해라."

척! 척!

병사들은 자신의 방패와 옆의 동료들이 가지고 있는 방패가 빈틈없이 연결되도록 세심하게 신경 써서 바닥에 내려놨다. 그렇게 원형방진 안쪽으로 동그란 공터가 안전하게 확보되었다.

아르티어스는 그 안에서 마법진을 그리기 시작했다. 마법진을 그리는 것이 무척 힘든 듯 천천히 그려 나가는 아르티어스. 게다가 자신의 품속에서 책을 꺼내 든 뒤 그것을 보며 그리는 것으로도 모자라, 가끔씩 오랜 시간 고민하는 척하기까지 했다. 그렇게 시간을 질질 끌다 보니, 마법진이 완성된 것은 꽤나 오랜 시간이 지난 후였다.

"휴우~ 겨우 다 그렸네."

긴 한숨과 함께 땀을 닦는 시늉을 하며 일어서는 아르티어스.

그로서는 최대한 마법이 미숙한 척하고 있었지만, 그를 바라보는 병사들의 표정에는 경외감이 어려 있었다. 그들로서는 마법사가 마법진을 그리는 것을 처음 봤던 것이다.

마법진 그리는 것을 끝낸 아르티어스는 진의 한쪽 편에 서서 천천히 주문을 외우기 시작했다. 한쪽 손으로는 괴이한 문양을 끊임없이 그리면서, 책에 쓰여 있는 주문을 천천히 읽어 나가는 마법사의 모습을 훔쳐보는 병사들의 눈빛은 모두 호기심으로 반짝였다.

주문이 끝나면 과연 얼마나 대단한 일이 벌어질까? 혹시 고블린들이 넋이라도 빠진 것처럼 슬금슬금 땅굴 밖으로 기어 나오기라도 하는 걸까? 진이 발동된 후 어떤 일이 벌어질지 아무도 모르고 있다 보니, 병사들의 기대치는 더욱더 상승하고 있는 중이었다.

드디어 마법사의 두 손이 번쩍 들리자, 온통 기하학적인 문양이 잔뜩 그려진 마법진에서 희뿌연 빛이 뿜어져 나오기 시작했다. 그 모습은 굉장히 신비로웠고, 금방이라도 뭔가 대단한 일이 벌어질 것 같은 느낌마저 갖게 해 줬다. 하지만, 아쉽게도 그것으로 끝이었다. 한번 번쩍하고 빛났던 마법진의 빛은 마치 불꺼진 등불처럼 처음과 똑같은 모습으로 돌아가 있었다.

당황한 병사들이 동료들을 바라보며 수군거리기 시작했다.

"뭐야? 이게 끝이야?"

"설마, 그럴 리가."

"아냐. 지금 여기서 마법이 발동되면 우리들이 어떻게 되겠어? 우리들이 마법진에서 멀리 떨어진 후에 뭔가 큰일이 벌어지겠지."

그럴듯한 말이었기에 병사들은 고개를 끄덕일 수밖에 없었다.

"그래, 그 말이 맞겠다."

지휘를 맡은 쿠르다인도 병사들처럼 궁금하기는 매한가지였다.

"마법사님, 이제 끝나신 겁니까?"

"소대장, 이쪽은 끝났으니 옆쪽으로 이동하세. 이거하고 똑같이 생긴 걸 3개 더 그려야 하거든."

"그, 그러십니까? 전원 이동 준비! 방패 들어!"

순간, 쿠르다인의 얼굴에 당혹감이 떠올랐다. 그는 급히 마법사에게 물었다.

"이거 진을 밟아도 괜찮습니까? 아니면 옆으로 헤쳐 모이라고 지시할까요?"

"아, 일단 발동하기 시작한 마법진은 짓밟아도 하등의 영향이 없다네."

"아, 예."

걱정할 필요가 없다는 말을 들은 쿠르다인은 부하들에게 힘차게 명령했다.

"전원 이동! 오른쪽으로!"

이동할 방향을 지시한 후, 쿠르다인은 부하들이 진형을 유지한 채 일사불란하게 움직일 수 있도록 구령을 붙였다.

"왼발! 오른발! 왼발! 오른발……."

병사들은 쿠르다인의 지시 하에 아르티어스를 호위하여 마법진이 완성되도록 도왔다. 마법진은 정사각형의 모서리에 해당되는 지점에, 일정한 간격으로 그려졌다. 4개의 마법진을 모두 완성한 후, 아르티어스는 쿠르다인에게 부탁해 4개의 마법진 중심으로 원형방진을 이동시키라고 했다. 그곳에 마지막 마법진을 그릴 생각인 것이다.

아르티어스가 지금 그리고 있는 마법진들을 하나씩 놓고 본다면 평범한 수준의 4사이클급 마법사라면 누구나 다 만들 수 있는 수준의 마법진이었다. 하지만 그런 하찮은 마법진이라도 이런 식으로 연계해서 사용하는 것이라면 얘기가 완전히 달라진다.

마지막 마법진을 그리고 있는 아르티어스를 병사들은 의심 어린 눈길로 바라보며 서 있었다. 그럴 수밖에 없으리라. 마법이라고 하면 뭔가 엄청난 위력이라도 발휘할 것이라고 생각했었는데, 한 번 빛을 번쩍 내뿜은 것 외에는 그 어떤 특이점도 보이지 않고 있었으니 말이다.

아니, 한 가지 특이한 점은 있었다. 마법진 위를 군홧발로 짓밟고 지나갔음에도 형이상학적인 도형은 전혀 사라지지 않고 그대로였다. 그런 것을 보면, 뭔가 기대감을 가지게 만드는 게 사실이기는 했지만……. 처음에 비해 병사들의 기대감은 많이 감소해 있었다.

마침내 마지막 마법진까지 모두 완성되었다. 지금까지 그래 왔듯이 그것 또한 한 번 번쩍 빛을 내뿜더니 그것으로 끝이었다. 그 어떤 변화도 보여 주지 않는 마법진들. 병사들의 얼굴에 짙은 실망감이 어릴 수밖에 없었다.

"젠장. 처음에는 그럴듯한 거 같더니……."

"마법사 혼자서 마법진을 그려 봐야 뭐 그리 대단한 위력이 있겠냐? 산이 부서지고, 들판이 불타고 하는 건 순전히 옛날 얘기 속에서나 나오는 거겠지."

부하들이 투덜거리는 소리를 마법사가 행여 들을세라 쿠르다인은 급히 외쳤다.

"시끄러! 언제 내가 대화를 나눠도 좋다고 허락했나? 모두들 입 닥치고 주위를 경계하는 데나 신경을 집중해라!"

그러면서 쿠르다인은 아르티어스의 눈치부터 살폈다. 아르티어스가 부하들이 수군거리는 소리를 들었을까? 자신도 들었는데, 듣지 못했을 리가 없다. 하지만 의외로 아르티어스의 표정은 전혀 변화가 없었다. 신경질이라도 낸다면 꽤나 난감할 텐데 말이다.

아니, 어쩌면 돌아가서 중대장에게 따질지도 모른다. 그런 생각이 들자 쿠르다인은 신경질적인 눈초리로 부하들을 노려봤다.

'중대장에게 한소리 듣기만 해 봐라. 너희들은 오늘 죽었어!'

이때, 아르티어스의 음성이 들려왔다.

"이제 그만 돌아가지, 소대장."

부하들을 노려보던 것을 그만두고 쿠르다인은 황급히 대답했다.

"아, 예. 그, 그러시죠."

처음에는 삼삼오오 모여 앉아 마법사를 비웃던 용병들이었지만, 얼마 지나지 않아 그들은 더 이상 비웃을 수가 없었다. 해가 져 사위에 어둠이 깔리기 시작하자 그들은 볼 수 있었다. 시커멓게 타 버린 들판의 중간쯤에서 희미하게 빛나고 있는 마법진들의 모습을.

처음에는 5개의 마법진들에서 흘러나오는 빛의 강도가 거의 엇비슷한 것처럼 보였다. 하지만 새벽녘쯤 되었을 때는 중간에 그려진 마법진이 훨씬 더 밝게 빛나고 있다는 게 육안으로도 뚜렷이 구별이 가능할 정도로 조금씩 변하고 있었다.

"중간에 있는 게 훨씬 더 밝은 것 같지 않아?"

"확실히."

처음에는 실패한 것으로 생각했던 중대장이었지만, 밤에 보초를 섰던 부하들의 보고를 종합해 본 결과 그게 아니라고 판단했다. 실패한 마법진이 밤새도록 빛을 내뿜고 있을 리가 없지 않겠는가. 더군다나 중간에 있는 마법진에서 흘러나오고 있는 빛은 점점 더 밝아지고 있다고 한다.

"마법사님, 한 가지 여쭤볼 게 있습니다."

"뭔가?"

"저쪽에 그려져 있는 마법진들……. 언제 발동하는 겁니까?"

"이미 발동된 상태야. 여기서 육안으로 봐도 식별이 가능하니까, 직접 확인해 보면 알 게 아닌가. 낮에는 태양빛에 가려 잘 보이지 않겠지만, 주변이 어둑해지면 마법진에서 흘러나오는 빛을 확연히 구분할 수 있을 거야."

"그럼 저 마법진이 하는 일이 뭡니까? 일을 도와주시겠다고 하셨으니…, 고블린들을 땅굴에서 밖으로 쫓아내는 그런 종류의 마법입니까?"

아르티어스는 피식 웃은 뒤, 중대장이 바라던 대답을 해 주었다.

"그거보다 더 좋은 거지. 한꺼번에 몰살시켜 버리는 거니까. 땅속에서 죽어 버릴 테니, 시체 처리도 하지 않아도 되고……."

그 말에 중대장은 놀라움을 감추지 못했다.

"사, 살상용이라고요?"

"물론이지. 살상용도 아닌 것을 저기에다가 발동시켜서 뭐에 쓰려고?"

"그렇다면 저 마법이 언제 발동되는 겁니까? 미리 말씀을 해 주셔야, 저희도 대비를 할 게 아니겠습니까."

잠시 생각해 보던 아르티어스는 뒤통수를 긁적거리며 대답했다.

"그건 뭐라고 확답을 줄 수가 없구먼. 발동 시기를 내가 조종할 수 있는 게 아니거든."

아르티어스는 손가락으로 마법진들을 가리키며 자세히 설명해 주었다.

"바깥을 싸고 있는 4개의 마법진은 중간에 있는 마법진에 마나를 공급해 주는 역할을 하지. 중간에 있는 마법진이 주위의 마법진보다 훨씬 더 밝은 빛을 띠는 게 바로 그 이유야. 시간이 지나면서 조금씩 조금씩 마나가 쌓이게 되고, 결국 마법진이 발동하기에 충분할 정도의 마나가 쌓이게 되면……."

아르티어스는 익살스러운 표정으로 양 손바닥을 옆으로 확 펼치며 말했다.

"펑! 하고 터지게 되는 거야. 어때, 이해가 되었나?"

하지만 중대장은 심각한 표정으로 물었다.

"오차가 좀 커도 상관없습니다. 대략적으로라도 말씀해 주십시오. 펑 하고 터지게 되는 게 대체 언제쯤입니까?"

"흠, 날씨가 이 상태로 지속된다면 아마 모레 정오쯤?"

"위력은 어느 정도입니까?"

"마을까지 여파가 미치지는 않을 테니 걱정할 필요는 없을 걸세. 그런 걱정보다는 고블린들이 포위망 밖으로 도망치지 못하도록 붙잡는 데 신경을 쓰게나."

아르티어스의 말에 중대장은 답답하다는 듯 되물었다.

"위력이 어느 정도인지를 알아야 포위망을 구성할 수 있을 게 아닙니까?"

"현재 상태대로만 하면 돼. 아슬아슬하기는 하겠지만, 그래도 위험하지는 않을 거야. 충격파는 지하로 흘러 들어가는 거지, 지상으로 뿜어져 나오는 게 아니니까."

아리송한 대답만을 하는 아르티어스가 짜증스러웠지만, 중대장은 그쯤에서 질문을 멈췄다. 자신이 원하는 제대로 된 대답을 해 준다고 해도, 자신이 그걸 알아들을 수 없을지도 모른다는 데 생각이 미쳤기 때문이다. 사실 그가 무술에 대해 심도 깊은 설명을 해 준다고 해서, 마법사가 그걸 알아들을 리 없지 않겠는가. 하지만 한 가지는 확실했다.

'결국은 시간이 해결해 준다는 말이로군.'

시간이 지날수록 중간에 새겨져 있는 마법진에서 흘러나오는 빛의 강도는 점차 강해졌다. 마법사가 마법진이 발동될 것이라고 예측했던 날이 되자, 마법진에서 흘러나오는 빛의 강도는 더욱 강해져서 대낮에도 명확하게 인지될 정도였다. 그리고 그 빛이 강해지는 만큼, 사람들의 호기심과 기대치 역시 급격히 상승하고 있었다.

마법진이 발동될 거라고 예측한 시각이 되자, 용병들은 물론이고 마을사람들까지 몽땅 다 몰려들었다. 마법이라는 게 어떤 것인지 구경조차 못해 본 사람이 대부분이었다.

그들은 모두들 호기심 어린 표정으로 밝게 빛나고 있는 마법진을 뚫어져라 응시했다. 사람들의 기대는 정오가 되었을 때 극에 이르렀다. 하지만 황당하게도 아무런 일도 벌어지지 않았다.

10분, 20분…….

1시간, 2시간…….

처음에는 호기심 어린 눈길로 마법진을 바라보던 사람들이었지만, 얼마 지나지 않아 뿔뿔이 자리를 뜨기 시작했다. 자신들이 속았다고 생각하면서…….

 몇 명인가는 끝까지 자리를 지키며 바라봤지만, 그것도 한두 시간이지 3시간이 넘어가자 보초를 선 일부 용병들을 제외하고는 거의 남아 있지 않았다.

 모두들 일상으로 돌아갔다. 요리를 하는 아낙, 밭을 가는 농부, 휴식시간을 이용해 낮잠을 즐기는 용병들…….

 슬슬 해가 기울어져 가고 있을 때, 보초를 서고 있던 용병들 중 하나가 문득 이상한 점을 발견했다.

 "어? 저거 좀 더 밝아진 거 아냐?"

 "정오에서 해가 기우니까 그런 거겠지. 어두울 때 더 밝게 빛이 나잖아."

 기분 탓이라고 생각하며 시선을 다른 쪽으로 돌리려고 하는 그 순간, 쿵! 하는 거대한 울림이 그의 몸을 강타했다. 쿵 하는 소리만 귀에 들린 게 아니라, 그야말로 오장육부를 진동시키는 듯한 커다란 울림이 몸 전체를 훑고 지나갔던 것이다.

 "흐윽! 이게 뭐야?"

 그 순간 용병들의 눈이 휘둥그레졌다. 그들은 본 것이다. 마법진에서 강한 빛이 뿜어져 나오는 듯하더니, 그 빛이 사라졌을 때는 마법진도 사라져 버리고 없었다. 그리고 곧이어 마법진이 그려져 있던 곳의 땅이 갑자기 위로 불쑥 솟아올랐다. 마치 잔잔한 호수 중간에 돌멩이라도 던진 듯이. 그와 동시에 들려오는 무시무시한 떨림음.

 쿠쿠쿠쿠쿠…….

지축을 울리는 듯한 괴성이 울려 퍼지며 땅이 흔들리기 시작했다. 호수에 돌멩이가 떨어진 지점을 중심으로 동심원을 그리며 넓게 파동이 퍼져 나가듯, 그곳의 땅도 그렇게 엄청난 동심원이 솟아올라 사방으로 퍼져 나갔다.

그 경이로운 모습을 직접 목격한 사람은 그리 많지 않았다. 놀라서 그쪽으로 시선을 돌렸을 때는 이미 마법은 끝나 가고 있는 상황이었으니까.

요란한 굉음과 함께 사방으로 넓게 퍼져 나가던 흙의 파동은 점차 잦아들더니 이윽고 사라져 버렸다.

"세, 세상에……."

중대장을 비롯한 장교들이 자신들의 거처에서 후다닥 튀어나와 방어선 쪽으로 달려왔다.

"대체 무, 무슨 일이냐?"

그들이 와서 봤을 때는 예전과 별로 달라진 것도 없었다. 달라진 게 있다면, 들판 중간에 그려져 있던 5개의 마법진이 사라져 버렸다는 것 정도?

보초들은 저마다 방금 전에 봤던 믿을 수 없는 장면에 대해 중대장에게 보고했지만, 완전 미친놈이 횡설수설하는 느낌이 들 뿐이었다.

이때, 아르티어스가 숙소에서 천천히 걸어오는 걸 본 중대장은 그쪽으로 달려갔다.

"마법사님, 마법진이 발동된 겁니까?"

"자네는 느끼지 못했나? 내가 있는 곳까지 충격파가 느껴졌었는데 말일세."

"물론 느끼기는 했습니다만……."

중대장은 고블린이 서식하던 벌판 쪽을 빙 둘러본 후 말을 이었다.

"마법사님 생각은 어떠십니까? 잘된 거 같습니까?"

중대장이 그렇게 물을 수밖에 없었던 이유는, 마법이 발동되었는데도 불구하고 그 어떤 변화도 느낄 수가 없었기 때문이다.

"겉으로 봤을 때는 아무런 변화도 느낄 수 없겠지. 하지만 땅속은 지상과 달리 쑥대밭이 됐을 거야. 파동이 휩쓸고 지나가면 제아무리 튼튼하게 지어 놓은 지하구조물이라도 버틸 수가 없거든. 지하 전체가 동시에 무너져 내리는데, 제아무리 고블린이 땅을 잘 판다고 해도 살아남을 수가 없지."

그 말에 중대장은 놀라움을 감추지 못했다.

"오오, 정말 감탄했습니다. 이런 위대한 마법사님과 함께 의뢰를 수행할 수 있어 정말 영광입니다."

아르티어스는 별것 아니라는 듯 시큰둥하게 대답했다.

"그리 대단한 마법은 아닐세. 대부분의 마법사들이 대지 계열의 마법을 익히지 않기에 자네가 처음 보는 것일 뿐이야."

"저렇게 위력이 대단한데, 왜 안 익힌다는 말씀이십니까?"

"이런 특수한 상황에서는 꽤 위력적이지, 그렇지 않은 경우에는 아무런 쓸모가 없기 때문일세. 생각을 한번 해 보게. 지하에 가만히 숨어 있기만 하는 고블린들한테나 저런 마법진을 쓸 수 있지, 그 외에 어디에다가 저런 걸 쓰겠나?"

아르티어스의 지적은 옳은 것이었다. 순간순간 변화하는 전쟁터에서 쓸 수 있는 마법은 절대로 아니었던 것이다. 하지만 그렇다고 해서 이번 마법이 준 감동이 희석된 것은 절대로 아니었다. 그 지독하기 짝이 없는 고블린을 이렇게 쉽게 몰살시킬 수 있을 거라고는 모두들 상상조차 해 본 적이 없었으니까.

대체 어떤 놈의 씨야?

31

이걸 죽여? 살려?

용병단을 움직이는 핵심 부서라고 하면, 단연 행정부와 운용부가 손꼽힌다. 행정부는 용병단에서 필요로 하는 각종 물품 따위와 인원 관리에 관여한다. 신병을 모집하여 인원을 보충하는 것은 물론이고, 각자의 급료를 계산해서 지급하는 것도 행정부의 몫이다.

이에 반해 운용부에서 하는 일은 용병들을 적절히 운용하여 돈을 벌어들이는 것이다. 일거리의 대부분은 길드를 통해 들어온다. 의뢰인이 용병을 원하는 곳은 왕국 전체, 어떨 때는 왕국 밖으로 나가야 하는 일까지 있다. 운용부에서는 의뢰인과 협의하여 언제 그곳으로 용병부대를 투입할 것인지 하는 계획을 수립했다.

적절하게 인원 배치를 하여 적은 숫자의 용병으로 최대한 많은 의뢰를 수행할 수 있도록 조절하는 게 운용부에서 하는 일이었다.

즉, 운용부는 용병단의 수입을, 행정부는 지출을 관리한다고 보면 옳다.

운용부가 얼마나 효율적으로 움직이느냐에 따라 용병단의 수

입이 결정되기에, 규모가 작은 용병대의 경우에는 부단장이 직접 운용부를 챙기는 게 관례였다. 하지만 페가수스 용병단처럼 규모가 큰 경우에는 전문적으로 운용부를 담당할 사람을 따로 임명하였다.

갑작스레 자신을 찾아온 운용관을 보며, 단장은 하던 일을 멈추고 물었다.
"무슨 일인가?"
"얼마 전에 입단한 마법사에 대해서 보고드릴 게 있어서 왔습니다."
"마법사라……?"
잠시 생각하던 단장은 이윽고 기억이 떠오른 모양이었다.
"아! 그 덴코 왕국 출신이라는 마법사?"
"예, 그 마법사 말입니다."
운용관은 344중대에서 행한 고블린 토벌 작전에서 그 마법사의 활약이 어떠했는지에 대해 자세하게 설명했다.
"제가 섣불리 판단을 내릴 수가 없었기에 수석마법사님께 조언을 청했지요."
단장도 꽤나 흥미로운 모양이었다.
"흠. 그래, 수석마법사는 뭐라고 하던가?"
"마법진 자체는 그리 놀라운 게 아니라고 하시더군요. 평이한 수준의 마법진들이라고 말이지요. 하지만 서로 다른 5개의 마법진을 연계하여 자체적으로 마나를 끌어모아 폭발을 일으키도록 설계하는 것은 엄청난 고난도의 작업이라고 하셨습니다."
 말을 듣던 단장은 고개를 갸웃하더니 물었다.
 "그렇다면 중범죄자라는 뜻인가?"
 "수석마법사님의 결론도 그랬습니다."
 마법진 5개 연계 구동 같은 고난도의 작업을 용병단을 떠도는 마법사가 구사한다는 것은 말도 안 되는 소리였다. 그의 수준이 4사이클급이기 때문만은 아니다. 마법진에 대한 연구를 깊이 있게 한 인물이라면, 3사이클급이라고 해도 여러 마법진을 동시에 구동할 수 있었으니까.
 하지만 용병단에서 그를 중범죄자라고 단정 짓는 이유는, 마법진 연구는 곧 타이탄의 심장인 엑스시온의 연구와 맞물리기 때문이었다.
 알카사스 왕국의 경우, 마도왕국이라는 위상에 걸맞게 마법사 길드에서도 타이탄이나 엑스시온을 생산하여 외국에 수출하는 놀라운 능력을 보여 주고 있었다. 하지만 다른 나라에서는 왕실 직속으로 철저히 관리할 만큼 중요도가 높은 산업이었다.
 그러니 어디를 가든 대접을 받으며 부귀영화를 누릴 수 있는 마법사가 신분을 숨긴 채 외국을 떠돌 이유가 뭐겠는가. 반역 등의 중범죄 외에는 답이 없었다.
 "흐음, 어떻게 보면 기회라면 기회일 수도 있긴 한데……."
 "조사를 좀 해 볼까요?"
 운용관의 질문에 단장은 고개를 가로저으며 말했다.

"해서 뭐 하겠나. 만약 중범죄자가 맞다면 그가 제시했던 신분 증명은 몽땅 다 위조된 게 뻔할 텐데 말이야. 그리고 괜히 조사한답시고 여기저기 들쑤셔 봐야 좋을 게 있을까? 자칫 하이에나들만 끌어들일 뿐이야."

중범죄자가 맞다면 엄청난 현상금이 붙어 있을 것은 당연했고, 현상금 사냥꾼들이 전 대륙을 이 잡듯 뒤지고 있을 게 뻔했다. 이런 상황에서의 섣부른 행동은 자칫 현상금 사냥꾼들에게 마법사의 신상 정보를 노출시키는 최악의 결과를 부를 수도 있었다.

"그럼 어떻게 하는 게 좋겠습니까?"

잠시 고민을 하던 단장은 어깨를 으쓱하더니 말했다.

"그냥 놔둬. 일단은 조용히 지켜보는 거야. 그러다가 틈이 보이면 회유해 보기로 하지. 이런 인재를 얻을 수 있는 기회가 그리 흔하게 오는 것은 아니니까."

"알겠습니다, 단장님. 그렇게 처리하겠습니다."

* * *

아르티어스는 자신의 실력이 어느 정도인지를 살짝 드러내 보여 줬다. 호비트들의 수준을 감안해 적당한 수준에서 말이다. 요 근래에는 유희를 즐기지 않았지만, 예전에 혈기왕성하던 시절에는 대륙 곳곳을 싸돌아다녔었던 아르티어스다.

더군다나 근래에는 아들놈을 도와 대규모 전쟁도 치러냈고,

또 치레아 공국의 살림꾼 역할까지 수행했었다. 그렇기에 그는 자신이 호비트의 세상을 아주 잘 알고 있다고 자부하고 있었다.

하지만 그것은 그만의 착각이었다. 다크는 상류층 생활을 영위했고, 그렇다 보니 아르티어스 역시 고위급 인물들만을 상대할 수밖에 없었다는 데서부터 단추가 어긋나 있었던 것이다.

그는 자신이 예전에 세상을 돌아다녔었던 그 시절과 지금이 별 차이가 없다고 생각하고 있었지만, 사실은 전혀 그렇지 않았다. 고위급에 있어서야 거의 차이가 없었지만, 하위급은 질적으로 엄청난 변동이 있었던 것이다.

마법사들 중에서 실력이 뛰어난 자들은 거의 대부분 기사단에 흡수된다. 타이탄 생산 때문이었다. 그 외에 기사단에 들어가지 못한 양질의 인력은 각종 연구소나 마법물품을 생산하는 단체로 들어가게 된다. 폭넓은 연구를 할 수 있도록 엄청난 자금 지원은 물론이고, 부가적으로 막대한 보수까지 약속되니 누가 그런 자리를 마다하겠는가.

물론 마법사들 중에는 안락한 생활보다는 위험한 장소를 찾아다니며 실전 경험을 쌓으려고 하는 이들도 있었다. 하지만 그들은 결코 용병단으로 들어가지는 않았다.

용병단에 소속되어 잡다한 의뢰를 수행한답시고 시간을 허비하기보다, 다소 위험하긴 해도 소수의 실력 있는 모험가 파티와 함께 모험을 즐기는 쪽이 훨씬 배우는 것도 많았고, 수입 또한 짭짤했기 때문이다. 그렇다 보니 가장 인기 없는 일터인 용병단을 찾아오는 마법사의 실력이 어떨지는 뻔할 뻔자가 아니겠는가.

하지만 아르티어스는 그런 사실을 알지 못했다. 그가 현역으로 활동하던 시절에는 마법사에게 용병단도 나름 인기 있는 직장들 중 하나였으니까.

타이탄이 없던 그 시절, 용병단들 중에는 엄청난 부와 세력을 자랑하던 곳들도 간혹 있었다. 심지어는 자신의 나라를 세운 용병대장까지 있었을 정도다. 물론 지금은 꿈도 꿀 수 없는 과거의 일이 되어 버렸지만 말이다.

아르티어스가 생각해 놓은 적당한 수준의 마법을 몇 번 사용하자, 용병들의 눈빛이 완전히 바뀌어 버렸다. 그들의 시선에는 경외감마저 어려 있었다.

"마법사님, 정말 대단하십니다."

"지금껏 여러 마법사님들을 만나봤었지만, 정녕 마법사님처럼 뛰어난 능력을 지니고 계셨던 분은 본 적이 없습니다."

천성적으로 아부 받는 것을 좋아하는 아르티어스였기에, 처음에는 그들의 찬사를 당연하게 받아들였다.

'흥, 멍청하기 짝이 없는 호비트들인 줄 알았더니, 그래도 능력을 알아보는 눈깔은 박혀 있군. 그래, 찬양할지어다. 네놈들이 어디 가서 나 같은 실력을 지닌 마법사를 만나 보겠냐.'

그렇게 생각하며 대수롭지 않게 여긴 게 불찰이었다. 계속 마법진을 쓰다가, 어느 날 갑자기 안 쓸 수도 없는 노릇이 아닌가. 별거 아닌 거라 생각해서 한 번씩 도움을 주다 보니, 어느

새 모든 중대원들이 자신을 신처럼 떠받들게 되는 사태에 이른 것이다.

'끄응. 아무래도 내가 너무 과했나? 그런데 도무지 이해할 수가 없군. 요즘 마법사들의 질이 형편없이 떨어졌나? 예전에는 4사이클급 정도면 이 정도는 다 했는데.'

물론 지금도 쓸 만한 마법사는 그 정도는 충분히 했다. 문제는 그런 인물들이 용병단으로 안 온다는 것이었지만.

"임무를 함께할 수 있어서 영광이었습니다, 마법사님."

"나도 자네처럼 내 의도에 맞춰 잘 따라 주는 지휘관과 함께 일할 수 있어서 아주 편했다네. 자네 꽤 유능한 지휘관인 것 같아."

"핫핫, 과찬의 말씀이십니다. 다음에도 기회가 된다면 마법사님과 함께 임무를 맡았으면 좋겠습니다."

중대원들의 생각도 중대장과 비슷했다. 마법사가 지닌 능력이 얼마나 엄청난지를 이번에 확실하게 깨달았으니 말이다.

마법이 지닌 파괴력은 막강하다. 문제는 그게 발동될 때까지 꽤나 오랜 시간을 필요로 했고, 그동안 자신들이 '몸빵'을 하면서 마법사를 지켜야 한다는 전제 조건이 있었지만 말이다. 하기야, 그런 필요성조차 없다면 마법사들이 왜 파티를 짜서 동료들과 함께 다니겠는가. 자기 혼자 다니고 말지.

몇 달에 걸쳐 함께 임무를 수행하다 보면, 생사고락을 함께했다는 짙은 연대감이 생기게 된다. 그렇기에 임무를 모두 끝낸 지금, 술이라도 한잔하자며 청할 법도 하건만, 용병들은 감히 그러지 못했다. 친교를 맺자며 다가가기에는 아르티어스가 너무나도 엄청난 능력을 지닌 마법사였던 것이다.

중대원들과 헤어진 후, 아르티어스는 하늘을 힐끗 쳐다보며 시간을 가늠했다. 지금 브로마네스를 만나러 가기에는 시간이 너무 일렀다.

'아직 업무가 끝나지 않았을 테니까, 한참을 기다려야겠군.'

마법통신을 보내 볼 수도 있지만, 자칫 누군가의 눈에 띌 우려가 있었다.

아마 어딘가에서 브로마네스를 감시하고 있을 게 분명했다. 2급 마법사로 들어온 자신도 동료들과 헤어지자마자 감시를 받고 있는데, 특급인 브로마네스가 감시 대상에서 제외되어 있을 리 만무했다.

생각을 정리한 아르티어스는 늘어지게 하품을 하며 커다랗게 기지개를 켠 뒤 중얼거렸다.

"으아아, 피곤하다. 오랜만에 숙소로 돌아왔으니, 오늘은 잠이나 퍼 자면서 푹 쉬어 볼까."

감시자들에게 들으라는 듯 큰 목소리로 중얼거린 후, 아르티어스는 자신의 숙소를 향해 느긋한 발걸음으로 걸어가기 시작했다.

밤이 되자 아르티어스와 브로마네스가 오랜만에 다시 만난 곳은 다란스였다. 주위의 이목을 피하기 위한 목적도 있었지만,

맛있는 술과 음식을 즐기는 데는 촌구석보다는 수도가 훨씬 더 나을 거라는 기대감 때문이었다.

"자네, 너무 눈에 띄게 행동하는 거 아닌가?"

브로마네스의 말에 아르티어스는 콧방귀를 뀌었다.

"내 걱정은 하지 말고, 너나 잘해. 훈련소 신세는 빨리 벗어나야 할 거 아냐?"

아르티어스의 질책이 채 끝나기도 전에 브로마네스는 의기양양해서 말했다.

"훗, 내가 누군가?"

브로마네스가 어깨를 으쓱거리며 고개를 치켜세우자 아르티어스는 일단 맞장구를 쳐 줬다.

"호오, 표정을 보니 뭔가 성과가 있긴 있었던 모양이군."

"두말하면 잔소리지. 일단은 소대장으로 일해 보래."

"애걔~ 겨우 소대장?"

"비웃지 마. 밖에 나가기만 하면 내 실력을 보여 주겠어."

"너무 오버하지는 말고."

"그러는 너나 오버하지 마. 훈련소 안에까지 네 소문이 쫙 퍼졌더라. 굉장한 실력을 지닌 마법사가 한 명 들어왔다고 말이야."

아르티어스는 깜짝 놀라 급히 되물었다.

"그게 정말이야?"

"물론이지. 내가 왜 너한테 헛소리를 하겠냐?"

브로마네스의 말에 아르티어스는 고개를 갸웃거리며 중얼거렸다.

"거참, 이상하네. 그렇게 눈에 띌 만한 짓은 안 했다고 생각하는데……. 사용한 마법도 모두 4사이클 안쪽이었고 말이야."

"웃기지 마, 새꺄. 그렇게 조심했는데 훈련소에까지 네 소문이 쫙 퍼졌을까."

브로마네스의 질책 어린 말투에도, 아르티어스는 이해를 할 수 없다는 듯 연신 고개를 갸웃거리며 대답했다.

"정말 아니라니까 그러네. 혹시라도 눈에 띌까 싶어 저급한 마법만 사용하느라 내가 얼마나 고생했는데. 그리고 겨우 그 정도도 못한다면 마법사를 왜 하겠냐? 에잇, 젠장. 이럴 줄 알았으면 나도 검사나 할 걸 그랬나?"

"흥! 검사? 검사는 뭐 편한 줄 아냐? 꽁지 빠지게 허접한 놈들 뒤치다꺼리해 준 후에야, 이제 겨우 첫 출전권을 얻어 냈구만……."

출전권이라는 말에 아르티어스는 말도 안 되는 소리 말라는 듯 이죽거렸다.

"첫 출전 좋아하시네. 누가 들으면 전쟁이라도 하러 가는 줄 알겠다."

"에헴, 네놈 말대로 이 몸은 전쟁을 하러 나간다는 말씀."

"칫! 요즘은 몬스터 몇 마리 잡으러 가는 것도 전쟁이라고 부르는 모양이지?"

자신의 말에 계속해서 아르티어스가 시큰둥한 반응을 보이자 브로마네스는 정색을 하며 말했다.

"전쟁이니까 전쟁이라고 하는 거지. 들어는 봤냐? 영지전이라고…….”

"그럼 진짜 호비트들과 싸우는 거야?”

"물론이지. 3일 후, 도렌 영지로 출발한대.”

도렌이라는 명칭에 아르티어스는 고개를 갸웃하며 물었다.

"도렌? 처음 듣는 이름인데……?”

"코딱지만 한 영지의 이름 따위 내가 알 게 뭐야.”

그러면서 브로마네스는 기세 좋게 한 잔 쭉 들이켠 후, 잔을 탁 내려놓으며 호탕하게 말했다.

"적진을 치고 들어가서 상대편 영주의 목을 썽둥 베기만 하면 곧바로 중대장이라는 말씀. 아니, 어쩌면 대대장을 해 달라고 부탁할지도 모르지.”

당최 세상 물정 모르는 소리만 해대는 브로마네스가 너무 답답했는지 아르티어스가 짜증스러운 표정으로 소리쳤다.

"너 지금 나랑 농담 따먹기 하자는 거냐?”

"농담이라니. 얼마나 진지하게 생각하며 말하는 건데.”

"가끔 말도 안 되는 엉뚱한 소리를 하니 그렇지. 너 도대체 유희를 해 본 게 언제냐?”

"흠, 마지막으로 유희를 해 본 게 언제였더라?”

잠시 고개를 갸웃거리며 기억을 더듬어 보던 브로마네스가 곧바로 대답했다.

"브로테어를 낳기 전이었으니까, 정확히 845년 됐군. 그러고 보니 유희를 안 해 본 지 꽤 되긴 됐네.”

그 말에 충격을 받은 아르티어스의 두 눈이 화등잔만 해졌다.

"브, 브로테어를 낳다니……. 그건 또 무슨 소리야? 설마… 너 헤즐링을 말하는 거냐? 그런 거야?"

깜짝 놀라 다급히 되묻는 아르티어스의 질문에 브로마네스는 쑥스러운 듯 뒤통수를 긁으며 대꾸했다.

"헤헷, 뭐 대충 그런 거지……."

순간 아르티어스는 진한 배신감마저 느꼈다. 녀석도 자신처럼 애 키우는 건 포기했다고 생각하고 있었는데……. 그런데 저 놈은 몰래 숨어서 남들 하는 거 다해 봤다는 말이다.

"망할! 그런 일이 있었으면, 왜 지금까지 나한테 아무 말도 하지 않았냐?"

그러자 브로마네스는 별것 아니라는 듯 시큰둥한 표정으로 대답했다.

"자식 놈 하나 낳아 기르는 게, 뭐 그리 대단한 자랑거리라고 동네방네 떠들고 다니냐? 일족을 보존하기 위해 후손을 봐야 할 의무도 있고 말이지."

말은 그렇게 하면서도 자신이 자랑스러운지 연신 어깨를 으쓱거리는 모습을 보니, 아르티어스는 치미는 질투심에 몸을 부르르 떨어야 했다.

'저놈이 헤즐링을 낳아서 키우고 있는 줄 알았다면, 나도 키웠을지도…….'

"대체 어떤 놈한테 씨를 받은 거냐?"

그러자 브로마네스는 얼굴을 붉히며 작은 소리로 중얼거렸다.

"씨를 받긴 개뿔이. 다 늙어서 헤즐링 낳는 것도 쪽팔려 죽을 지경인데 말이야. 그냥 혼자서 했어."

자가수정 했다는 말이었다. 그렇다면 놈의 유전자를 고스란히 물려받았을 테니, 녀석의 아들은 브로마네스와 붕어빵처럼 똑같이 생겼을 것이다.

자신의 친구와 똑같이 생긴 레드 드래곤이 한 마리 더 있다는 생각을 하니 기분이 약간 묘하긴 했다.

하지만 그래도 그는 괜찮다고 생각했다. 녀석에게 브로테어가 있다면, 자신에게는 다크가 있으니까. 하지만 아무리 그렇게 생각하려 노력해도, 불현듯 지금이라도 늦지 않았으니 자신도 알 하나 낳아서 살뜰하게 키워 볼까 하는 생각이 자꾸 들었다.

환생이 되었는지 안 되었는지 알 수조차 없는 아들놈을 찾아 정처 없이 대륙을 헤매는 것보다는 그게 더 확실할 수도 있으니까.

'어쨌거나 지금은 복수가 우선이야. 일단은 지금 하고 있는 복수부터 확실하게 마무리하고 생각하자. 기왕에 늦은 거, 지금 낳으나 나중에 낳으나 무슨 상관이 있겠어.'

이때, 브로마네스가 문득 생각났다는 듯 물었다.

"그런데 방금 전에 그건 왜 물었냐? 내가 유희를 마지막으로 해 본 게 언제인지 말이야."

"참, 그 얘기를 하고 있었지. 유희는 안 했다손 치더라도 레어 밖으로 나다닌 적은 있을 거 아냐?"

대체 어떤 놈의 씨야?

"당연하지. 자네하고 얽혀서 밖에 나가기도 했었고, 브로테어에게 줄 선물을 마련하려고 나간 적도 있었지. 그 외에도 뭐, 여러 가지 일로 들락거리기는 했어. 참, 얼마 전에 자네를 데리고 갔었던 그 정보 단체도 그러는 와중에 알게 됐었지. 생각보다 꽤 똘똘한 놈들이야. 모르는 게 거의 없더라니깐."

"그 얘기는 됐어. 젠장. 내가 왜 자네에게 언제 밖에 나갔었는지를 물어보는가 하면, 겉으로 대충 훑어봤을 때는 호비트들 세상이 별로 변한 게 없는 것처럼 보여도 꽤 많은 게 바뀌었으니 하는 말이야."

"바뀌긴 뭐가 바뀌어? 너하고 돌아다닐 때나, 지금이나 별로 바뀐 것도 없구만……."

"아냐, 그렇지가 않아. 우리 입장에서는 그리 바뀐 것도 없지만, 호비트들 입장에서는 많이 바뀌었지. 특히나 타이탄이라는 게 만들어지기 이전과 이후가 말이야."

옛날, 아르티어스와 브로마네스가 함께 유희를 즐기던 그 시절에는 타이탄이라는 게 없었다. 타이탄과 같은 가공할 만한 위력의 마법 병기가 없었던 만큼, 국왕의 힘은 그리 크지 못했다. 물론 개중에는 막강한 권세를 자랑했던 왕도 간혹 있긴 했지만, 그가 늙거나 죽은 후에는 얼마 지나지도 않아 제자리로 되돌아왔다.

그런 이유로 국왕이 영주들을 휘어잡기 힘들었다. 지금과 비교해 보면 왕국이 아니라 공국(共國)에 가까운 상태였다. 몇몇 영주들이 힘을 합치기라도 하면 오히려 왕의 군사력보다 더욱 강해지는 경우도 종종 있었기 때문이다. 그렇기에 왕이라고는 해도 영주들을 함부로 대하지 못했었다.

그렇다 보니 이웃 영주들과 전쟁을 벌이는 일이 아주 잦았다. 상대의 땅을 조금이라도 더 뺏을수록 자신의 힘은 증가했으니까. 그러다가 전쟁터에서 이웃 영주를 해치우기라도 하는 날에는 그야말로 횡재하는 셈이었다. 상대의 영지를 통째로 꿀꺽할 수 있다는 뜻이었으니까.

하지만 지금은 사정이 완전히 달라졌다. 왕권이 너무나도 강력해져서, 왕국 내의 모든 영주들이 연합해서 달려든다고 해도 국왕의 기사단을 이길 수가 없는 세상이 된 것이다.

절대왕권 앞에서 모든 영주들은 숨을 죽일 수밖에 없었다. 일부 사유지를 제외한 거의 대부분의 국토는 국왕의 소유였고, 영주는 국왕의 대리인으로서 자신에게 주어진 영지를 관리할 뿐이었다.

국왕이 파견한 대리인인 영주를 무단으로 참살했다가는 자칫 반역죄까지 뒤집어쓸 우려까지 있었다. 그런 엄청난 위험 부담을 안고서까지 영지전을 벌일 필요가 있을까? 물론 있었다. 상대방 영주와의 갈등은 무력으로 해결하는 것 외에 다른 방법이 없었기 때문이다. 그리고 그런 작은 다툼의 경우, 국왕이 허락해 주는 게 관례였다.

영지전을 완전히 금지시키면, 어느 영주가 군사력을 키우는 데 엄청난 돈과 열정을 쏟겠는가. 열심히 사병(私兵)들을 키운 데 대한 보상 차원에서라도 그 병사들을 써먹을 데가 있게 해

줘야 했다. 그렇게 해 놔야 나중에 타국과 전쟁이라도 붙게 되면, 각 영주들의 사병들을 징집해서 유용하게 써먹을 수 있게 되니 말이다.

아르티어스의 설명을 들은 브로마네스는 인상을 팍 찡그렸다.

"젠장! 그렇다면 영주의 목을 베어서는 안 되는 거잖아."

"쯧쯧, 그걸 이제야 알다니……."

잠시 난감한 듯하던 브로마네스는 뭔가를 떠올렸는지 갑자기 쾌활하게 말했다.

"상관없어. 그렇다면 영주는 빼고, 그 밑에 있는 다른 높은 놈의 목을 베면 되지. 수많은 병사들이 격돌하는 전장의 중앙을 뚫고 들어가 적장의 목을 단숨에 베는 무명(無名)의 기사. 크! 어때? 완전 한 폭의 그림이잖아."

열과 성을 다해서 설명을 해 줬더니, 결국에는 원점으로 돌아와 버렸다. 아르티어스는 더 이상 조언을 해 봐야 자신의 입만 아프다는 것을 느꼈다.

"에휴~ 미쳐 버리겠군……."

아르티어스가 답답해하건 말건, 브로마네스는 자신만의 세계에 빠져 정신이 없는 상태였다. 그는 갑자기 광소를 터뜨리며 외쳤다.

"그 모가지 한 개로 나는 중대장이 되는 거야. 크하하핫!"

한참을 호쾌하게 웃던 브로마네스는 뭘 생각했는지 갑자기 정색을 하더니, 적장을 어떻게 베어야 그 장면이 더욱 멋있게 보일까 궁리하느라 여념이 없었다.
 '그래도 첫 번째 재물인데 대충 잘라 버릴 수야 없지. 다른 호비트들에게 강렬한 인상을 심어 줘야 해.'

사람 가죽도 벗기나요?

31

이걸 죽여? 살려?

올란도 부대가 마을에 도착해서 제일 먼저 한 작업은 고블린 거주지와 인접한 마을 외곽에 방어선을 설치하는 것이었다. 하지만 방어선만 설치한다고 해서 일이 끝나는 것은 아니었다. 그들이 이곳에 온 목적은 놈들을 완전히 소탕하기 위해서였으니까.

사실, 겨우 열다섯 명만으로 고블린 1개 부족을 소탕한다는 것은 여간 힘든 일이 아니다. 직접 맞붙어 싸운다면 고블린의 숫자가 열 배가 넘는다고 하더라도 육체적인 능력은 물론이고, 방어구와 무기에서 월등하게 우세한 용병들이 밀릴 리가 없었다.

하지만 문제는 놈들이 정면 대결을 회피한다는 데 있었다. 그렇다면 놈들이 맞붙어 싸울 마음이 들도록 상황을 만들어야 했다.

그건 바로 배고픔!

배고픔이야말로 동물적인 본성으로 가득 찬 고블린에게 취할 수 있는 가장 큰 압박 수단이었다. 하지만 놈들의 거주지역 전체를 포위해 식량 조달을 차단하기에는 용병들의 병력이 너무

적다는 게 문제였다.
 한동안 고민에 고민을 거듭하던 소대장들이 짜낸 아이디어는 전망탑이었다. 높지막하게 건설해 놓은 전망탑은 탁 트인 시야로 인해 주변을 감시하기도 편리했을뿐더러, 만약 놈들이 보이기만 하면 곧장 화살을 날려 쏴 죽이기에도 용이했다.
 더군다나 전망탑을 건설하고 보니, 앞에 언급한 것들 외에도 또 다른 잇점이 있다는 게 밝혀졌다. 그것은 바로 방어 거점의 기능이었다. 오크와 달리 고블린은 불을 사용할 줄 모른다. 놈들의 주 무기가 독침이라는 것을 감안한다면, 얄팍한 나무판자 조각으로 만들어진 전망탑이라도 놈들에게는 난공불락의 요새나 다름없었다.
 하지만 문제는 전망탑을 건설하는 게 결코 쉬운 일이 아니라는 점이었다. 제대로 된 연장도 없었고, 노동력 또한 절대적으로 부족했다. 만약 마을 사람들의 도움을 받지 못했다면 지금보다 몇 배나 더 고생을 해야 했으리라.
 그래서 마을 사람들은 판자나 기둥을 제작하는 일을 맡았고, 용병들은 그것들을 운반해 전망탑을 만드는 일을 했다. 가뜩이나 인력이 모자라는데 이렇게 분업을 해야만 했던 이유는, 주민들이 고블린의 독침을 두려워해서 아무리 설득해도 마을 밖으로는 나가려고 하지도 않았기 때문이다.
 고블린의 독침이 무서운 게 사실이기는 했지만, 마을 사람들이 생각하는 것처럼 그렇게 치명적이지는 않았다. 무엇보다 사거리가 짧았다. 강철도 아니고, 가느다란 나뭇가지를 다듬어 만든 가벼운 독침을 입김으로 날려 봐야 얼마나 멀리 날리겠는가.
 그리고 독침에 발라져 있는 독의 성분도 그리 강한 것이 아니었기에, 한 대 맞는다고 해서 곧바로 즉사하는 것도 아니었다. 물론 몇 시간 정도 정신이 몽롱할 정도로 마비가 오는 것은 사실이었지만…….

 주변을 경계하는 틈틈이 해를 보며 시간을 가늠하던 라이언 소대장이 대원들에게 외쳤다.
 "오전 작업 끝! 모두 돌아갈 준비를 해라."
 소대장의 지시에 따라 대원들은 작업을 끝내고 돌아갈 준비를 했다. 대원들의 몸은 마치 비라도 맞은 듯 땀으로 질척거렸다. 안 그래도 힘든데, 갑옷까지 입고 일을 하자니 죽을 지경이었다.
 마을에 도착하자마자 모두들 갑옷부터 벗어던지고는 냇물로 뛰어들었다. 대원들은 몸을 씻고 난 뒤 지금까지 입고 있던 옷들도 모두 벗어 깨끗이 빨아서 널었다. 이렇게 자주 세탁을 하지 않으면 냄새가 나서 입을 수가 없었다.
 대원들은 몸을 씻은 후 모두들 여기저기 널브러져 쉬기 시작했지만, 라이는 쉬지 못했다. 고블린 토벌 의뢰를 수행하기 위해 출발한 바로 그날부터, 대원들의 식사를 책임져야만 했기 때문이다.
 다른 소대들의 경우 식사 당번을 돌아가면서 했는데, 유독 3소대에서만큼은 라이 혼자 식사 준비를 했다. 하리스는 쫄따구가 식사 준비를 하는 게 3소대만의 전통이라고 둘러댔지만, 사실은 라이가 술주정을 하는 척 자신을 속인 거라고 오해한 그의 자그마한 보복일 따름이었다.

　식사 준비를 처음 했을 때야 힘들었지만, 지금은 숙달되어 누가 도와주지 않아도 척척 알아서 만들었다. 라이는 마을에 도착하자마자 곧바로 솥단지를 걸어 놓고 불을 피워 놓은 다음 씻으러 갔다. 라이가 씻고 돌아왔을 때쯤에는 물이 끓기 시작하고 있었다.

　아침에 대원들에게서 거둬 두었던 재료에 마을 촌장이 건네준 식재료들. 이것들을 뭉텅뭉텅 썰어 넣은 다음, 소금을 대충 뿌려 넣으면 끝이다. 요리라고 하기 힘들 만큼 단순했고, 양념이라고는 소금밖에 없었지만 의외로 짭짤한 게 맛있었다. 매일, 하루 3번씩 이런 요리를 만들다 보니 간을 얼마나 해야 할지가 완전히 몸에 익어 버린 것이다.

　내용물이 익을 때쯤 밀가루를 풀어 넣고 걸쭉하게 만들기만 하면 된다. 라이가 내용물을 국자로 휘저으며 언제쯤 밀가루를 집어넣을까 눈대중을 하고 있을 때였다. 이때, 옆쪽에서 들려오는 거친 론도 소대장의 목소리에 자신도 모르게 그쪽으로 고개가 돌아갔다.

　"왜 벌써부터 그렇게 조급해 하냐? 참아, 앞으로 최소한 한 달은 더 이러고 있어야 하잖아."

　라이언 소대장이 말리고 있었지만, 그게 오히려 론도 소대장의 울화를 더욱 치밀어 오르게 만든 모양이었다.

"그걸 누가 몰라서 그래? 저 고주망태 중대장이 나만 보면 잡아먹지 못해 닦달을 하잖아. 내가 능력이 없어서 고블린 따위도 빨리빨리 없애 버리지 못한다면서. 젠장! 자기는 손끝 하나 까딱하지도 않으면서 말이야. 빌어먹을!!"

한 달이라는 말에 우연히 두 사람의 말을 엿듣게 된 라이는 황당함을 감추지 못했다. 한 달? 이미 두 달 동안 포위망을 구축한 채 하염없이 기다리고 있는데, 그것도 모자라 또다시 한 달을 더 기다려야 한다는 말인가?

다행히도 아직 밀가루를 집어넣기 전이었다. 즉, 불 곁을 떠날 수 있다는 말이다. 라이는 슬그머니 하리스에게로 다가가서 그의 옆구리를 톡 치며 물었다.

"한 달 동안 더 기다려야 한다는 말이 진짜예요?"

"아, 너는 이거 처음이지? 젠장, 잘 들어. 비축 식량이 바닥났다고 해서 놈들이 곧바로 기어 나오는 줄 알아? 고블린은 인간이 아니야. 그 점을 착각해서는 안 돼. 최악의 상황이 닥치면 자기들끼리도 서슴지 않고 잡아먹는 놈들이란 말이야."

맞다. 그 부분을 생각하지 못했다. 라이가 오크들에게 붙잡혀 있었을 때, 겨울 식량의 상당 부분을 차지했던 게 그들의 동족인 오크 고기였지 않던가.

"그, 그렇군요."

작은 목소리로 대화를 나눈다고 나눴는데도 하필이면 그걸 라이언이 들은 모양이다. 라이언은 라이를 향해 고개를 돌리더니 엄한 목소리로 질책했다.

"식사 준비는 끝난 거냐?"

"아, 예. 곧 끝납니다. 잠시만 기다리십쇼."

라이는 허겁지겁 솥단지를 향해 달려갔다.

론도 소대장은 얼마나 짜증이 나는지 머리카락을 거칠게 쥐어뜯으며 외쳤다.

"으아아악! 정말 미쳐 버리겠네. 돈은 돈대로 못 벌어! 중대장한테는 능력 없다는 소리까지 들어! 왜 하필이면 이런 빌어먹을 임무가 걸려 가지고!"

이때, 경계를 서고 있던 대원들 중 하나가 조심스럽게 다가와 보고했다.

"론도 소대장님, 중대장님을 뵙기를 청하는 사람이 찾아왔습니다."

"누군데? 데리고 와."

얼마 지나지 않아 그 대원은 낯선 젊은이 한 명을 데리고 왔다. 론도 소대장은 그 젊은이를 향해 의심스런 시선을 보내며 물었다.

"누구신데 중대장님을 뵙겠다는 겁니까?"

젊은이는 공손하게 인사를 건네며 대답했다.

"예, 저는 용병길드에서 나왔습니다. 여기가 붉은 전갈 용병단 71중대 맞죠?"

용병길드에서 나왔다는 말에 론도 소대장의 의심쩍은 시선이 약간은 누그러졌다.

"그렇긴 합니다만, 왜 중대장님은……?"

"중대장님께 전할 긴급 서신이 있어서 말입니다."

긴급 서신이라는 말에 론도 소대장은 잠시 할 말을 잊었다. 지금 중대장은 손님을 맞을 상태가 아닐지도 몰랐다. 보나마나 밤새 퍼마셨을 테니까. 하지만 그렇다고 그 서신을 자신에게 달라고 할 수도 없었다. 중대장이 없다면 몰라도, 그건 규정 위반이었다.

잠시 망설이던 론도 소대장은 어쩔 수 없다는 듯 술집을 향해 손가락을 들어 올리며 말했다.

"중대장님께서는 저기에 계십니다."

젊은이는 왜 론도 소대장이 중대장의 위치를 알려 주기 꺼려 했는지 금방 눈치 채고는 씁쓸한 미소를 지었다.

"그러면 저는 가 보겠습니다. 수고들 하십시오."

인사를 건넨 후 술집으로 걸어가는 젊은이를 향해 론도 소대장과 라이언 소대장은 우려의 시선을 보냈다.

문득 론도 소대장이 중얼거렸다.

"젠장, 완전 떡이 돼서 뻗어 버린 건 아닌지······."

"설마. 아직 낮이잖아. 그 정도까지 마시지는 않았을 거야."

라이언 소대장의 추측이 옳았던 모양이다. 얼마 지나지 않아 술집에서 올란도가 뛰어나오는 모습이 보였다.

올란도는 소대장들을 보자마자 급히 외쳤다.

"이봐! 모두 출발 준비 하라고 해!"

올란도를 뒤따라 밖으로 나온 용병길드의 젊은이는 용건을 모두 끝마쳤는지 고개를 숙이며 말했다.

"그럼 저는 가 보겠습니다, 중대장님."

"어, 수고하셨소. 먼 길 오셨는데 술이라도 한잔 대접해야겠지만, 지금 상황이 여의치 않아서……."

올란도의 입에서 술 냄새가 짙게 풍기는 것을 눈치 채지 못할 리 없었지만 젊은이는 미소를 지으며 대답했다.

"전 괜찮습니다. 그 마음만 감사히 받겠습니다. 그럼 수고하십쇼."

올란도의 출동 명령에 식사를 하다 말고 후다닥 뛰어온 소대장들. 두 사람은 말을 타고 마을 밖으로 벗어나고 있는 젊은이의 뒷모습을 힐끔 바라본 뒤 올란도를 향해 다급히 물었다. 무슨 좋은 일이라도 생겼는지 술에 쩔어 팍삭 찌그러져 있던 상관의 얼굴이 오랜만에 생기를 띠고 있었다.

"갑자기 출발 준비라니요? 대체 무슨 일인데 그러십니까?"

"다른 임무가 떨어졌다."

"예? 그럼 여기 임무는 어떻게 하고요?"

"현재 맡고 있는 임무는 일단 중단하고, 5일 내로 메르헨 영지에 집합하라는 상부의 명령이다."

"메르헨 영지라고요? 거기에는 왜……."

올란도는 명령서를 론도 소대장에게 건네주며 기분 좋게 말했다.

"전쟁이다! 지금까지 벌지 못한 것을 충분히 벌충할 수 있다는 뜻이지. 대원들을 출동 준비시키도록!"

"알겠습니다, 중대장님. 식사가 끝나는 대로 출발할 수 있도록 조치하겠습니다."

메르헨 영지를 향해 이동한다는 상관의 명령에 대원들은 모두 환호했다.
"드디어 이 빌어먹을 마을을 떠날 수 있게 됐다!"
"전쟁이다! 전쟁!"
"도렌 영지하고 싸운다는데, 도렌이 도대체 어디야? 누구 거기 가 본 사람 있어? 아니면 들었거나……."
"아무려면 어때. 그냥 작은 군소 영지인 모양인데, 우리는 쳐들어가서 약탈이나 하면 되는 거지."
"한몫 짭짤하게 챙길 수 있겠군."
"우와! 신난다."
대원들의 얼굴에 기대감이 어리는 것을 보며, 라이는 도무지 이해할 수가 없었다. 오히려 그는 두려움이 앞섰다. 아마도 그것은 지금껏 그가 단 한 번도 살인을 해 보지 않았기 때문이리라.
"전쟁에 참여하게 된다는데 왜 저렇게 좋아하는 거죠, 선배?"
하리스는 어리둥절한 표정으로 되물었다.
"그걸 몰라서 묻는 거냐?"
"모르니까 묻는 거죠."
"너 저번에 오크족 토벌할 때, 뭐 건진 거라도 있냐?"
하리스의 물음에 라이는 자랑스러운 듯 대답했다.
"송곳니를 8개나 뽑았어요."

하리스는 손가락까지 꼽아 보이며 말하는 라이를 한심하다는 듯 바라봤다.
"그래. 몬스터 때려잡아 봐야 얻을 수 있는 건 뻔하지. 이빨이나 발톱, 가죽……. 하지만 그런 거 팔아 봐야 몇 푼이나 벌겠냐?"
그러자 라이는 어처구니없다는 표정으로 되물었다.
"잡화점에 가져다 주면 짭짤하게 벌 수 있다고 열심히 챙기라고 하신 건 선배잖아요."
"물론 그렇게 말했지. 하지만 아무리 짭짤하다고는 해도, 사람을 때려잡았을 때의 수입에 비하면 그건 푼돈이나 마찬가지야."
라이는 도저히 믿을 수 없다는 표정으로 급히 반문했다.
"설마… 사람 가죽도 벗겨요?"
그 겁먹은 표정에 하리스는 박장대소했다. 한동안 배꼽이 빠져라 웃던 하리스는 어이가 없다는 듯 말했다.
"사람 가죽을 벗겨다가 어디에 쓰게. 가죽을 벗기는 게 아니라, 그놈이 가지고 있는 물품을 노획할 수 있다는 말이야."
그제야 이해가 된다는 듯 라이는 '아…' 하고 탄성을 내뱉었다.
"쓸 만한 갑옷 한 벌…, 아니 검 한 자루만 챙겨도 떼돈을 벌 수 있거든. 그래서 모두들 환성을 질러대고 있는 거야."
그러면서 하리스는 예전에 자신이 영지전에서 적병을 죽인 뒤 그의 품속을 뒤져 값나가는 물품을 약탈했었던 무용담을 들려줬다.

"꽤 실력 있는 놈이라서 맞서 싸울 생각은 처음부터 하지도 않았지. 그래서 녀석은 무시하고, 그 옆에 있는 다른 만만해 보이는 놈들을 하나씩 해치우고 있었거든. 그런데 그놈이 나한테로 달려오는 게 아니겠어? 마음 같아서는 당연히 달아나고 싶었지. 그런 놈과 목숨 걸고 싸워 봤자 수당을 한 푼이라도 더 주는 것도 아니고……."

여기까지 말하던 하리스는 자신의 롱 소드를 검집에서 쑥 뽑아 들었다. 그의 애검은 용병들이 쓰기에는 너무 고급스러운 것이었다. 용병들은 대체로 얄팍한 롱 소드보다는 파괴력이 뛰어난 브로드 소드 같은 중병기를 즐겨 쓴다. 대인격투에는 가벼우면서도 긴 롱소드가 유용할지 모르지만, 몬스터들을 상대하는 데는 튼튼하고 묵직한 브로드 소드가 훨씬 낫기 때문이다.

"그런데 갑자기 이놈이 눈에 확 들어오는 거야. 정말 멋진 놈이지?"

결국 하리스의 말은, 롱 소드를 뺏기 위해 그자와 목숨 걸고 싸웠다는 것이었다. 그리고 그 덕분에 자신의 멋진 애검이 생긴 것이고.

"괜찮은 게 눈에 띄면 바로바로 주워. 안 그러면 다른 놈이 금방 채 가 버리니까 말이야. 하기야, 도끼는 그리 인기 있는 품목이 아니니 경쟁자가 그리 많지는 않겠군. 물론 도끼를 쓰는 놈도 그리 많지 않다는 것도 문제기는 하겠지만 말이지."

자신이 사용하는 도끼가 그만큼 비인기 무기라는 것에 라이는 씁쓸한 표정을 감추기 힘들었다.

"다, 다행이네요."

"한 번 더 말하지만, 좋은 걸 보면 절대 기회를 놓치지 마. 두고두고 후회하게 될 테니까 말이야. 이건 흔히 오는 기회가 아니거든."

"선배님 얘기를 들어 보니, 영지전이라는 게 그리 자주 벌어지는 것은 아닌 모양이죠?"

"당연하지. 전쟁 한판 벌이는 데 얼마나 많은 돈이 들어가는지 알기나 하냐? 영지에 소속된 병사들만으로도 모자라, 우리들 같은 용병들까지 고용하려면 가히……."

오랜만에 큰돈을 벌 수 있을지도 모른다는 생각에 하리스가 신이 나서 입을 연신 나불거리고 있을 때, 라이언 소대장의 날카로운 목소리가 들려왔다.

"하리스! 이 자식, 헛소리 그만하고 빨리 짐이나 챙겨!"

"옛, 소대장님! 분부대로 합죠."

즉시 대답하는 하리스. 하지만 말과 달리 그대로 할 생각은 없는 모양이다. 라이언 소대장이 딴 데로 시선을 돌리자마자, 라이의 옆구리를 쿡 찌르며 장난기 어린 목소리로 투덜거리는 것을 보면 말이다.

"젠장. 말 안 해도 다 알아서 할 건데, 딱딱거리기는……."

이때, 어디선가 나타난 올란도가 다가오더니 큰 목소리로 부하들에게 외쳤다.

"자자, 모두들 주목!"

중대원들의 시선이 자신에게로 쏠린 것을 확인한 후, 올란도는 말을 이었다.

"제군들! 영지전에 참여하기 위해 이동할 거라는 얘기는 소대장들을 통해서 들었을 거라고 생각한다. 메르헨 영지에 5일 내로 무조건 도착해야 한다. 시간이 아주 촉박하다. 강행군을 해야 하는 만큼, 최대한 군장의 무게를 줄여라. 꼭 필요하지 않은 짐은 이곳에 놔두라는 말이다. 내가 촌장을 직접 찾아가서 양해를 구해 뒀으니, 잘 보관해 줄 거다. 그러니 그 점은 걱정하지 말도록."

"그럼 영지전이 끝나면 다시 이 마을로 돌아올 거라는 말씀이십니까?"

한 대원의 질문에 올란도는 짐짓 장난스런 표정으로 대꾸했다.

"그럼 너는 이 마을로 돌아오지 않을 생각이었냐? 여기 있는 고블린들은 누가 잡고?"

순간 얼굴이 확 일그러지는 중대원들.

"이런 젠장! 다시 돌아와서 고블린을 잡아야 하는 거였어?"

"좋다 말았네."

투덜거리는 중대원들을 향해 올란도는 손뼉을 짝짝 치며 지시했다.

"자자, 시간이 없다. 모두들 빨리 짐 챙겨!"

탐욕이 부른 영지전

31

이걸 죽여? 살려?

도렌과 메르헨, 두 영주가 서로 소유권을 두고 다툼을 벌이고 있는 지역의 원 소유주는 메르헨 영주였다. 봉토의 대부분이 척박한 산악지역으로 이뤄진 도렌과 달리, 메르헨은 크기는 작아도 비옥한 배후 평야를 지니고 있었기에 훨씬 더 부유한 영지였다.

국왕이 메르헨의 영주에게 그런 옥토를 배당한 것은, 산맥과 인접해 있는 영지의 방어선을 지키는 데 상당한 인적, 물적 자원이 필요했기 때문이었다.

메르헨이 담당하고 있는 방어선은 겨울철 굶주린 몬스터들의 주된 침입 경로들 중 하나였다. 그 때문에 메르헨을 다스렸던 역대 영주들은 침입 경로에 대한 방어에 엄청난 공을 들여 왔다. 방어하기에 적합한 길목을 골라 튼튼한 요새 6개를 건설했고, 1천에 달하는 병력을 상주시켜 지키게 했다.

병사들이야 어쩔 수 없이 그곳에 살 수밖에 없겠지만, 주민들은 달랐다. 해마다 몬스터들이 쳐들어오는 아주 흉험한 곳이다. 나무를 하러 산에 들어갔다가 행방불명되는 경우도 허다했다. 이런 곳에서 살고 싶은 사람은 아마 없으리라. 그것도 다른 곳에 살 곳이 아예 없다면 몰라도…….

먼저 거주 이전의 자유를 지니고 있는 주민들이 하나둘 마을을 떠났다. 그리고 농노(農奴)들도 떠나기 시작했다. 영지 밖으로 도망친다면 무단이탈로 문책을 받겠지만, 영지 내에서의 이동이라면 얘기가 다르다. 윗사람에게 뇌물을 집어주던지, 뭐 그런 식의 편법을 써서 다른 곳으로 옮겨 간 것이다. 산 밑쪽의 보다 안전한 곳으로.

그리고 그 빈자리를 이웃 영지의 굶주림에 지친 농노들이 파고 들어왔다. 아무리 흉험한 곳이라고는 해도 도렌의 척박한 산지에 비한다면, 이쪽이 훨씬 더 비옥했으니까.

그런데 문제는 그 농노들에게서 누가 세금을 거둬 가느냐에서 발생했다. 처음 몇 가구 정도가 은근슬쩍 끼어 들어와서 농사를 지을 때야 아무런 문제도 되지 않았었다. 안 그래도 노는 땅이었기에 그냥 놔두면 완전히 황무지가 되어 버릴 것은 뻔한 이치.

그렇기에 메르헨 영주는 마치 큰 인심이라도 쓴다는 듯 그들을 내쫓지 않았고, 도렌 쪽에서 세금을 거둬 가는 것도 묵인해 줬다.

처음에는 농토를 보존하기 위해 취한 임시방편이었지만, 요새 지대에 정착하는 도렌 농노들의 숫자가 증가하면서 얘기가 달라졌다. 그 생산량이 무시하기 힘들 정도가 되었던 것이다.

그걸 통째로 이웃 영주에게 양보하기에는 배가 아팠던 메르헨 영주는 사사건건 트집을 잡으며, 농노들을 자신의 것으로 만

들려고 했다.

 하지만 쉽지는 않았다. 가난한 도렌 영주로서도 포기하기에는 이미 덩어리가 너무 커져 있었던 것이다.

 서로 간에 감정의 골이 깊어지던 어느 날, 메르헨 영주는 결단을 내렸다. 찬바람이 불어오기 시작하는 그때, 요새 지대를 방어하고 있던 사령관에게 철수 명령을 내려 버렸던 것이다. 병사들이 떠난 후, 남겨진 농노들의 운명은 불을 보듯 뻔했다.

 천인공노할 만행이기는 했지만, 메르헨 영주는 개의치 않았다. 머리 아프게 이웃 영주와 다툼을 벌이느니, 이 편이 훨씬 뒤처리가 쉽다고 생각했으니까. 몬스터들의 침입에 의해 농노들이 전멸당했다는데 도렌 영주가 뭐라고 하며 따지겠는가.

 그런데 상황은 메르헨 영주의 예상과는 전혀 다른 방향으로 흘러갔다. 다음 해 봄이 되어 요새를 접수하기 위해 떠난 영주의 병사들이 만난 것은, 요새를 차지하고 앉아 있는 도렌의 병사들이었다.

 이것은 명백한 침입 행위였지만, 메르헨 영주는 그냥 놔뒀다. 처음에는 도렌 영주의 처사에 분노한 게 사실이었지만, 부하들과 의논을 해 본 결과 현 상황이 그리 나쁜 것만은 아니라는 데 의견이 일치했던 것이다. 바꿔 생각하면, 지금껏 자신의 골치를 썩혀 왔던 방어 임무에서 해방될 수 있는 절호의 기회가 찾아온 게 아니겠는가.

 '멍청한 새끼들. 그게 그렇게 먹음 직해 보였던 모양이지? 그래! 그거 먹고, 몬스터들하고 피 터지게 싸워 봐라.'

처음 시작은 문제가 약간 있었지만, 결국 양쪽 다 만족스러운 방향으로 결론이 났다. 도렌은 식량을 증산할 수 있게 되어서 좋았고, 메르헨은 요새 지대 방어에 들어가던 돈을 절약할 수 있게 되어 좋았다.

그렇게 20년 가까운 세월이 흐른 후, 생각지도 못했던 반전이 펼쳐진다. 요새 인근에서 대규모 구리 광맥이 발견된 것이다. 지금으로부터 7개월쯤 전에 벌어진 사건이었다. 거지나 다름없던 도렌 영주가 단숨에 부유하게 된다고 하니 메르헨 영주의 배가 아프지 않을 리 없었다. 더군다나 그 땅은 원래 자신의 것이 었지 않은가.

구리 광맥이 발견되었다는 사실을 알자마자 메르헨 영주는 곧바로 땅을 돌려달라며 공문을 보냈다. 하지만 자신이 가진 땅들 중에서 가장 비옥한 지역을 도렌 영주가 순순히 돌려줄 리 없었다. 더군다나 지금은 구리까지 채굴할 수 있게 된 금싸라기 땅이었으니 말이다.

결국 메르헨 영주가 땅을 되찾을 수 있는 방법은 영지전 외에는 없었다. 영지전으로 결론이 나자, 메르헨 영주는 신속히 움직였다. 영지전을 하기 전에 가장 먼저 해야 할 것은 국왕의 허가를 받는 것이었다.

그는 왜 영지전을 해야 하는지에 대해 조목조목 나열한 장문(長文)의 보고서와 함께 상당액의 금품을 뇌물로 바치기까지 했다. 그 덕분인지 몰라도 허가는 예상보다 아주 빨리 떨어졌다. 물론 개전허가(開戰許可) 문서는 메르헨 영주에게만 보내지는 게 아니라, 도렌 영주에게도 보내진다. 영지전에 대비할 여유를 주기 위해서다.

 허가가 떨어졌다고 해서 곧바로 도렌 영지로 쳐들어가지는 않았다. 그는 확실한 승리를 원했다. 그래서 용병길드에 의뢰하여 2천씩이나 되는 떠돌이 용병들까지 끌어들였다. 떠돌이 용병들의 경우 용병단을 고용하는 것에 비해 통솔은 힘들지만, 가격이 아주 저렴하다는 장점을 지니고 있었다.

 첩자들의 보고에 따르면 도렌 영주가 요새 지역에 주둔시키고 있는 병력은 겨우 600명 정도. 병사들이 먹을 식량조차도 넉넉하게 지급하지 못하는 형편이니, 군장(軍葬)은 더 이상 말할 것도 없다. 그런 가난뱅이 영주가 자신처럼 부유한 영주의 심기를 건드렸다는 것 자체가 그저 가소롭게만 느껴졌다.

 메르헨 영주는 봄이 되어 사람의 통행이 가능해지자마자 병력을 일으켰다. 승리에 대한 자신감이 너무 지나쳤던 것일까? 군사적 재능도 별 볼일 없으면서 지휘를 병무관(兵務官)에게 맡기지 않고 자신이 직접 선두에 서서 병사들을 이끌었다.

 그는 승리를 믿어 의심치 않았지만 그 결과는… 최악의 참패로 돌아왔다. 다 떨어진 누더기를 걸친 거지 떼로만 보였던 도렌 영지병들이, 사실은 몬스터들을 상대로 풍부한 실전 경험을 지닌 강병(强兵)일 줄이야 그가 짐작이나 했겠는가. 이게 다 상대를 얕잡아 보고 무턱대고 공격해 들어간 그의 잘못이었다.

 메르헨 영주가 그 사실을 깨달았을 때는, 이미 사태가 걷잡을 수 없는 방향으로 치달은 후였다. 앞쪽에 포진시켰던 용병 부대가 순식간에 붕괴되는 것을 보자마자, 잽싸게 안전한 후방으로 달아나는 것 외에는 다른 방법이 없었던 것이다.

그나마 다행인 점은 병사들의 피해가 예상보다는 그리 크지 않았다는 것 정도였다. 그게 다 도렌 영지병들이 결정적인 순간에 추격을 멈춰 준 덕분이었다. 어쩌면 그게 도렌 영주가 보낸 화해의 표시였는지 모르지만, 메르헨 영주는 거기까지 생각하지는 못했다.

왜냐하면 그의 가신(家臣)들이 모두 복수를 주장했기 때문이다. 병력은 온전히 남아 있고, 군자금으로 쓸 돈도 풍족했다. 그런 상황에서 평소 깔보던 가난뱅이 영주에게 평화를 구걸한다는 게 말이 되겠는가.

도렌 영주가 보내온 평화사절을 내쫓은 메르헨 영주는 이번에는 제대로 상대편을 압박해 들어갔다. 주변의 모든 상인들에게 압박을 가해 도렌과의 거래를 끊게 만들었던 것이다. 무기나 갑옷은 물론이고, 식량 한 톨까지도 도렌 영지로 들어가지 못하도록 만드는 한편, 전쟁 준비도 착착 갖춰 나가기 시작했다.

그는 다음 해 봄까지 참고 싶은 생각은 하나도 없었다. 겨울이 되기 전에 쳐들어가 끝장을 내고 싶은 마음뿐이었다.

"이번에는 떠돌이 용병들만 고용할 게 아니라, 제대로 된 대규모 용병단을 고용하는 게 어떻겠습니까?"

병무관의 제안에 재무관은 강하게 반대했다.

"규모가 큰 용병단은 돈이 너무 많이 듭니다, 영주님. 그때 제가 알아봤는데, 떠돌이 용병들을 고용하는 것에 비해 최소 10배

이상의 금액을 줘야 합니다."

"흠, 10배라……."

메르헨 영주의 미간에 주름이 깊이 잡히는 것을 본 병무관은 급히 덧붙여 말했다.

"이전 전투의 패인이 뭔지 벌써 잊으셨습니까? 모두 다 떠돌이 용병들 탓이었습니다. 그놈들이 제대로 싸워 보지도 않고, 단숨에 허물어진 탓에 그 뒤쪽에 포진하고 있었던 우리 병사들까지 싸울 의욕을 상실해 버린 게 아니었습니까."

지금까지 조용히 있던 행정관도 불만을 토로했다.

"값이 싸다는 것은 분명 강점이긴 합니다만, 떠돌이 용병들을 통제하는 건 너무나도 힘든 일입니다. 일전에도 그것들이 시내로 들어와 말썽을 부리는 통에 경비대가 크나큰 곤욕을 치렀지 않습니까."

자신의 말에 행정관이 긍정적인 발언을 하자, 병무관은 잽싸게 분위기를 이끌었다.

"그렇습니다. 그러니 용병들의 일은 용병들에게 맡기는 게 좋다고 저는 생각합니다. 규모가 큰 용병단을 끌어들여, 그들에게 떠돌이 용병들의 통제까지 모두 다 맡겨 버리는 겁니다."

이번에 동원하고자 하는 용병의 숫자는 전보다 더 많은 4천 정도로 생각하고 있었다. 그런 대병력에 대한 지휘권을 다른 이에게 맡겨 버리자고 하니 영주로서는 썩 내키지 않는 게 사실이었다.

"그럴 게 아니라, 우리 병사들을 앞에 포진시키면 어떻겠나?"

"안 될 말씀이십니다. 그렇게 하면 설혹 승리를 얻는다고 하더라도, 우리 쪽 병력 손실이 너무 큽니다. 용병들은 전쟁이 끝난 후에는 곧 떠날 자들입니다. 그런 자들과 우리 병사들을 동일시하시다니요. 영주님께서 이번 전쟁에 많은 병사들을 잃었다는 소문이 퍼지게 될 걸 생각해 보십시오. 어떤 사태가 일어날지를. 아마도 주변의 다른 영주들이 기회는 이때다 하면서 싸움을 걸어올 겁니다."

병무관의 말이 일리가 있었기에, 메르헨 영주도 수긍할 수밖에 없었다.

"흐음… 그 말도 옳구먼. 그렇다면 생각해 둔 용병단이라도 있나?"

"록산나 용병단을 천거하겠습니다. 록산나는 왕국 내에서 첫 손가락에 꼽히는 용병단으로서……."

하지만 병무관의 말은 더 이상 이어질 수 없었다. 재무관이 그의 말을 끊었기 때문이다.

"불가합니다, 영주님."

"무슨 일인데 그러나?"

재무관은 슬쩍 영주에게 다가선 다음, 귓속말로 그들을 고용하는 데 필요한 액수를 말했다. 메르헨 영주의 안색이 딱딱하게 굳어졌다. 그렇게 많은 액수를 지급해야 한다면, 이건 승리해도 승리한 게 아닌 것이다.

메르헨 영주는 조금 어색해진 말투로 병무관에게 물었다.

"아무리 생각해도 록산나 용병단은 안 되겠어. 그들보다 좀 더 저렴하게 고용할 수 있는 용병단은 없겠나?"

잠시 머리를 굴려 생각해 보던 병무관이 대답했다.

"그렇다면 전쟁노예를 주력으로 쓰는 용병단은 어떻겠습니까?"

"전쟁노예를?"

"예. 전쟁터에서 사로잡은 포로들을 쓰는 것인 만큼, 실력에 비해 가격이 아주 저렴합니다. 그리고 후퇴는 절대 용납되지 않지요. 그들을 전면에 세운다면 든든한 방벽이 되어 줄 것입니다."

병무관은 전쟁포로를 주력으로 쓰는 용병단의 장점들을 열거했다. 그 장점들 중에서 영주의 마음을 파고든 것은, 실력에 비해 가격이 매우 저렴하다는 것이었다.

"그래, 경이 생각해 둔 용병단이라도 있나?"

"붉은 전갈 용병단이 그 분야에서 꽤나 이름을 떨치고 있다고 들었습니다. 맡은 임무를 확실하게 수행해 준다고 말이지요."

"좋아. 지금 즉시 그들과 접촉해 보게."

가격이 예상보다 저렴하다는 데 크게 만족한 메르헨 영주는 그 자리에서 1천 2백여 명에 달하는 대부대의 고용을 허가했다. 물론, 메르헨 영주는 붉은 전갈 용병단만으로 전쟁을 치를 생각은 없었다.

도렌 영지군이 하고 있는 행색과는 달리, 꽤나 뛰어난 전투력을 지니고 있다는 것을 이번 전투를 통해 뼈저리게 느꼈으니까. 그렇기에 메르헨 영주는 추가로 군소 용병단 세 군데와 접촉하여 1천여 명을 더 끌어들였다.

 그러고도 안심이 안 되어 용병길드에 사람을 보내 떠돌이 용병 2천여 명과의 계약까지 끝마친 상태였다. 이 정도 대군(大軍)이라면 도렌 영지군을 완전히 쓸어버리고도 남음이 있으리라.

메르헨 영지로 모여드는 용병들

31

이걸 죽여? 살려?

올란도 부대는 명령서를 받자마자 곧장 메르헨 영지를 향해 달려갔다. 최대한 빨리 달려가긴 했지만, 중간에 공간 이동 마법진을 거치지 않았다면 아마 제시간에 도착하기는 힘들었을 것이다.

메르헨 영지가 시작되는 진입로로 들어서자, 곧이어 작은 검문소를 만날 수 있었다. 경비병들이 착용하고 있는 장비들이 신품인 것을 보면, 이곳 영지가 꽤 부유하다는 것을 짐작할 수 있었다.

"우리 영지를 방문한 목적이 뭔가?"

"영주님께서 저희 용병단을 고용해 주셨기에 급히 달려오는 길입니다."

"흠… 자네들이 소속된 용병단의 명칭이……."

급히 용병패 쪽으로 시선을 돌리는 경비병을 향해 올란도가 대답했다.

"붉은 전갈 용병단입니다."

"아, 그렇군. 이곳에 온 것을 환영하네. 자네들이 묵을 곳을 안내해 주지."

올란도 중대장과 경비병과의 대화 내용을 근처에 서 있던 라이도 들을 수 있었다.

라이는 영주가 자신들을 위해 숙소라도 마련해 놓은 줄 알았다. 하지만 그게 아니었다. 경비병이 안내해 준 곳은 마을에서 꽤나 멀찍감치 떨어진 황량한 야영지였다.

1차전 때, 고용한 용병들이 마을로 들어와 소란을 피워대는 것을 몸소 경험했던 메르헨의 행정관은, 그때의 경험을 되살려 이번에는 용병들의 마을 출입을 아예 금지시켜 놓은 상태였다.

누더기나 다름없는 천막들이 쭉 늘어서 있는 곳. 이곳이 바로 야영지의 정체였다. 천막들 사이사이로 연기들이 모락모락 피어오르고 있었다. 아마 취사를 하기 위한 모닥불을 피우고 있는 모양이었다.

그것을 보자 중대원 모두의 발걸음에 힘이 들어갔다. 빨리 천막을 치고, 푹 쉬고 싶다는 일념뿐이었다. 물론 배불리 먹고…….

야영지에 가까이 다가갈수록, 라이는 지독한 악취에 숨이 턱 막히는 것을 느꼈다.

"크윽! 이, 이게 무슨 냄새야?"

"무슨 냄새이기는… 야영지 냄새지. 한번 둘러봐라. 이 많은 인원이 한자리에 모여들었는데 냄새가 안 나겠냐?"

하리스의 말처럼 천막이 많기는 많았다. 얼마나 많은지 그 끝이 보이지 않을 정도였다. 이곳에 모여 있는 용병은 무려 4천여 명. 그 많은 용병이 한자리에 모여 북적거리고 있었지만, 오물 처리를 위한 시설은 단 한 곳도 설치되어 있지 않았다. 심지어는 화장실조차도…….

용병들에게 묻고 물어 붉은 전갈 용병단이 야영을 하고 있다는 곳을 찾아갔다.

악취가 진동하는 천막들 사이로 비틀비틀 걸어가고 있는 용병들. 한눈에 봐도 술에 취해 있는 게 분명하다. 쭈그리고 앉아 토하고 있는 자들, 서로 싸우고 있는 자들…….

야영지 안은 아주 난장판이었다. 더군다나 그들 사이로 짙게 화장을 한 창녀들까지 보였다.

물론 붉은 전갈 용병단 본부에도 창녀들은 득실거린다. 그리고 술을 마시는 것도 허용되었고. 하지만 이렇게까지 무질서한 난장판이 벌어지지는 않았다.

이런 모습을 처음 본 라이였기에, 내심 경악감을 감추기 힘들었다.

붉은 전갈 용병단이 자리를 잡고 있는 곳은 야영장을 관통하는 시냇물의 상류 지역이었다. 모두들 전쟁터를 전전해 본 만큼, 이렇게 많은 병력이 한자리에 모이면 어떤 상황이 닥칠지는 뻔히 알고 있었다. 그렇기에 세력이 강한 용병단이 상류 쪽을 차지했고, 세력이 약한 떠돌이 용병들은 하류 지역으로 밀려나 버렸다.

붉은 전갈이 그려진 용병단 깃발의 모습이 보일 때쯤, 악취도 점차 옅어지기 시작했다. 올란도는 자신들이 도착했다는 것을 대대장에게 신고하기 위해 달려갔고, 남은 대원들은 쉴 만한 곳을 찾아 이리저리 돌아다녔다.

다른 부대들처럼 천막을 치고 그 속에 들어가서 쉬었으면 좋겠지만, 아쉽게도 그들은 천막을 가지고 있지 않았다. 고블린을 토벌한답시고 낑낑댔던 그 마을에 놔두고 온 것이다.

가급적 짐을 줄이기 위한 조치였었지만, 목적지에 도착하고 보니 가지고 올 걸 하는 아쉬움이 컸다. 이곳에서 얼마나 더 오래 야영을 해야 할지 알 수가 없기 때문이다.

자세한 것은 올란도가 대대장을 만나고 와서 알려 주겠지만, 어쨌건 그 전에 오늘 밤을 지새울 수 있는 곳부터 찾아야 하는 것이다.

"소대장님, 저쪽에 괜찮은 데가 있습니다."

몇 명인가 대원들이 그 목소리가 들린 곳으로 걸어가는 게 보였다. 그리고 잠시 후, 론도 소대장의 우렁찬 목소리가 들려왔다.

"전원 이쪽으로 집합!"

그쪽으로 가 보니 그런대로 하루 쉴 만한 작은 공터가 있었다. 아름드리나무가 폭넓게 가지를 펼치고 있어 저녁 이슬을 막아 줄 듯 보였고, 저 옆쪽에 보이는 공터에는 말들을 풀어 놓아 쉴 수 있도록 하기에 충분해 보였다.

론도 소대장이 손뼉을 짝짝 치며 쾌활한 어조로 명령했다.

"자자, 모두들 야영 준비를 해. 라이, 너는 식사 준비부터 해

라. 그리고 너희들은 라이가 식사 준비를 빨리 끝낼 수 있도록 옆에서 좀 도와주고 말이야."

　무성하게 우거져 있는 풀부터 없애는 게 먼저였다. 그리고 그 사이사이에 자리 잡고 있는 작은 나무들도.

　대원들은 우선적으로 라이가 식사 준비를 하기에 충분한 공간부터 만들어 줬다.

　라이가 솥단지를 걸었을 때쯤, 하리스가 깨끗한 물을 한 통 가득 퍼 왔다.

　말 등에서 평소 도마용으로 사용하던 납작한 나무판 하나를 가져와 이것저것 식재료를 썰고 있던 라이는 누군가 자신을 훔쳐보는 듯한 묘한 시선을 느꼈다. 획 고개를 돌려보니 저 멀리에서 한 무리가 이쪽을 빤히 바라보고 있는 게 보였다.

　'젠장. 남자가 요리하는 거 처음 보나? 뭐 볼 게 있다고 떼거리로…….'

　확 치밀어 오르는 불쾌감에 뭐라 한 소리 하려고 하는 순간, 그는 보고야 말았다. 자신들을 바라보고 있는 용병들의 발에 쇠사슬이 채워져 있는 것을.

　그들은 다른 곳으로 갈 수가 없었다. 그렇기에 옆에서 벌어지고 있는 일을 멍한 표정으로 구경하고 있었던 것이다. 딱히 할 일도 없었으니까.

　"신경 쓰지 마. 노예병들이니까."
　"이번 전투에는 노예병들도 동원되는 겁니까?"
　"그런 모양이야. 어쨌거나 괜히 시빗거리 만들지 말고, 하던 식사 준비나 열심히 해. 시비가 붙어 봐야 마음만 안 좋으니까."

"왜 마음이 안 좋아요?"

하리스는 슬쩍 노예병들을 바라본 뒤 대답을 해 주었다.

"이번 전투가 끝나면 저 녀석들 중에서 몇 명이나 살아남을 거 같냐? 죽으러 가는 녀석들과 싸워 봐야 무슨 좋은 기분이 들겠어. 나중에 찝찝하기만 하지."

"……."

대답 대신 라이는 쇠사슬에 묶여 있는 노예병들을 살짝 훔쳐봤다. 하마터면 자신도 저들과 함께 있었을지도 모른다는 생각을 하니 모골이 다 송연했다. 그때의 선택이 제대로 된 것이었다고 자위하며 라이는 가슴을 쓸어내렸다.

* * *

신체의 굵은 근육들은 나이를 잊은 듯했지만, 주름진 얼굴만은 세월을 속일 수 없었다. 하지만 오히려 그 점이 다른 이들의 마음을 안심시켰다. 왜냐하면 이 중년의 장한에게 자신들의 목숨을 맡겨야 했기 때문이다.

사실 원숙미를 물씬 풍기는 그의 풍모를 직접 보지 않았다고 해도, 그가 지닌 직책만으로도 그 실력을 능히 짐작할 수 있었다. 연대장이라는 직책은 아무에게나 맡겨지는 게 아니었던 것이다. 그런 의미에서 연대장은 자신의 대원들은 물론이고, 이곳에 모인 다른 용병대의 지휘관들에게까지도 절대적인 신뢰를 받고 있었다.

"모두들 우리의 적이 어떤 상태인지에 대해서는 잘 알고 있으리라 믿소."

메르헨 영지의 병무관은 지금까지 취합해 놓은 도렌 영지군에 대한 모든 정보들을 용병들에게 아낌없이 제공했다. 문제는 여기에서 메르헨의 현 상황에 대한 정보가 빠져 있다는 것이었지만.

하지만 그게 그렇게 문제가 된다고는 느껴지지 않을 정도로 도렌 영지의 상황은 참담했다. 메르헨 영주가 다방면으로 손을 써서 도렌을 압박해 놓은 결과였다. 군수물자는 물론이고, 심지어는 식량 한 톨 구하지 못하고 있다고 했다.

"여러분을 소집한 것은 적들에 대한 새로운 정보를 입수했기 때문이라오."

"새로운 정보라니… 그게 뭡니까?"

"뭐, 말이 필요 없을 거요. 직접 보고 판단해 보도록 하시오."

연대장은 천막 밖을 향해 외쳤다.

"들어오라고 해라."

곧이어 괴상망측한 몰골을 하고 있는 사내 셋이 천막 안으로 주춤주춤 들어왔다. 그들을 보는 순간, 모두들 사내들이 사냥꾼이 아닐까 생각했다. 무두질한 가죽 네다섯 장을 겹쳐 꿰매어 만든 조잡한 갑옷. 철판을 대충 두들겨 만든 듯 보이는 밥사발처럼 생긴 투구.

무엇보다 그들이 하고 있는 무장이 가관이었다. 사내들은 굉장히 커다란 활을 들고 있었는데, 화살이 저게 대체 뭐란 말인가? 창이라고 해도 믿을 정도로 커다란 화살이었다. 일반 화살의 1.5배 정도 길이에다가, 굵기는 손가락보다도 더 굵었다. 더군다나 화살 끝에 달린 화살촉은 창촉을 가져다 붙인 듯 커다랬다. 그리고 각자 허리에는 도끼나 작은 곡괭이를 부무장으로 차고 있었다.

사냥꾼 비슷한 복장을 하고 있긴 한데, 사냥꾼은 아닌 모양이다. 자신이 하고 있는 차림이 쪽팔린다는 듯 얼굴을 붉히고 있는 것을 보면 말이다.

"이들은 대체 뭡니까?"

연대장은 희미한 미소를 지으며 대답했다.

"우리가 상대할 적병들의 무장이오."

"정말이십니까?"

"병무관이 거짓말을 한 게 아니라면 확실할 거요. 이쪽을 보시오."

연대장은 병사들이 입고 있는 갑옷에서 거무죽죽한 무늬가 그려져 있는 곳을 가리키며 말했다.

"이것을 입고 있는 병사를 죽인 후, 벗겨 온 거요. 병무관의 말로는, 몰래 외부에서 물자를 반입하고 있는 것을 포착하여 일망타진하는 과정에서 노획한 거라고 하더군요."

잠시 사내들을 바라보던 돌핀 용병대장이 고개를 주억거리더니 입을 열었다.

"그 전에 넘겨줬었던 정보가 모두 사실이었던 모양이군요. 몬스터들과의 전투로 단련된 병사들이라고 하더니……. 저 활, 몬스터들을 상대로는 효과적이겠지만, 사람을 상대로 쓰기에는 너무 과한 거 아닙니까?"

"과하다 뿐이겠습니까. 저 화살의 크기를 좀 보십쇼. 저런 크기와 무게라면 얼마 날아가지도 못할 겁니다."

연대장이 모두의 궁금증을 해결해 줬다.

"저 활로 수십 차례 실험해 봤지만, 일반적인 화살 사거리의 절반도 채 날리지 못했소."

"허, 참. 어떻게 저런 적한테 질 수가 있단 말입니까? 1차전 때의 자료를 보니, 4천 명씩이나 동원한 모양이던데……."

"그만큼 메르헨 영주군은 믿을 게 못 된다는 소리겠지요."

"영주군의 상태는 상관없지 않겠습니까? 그들이 투입되기도 전에 이미 전투는 끝난 후일 테니 말입니다."

모두의 얼굴에 희색이 돌 수밖에 없었다. 도렌 영지 쪽에서 요새 지역에 배치해 놓은 병사의 숫자는 약 6백 명 정도라고 했다. 그에 비해 이쪽은 영주 쪽 병사를 빼도 4천 명이 넘는다. 병력에 있어서 이토록 압도적인 우위에 서 있는 상황에서, 적의 무장까지 별 볼일이 없다고 하니 적을 깔보는 마음이 들 수밖에 없는 것이다.

그런 마음을 읽었는지, 연대장이 침중한 어조로 분위기를 환기시켰다.

"도렌군의 무장이 이렇듯 형편없다고 깔보지는 말기를 바라오. 그들도 나름대로는 몬스터와의 전투로 다져진 정예들이니 말이오. 1차전에서 메르헨 군이 대패한 주원인이 바로 적을 경시한 탓이라고 본인은 생각하고 있소."

용병들의 주업은 인간보다는 몬스터들과의 전투였다. 그런 만큼 몬스터들을 상대로 영지를 지켜내고 있는 병사들이 결코 나약하다는 생각은 하지 않았다. 다만, 그 약점이 뭔지 확연히 꿰뚫고 있는 것이다.

연대장의 말이 채 끝나기도 전에, 돌핀 용병대장이 그 약점을 들고 나섰다.

"정면전만을 고집할 게 아니라, 일부 병력을 우회시켜 적의 뒤를 치는 건 어떻겠습니까?"

연대장은 씨익 미소 지으며 대답했다.

"내 생각도 그렇소. 지금껏 단 한 번도 몬스터들에게 그런 식의 공격은 당해 본 적이 없을 테니……."

그 뒤는 마치 알아서 상상하라는 듯 연대장은 말을 끊었다. 대신 그는 천막 안에 모여 있는 용병 지휘관들을 둘러본 후 말을 이었다.

"누가 적의 뒤로 침투하시겠소? 자원하고 싶은 분은 말씀하시오."

하지만 아무도 선뜻 나서겠다는 사람은 없었다. 그들은 알고 있었다. 요새 지대로 가는 길이 결코 평탄하지만은 않다는 것을. 예전에 요새 지대가 메르헨의 소유로 있던 시절, 요새로의 보급을 위해 건설해 놓은 도로가 하나 있긴 했다. 하지만 그 외에 다른 샛길들은 약초 채집꾼들조차 꺼릴 정도로 험악했다. 그런 곳으로 사서 개고생 하겠다며 자원할 사람은 없었던 것이다.

"아무도 없으시오?"

"특별 수당은 얼마나 줍니까? 나름대로 꽤 큰 공을 세우는 셈인데… 계산은 정확하게 해야 하지 않겠습니까?"

결국 고생을 하는 만큼 돈을 더 달라는 말이다. 하지만 연대장은 어깨를 으쓱하며 대꾸했다.

"그 부분에 대한 확답을 여기서 해 줄 수는 없소. 이건 아직 영주 쪽과 합의한 작전이 아니기 때문이오. 하지만 나중에 병무관과 만나게 되면 특별 수당을 건의해 보겠소."

그때쯤 되면 전투는 거의 끝나는 단계에 있을 텐데, 영주 쪽에서 미치지 않고서야 돈을 내놓을 턱이 없었다. 모두들 나름대로 용병단에서 굴러먹었던 인물들인데 그걸 모를 리가 있겠는가. 그저 연대장의 시선과 눈이 마주치지 않도록 조심하며 외면할 뿐이었다.

잠시 기다리던 연대장은 떨떠름한 표정으로 말했다.

"어쩔 수 없군. 그렇다면 그건 우리 쪽에서 해결하도록 하겠소."

다행히 붉은 전갈 용병단이 맡기로 결론이 나자, 모두들 찬사를 보냈다. 칭찬 한마디 하는 데 돈이 드는 것도 아니니까.

"역시 붉은 전갈 용병단!"

"과연 대단하십니다. 이렇게 솔선수범하시니 대용병단으로 발전할 수 있었던 게 아니겠습니까."

어쩌고저쩌고 칭찬의 말들이 계속 이어졌지만, 하나같이 쓸 만한 말은 전혀 없었다.

연대장은 손을 들어 그들의 말을 막았다. 모두가 조용해지자 그제서야 입을 열었다.

"출발은 내일 아침 7시로 하겠소. 그때까지 준비를 완료하도록 하시오."

지금까지 전투라고는 몬스터들만을 상대해 온 도렌 영지군이기에 계책 따위는 쓸 줄 모른다고 생각하고 모두들 편히 잠들었다. 지금까지 그래 왔듯이 말이다.

어떤 부대는 이곳에서 16일씩이나 야영을 계속해 왔다. 그런데도 지금껏 아무런 이상이 없다 보니, 모두들 긴장이 풀려 해이해질 수밖에 없었던 것이다.

곤히 잠들었던 연대장은 새벽녘에 울려 퍼진 요란한 경보음에 잠이 깼다. 그는 미처 갑옷도 갖춰 입지 못한 채 검만 들고 밖으로 뛰쳐나왔다.

"무슨 일이냐?"

그의 천막 주변에는 이미 50여 명의 병사들이 방어진을 구축하고 있는 상태였다.

"적의 기습입니다."

부관(副官)이 손으로 가리키는 곳을 보니, 저 멀리 어두운 산 쪽에서 불화살들이 꼬리에 꼬리를 물고 날아오고 있는 게 보였다. 불화살들이 떨어지고 있는 지점에서는 화광이 충천했다.

"떠돌이 용병들의 구역입니다."

체계적인 집단을 형성하지 못하고 있는 만큼 경계병을 세웠을 리 없었다. 그야말로 적들에게는 최고의 먹잇감이었을 것이다.

"도와주는 게 좋지 않겠습니까?"

연대장은 산 쪽에서 날아오는 화살들을 가만히 바라봤다. 과연 일반적인 활에 비해 사거리가 반도 되지 않았다. 저런 식의 야습이라면, 그리 큰 타격을 입히기도 힘들 것이다.

그의 눈은 자신도 모르게 불화살의 숫자를 헤아리고 있었다. 불을 붙이지 않은 화살은 보이지 않기에 정확한 숫자는 계산할 수가 없었지만, 그는 적의 숫자를 한눈에 파악해 냈다. 지금까지 무수한 실전을 통해 쌓은 경험이 있었기에.

"많아 봐야 1백 명 정도다. 자기들이 알아서 하겠지. 지금 문제는 그게 아니야."

연대장의 시선은 화광이 충천하고 있는 떠돌이 용병 구역에 있지 않았다. 그는 우려 섞인 표정으로 어둠에 잠겨 있는 주변 숲을 꼼꼼히 살펴보고 있었다.

"귀관은 지금 즉시 달려가 노예병들의 상태를 점검하도록! 아무래도 그쪽이 걱정되는군."

"옛."

부관을 보낸 후, 연대장은 급히 전령을 불러 지시했다.

"각 대대장들에게 노예병 숙소의 경계 병력을 2배로 늘리라고 전해라. 그리고 숙소 주위로 적군이 침투해 있을지도 모르니, 정찰병들을 내보내 살펴보라고 일러라."

"옛."

전령들을 보낸 후에도 연대장은 안심이 되지 않았다. 만약 자신이 적군의 지휘관이었다면, 떠돌이 용병 구역을 공격하는 척하면서 실질적으로는 이쪽의 노예병 숙소로 침투했을 것이다. 떠돌이 용병들을 상대로 밤새도록 살육전을 벌여 봐야 겉만 요란할 뿐 실속은 하나도 없다.

하지만 노예병 숙소로 침투한다면 얘기가 달라진다. 전투가 끝난 후 해방시켜 주겠다는 허울 좋은 약속 한마디만으로도 그들을 간단하게 포섭할 수 있기 때문이다. 도렌 영지군에는 엄청난 전력의 증가를, 그리고 이쪽에는 전력의 반 이상이 감소되는 결과를 가져오게 된다. 어쩌면 그 한 방으로 이번 영지전의 승패가 정해질 가능성까지 있었다.

이때, 제1대대장이 올라오는 게 보였다. 자신이 보낸 전령의 지시를 이행하고 왔다고 보기에는 너무 짧은 시간이다.

"내가 보낸 전령은 만났나?"

대대장은 군례를 올리며 대답했다.

"여부가 있겠습니까. 이미 주변을 다 살펴보고 오는 길입니다."

연대장은 의심스런 시선을 보내며 물었다.

"그 짧은 시간에?"

어떤 의미로 그렇게 물었는지 눈치 챈 대대장은 노회한 웃음을 지으며 대답했다.

"제가 누굽니까. 적들의 기습이 시작되는 시점에 이미 부하들을 이끌고 주변을 샅샅이 훑었습니다. 저런 떠돌이 용병들 몇 명 죽인다고 해서 무슨 대단한 효과가 있겠습니까. 뭔가 딴 속셈이 있다는 거겠지요."

"나도 그게 걱정이었네."

"그런데 의외로 조용했습니다. 그렇다고 해서 그냥 철수할 수도 없는 노릇이라, 중요 길목마다 매복까지 시켜 놓고 오는 길입니다. 오늘 밤 야습당할 일은 결단코 없을 테니 염려 푹 놓으십시오."

"수고했네."

대대장은 아직도 불꽃이 피어오르고 있는 떠돌이 용병 구역을 잠시 바라보더니 입을 열었다.

"그런데 정말 의외로군요. 이렇게 후방 깊숙이까지 들어와서 야습을 할 줄이야······."

"그만큼 저쪽이 필사적이라는 뜻이겠지. 영지 내에서 가장 비옥한 땅을 뺏기게 생겼는데, 무슨 짓인들 못하겠나."

"그렇기는 합니다만, 저런 식으로 기습할 바에는 아예 안 하느니만 못하다는 거죠."

그러면서 대대장은 자신의 머리를 손가락으로 쿡쿡 찌르는 시늉을 하며 말을 이었다.

"결국 여기가 텅 비어 있다는 것을 우리들에게 알려 준 거나 다름없지 않습니까."

대대장의 장난스런 말투에 연대장은 피식 웃으며 말했다.
"내 생각도 그렇다네. 이쪽의 약점을 파악해서 기습한 것까지는 칭찬해 줄 만해. 하지만 저런 식으로 해 가지고는 실익을 챙기기가 힘들지."
"그렇게 말씀하시니 내일 전투가 기대됩니다. 하지만 아쉽군요. 일방적으로 학살을 하면 뭐하겠습니까. 값나갈 만한 물건은 하나도 없을 텐데……."
"크하핫! 그래, 자네 말이 옳은 듯하구먼. 하핫."
한참 웃음을 터뜨리던 연대장은 갑자기 정색을 하며 표정을 딱딱하게 굳혔다.
"왜 그러십니까?"
"갑자기 생각나서 말일세. 오늘 밤 있었던 야습이 우리 쪽에는 비웃음거리밖에 안 되겠지만, 영주 쪽에서 어떻게 받아들일지가 걱정이로군."
대대장은 고개를 갸웃하더니 말했다.
"그렇게 간덩이가 작아 보이지는 않던데요. 2천의 병력을 밖으로 빼낸다고 해도, 그의 수중에는 아직 1천이나 남아 있지 않습니까. 그 정도면 영지 내 모든 거점에 방어 병력을 배치하고도 남을 텐데, 뭐가 걱정이겠습니까."
하지만 사람의 심리는 알 수가 없다. 괜히 불안감을 느껴 병력의 출동을 늦출 수도 있는 노릇이 아닌가. 지금껏 수많은 의뢰를 수행하며 별의별 인간들을 다 겪어 본 연대장이었기에 그런 사소한 걱정도 하지 않을 수가 없었다.

"어쨌거나 괜한 변수는 만들지 않는 게 좋을 거 같아. 다른 용병대 지휘관들에게 전령을 보내게. 오늘 밤 있었던 일이 영주 쪽으로 흘러들어가지 않도록 조심하라고 말이야."

"알겠습니다, 연대장님."

세상사 서로 속고 속이고

31

이걸 죽여? 살려?

다음 날 아침, 용병들이 일제히 이동을 시작했다. 제일 앞에서 행군하는 부대는 용병들 중에서 가장 세력이 강한 붉은 전갈 용병단이었고, 그 뒤를 돌핀 용병대가 뒤따랐다. 세력이 강한 순서에 따라, 길게 줄을 지어 이동을 시작했던 것이다.

마지막을 장식한 것은 떠돌이 용병들의 무질서한 행렬이었다. 앞서 지나간 용병대들과 달리, 질서나 규율 따위는 눈을 씻고 찾아봐도 없을 만큼 흐트러진 모습이었다.

몇몇 용병들은 창녀들을 잔뜩 태운 마차 옆을 걸어가면서 음탕한 농담을 주고받으며 히히덕거리고 있었다. 하지만 그런 활기찬 모습을 보인 자들은 극히 일부였고, 대부분은 어젯밤 늦게까지 야습해 들어온 적들과 난전을 치른 탓인지 피곤에 지친 얼굴로 터덜터덜 걷고 있었다.

개중에는 꽤 심각한 상처를 입은 자들도 보였는데, 절룩거리면서도 대열에 뒤처지지 않으려고 악착같이 발버둥 치고 있었다. 비록 상처가 심해 전투에는 참여하지 못한다 하더라도, 전사한 시체의 몸을 뒤지는 것만으로도 짭짤한 수입을 올릴 수 있었다. 그런 호기를 놓칠 수가 없었던 것이다.

붉은 전갈 용병단의 맨 앞 선두에서 보무도 당당하게 진격하고 있는 부대는 제1대대였다. 그 뒤를 6백 명 정도의 전쟁 포로들이 발에 매인 쇠사슬을 철그렁거리며 뒤따라 걷고 있었다. 그리고 전쟁 포로 주변을 제2대대가 엄중히 포위한 채 이동 중이었다.

　그런데 이들 중 그 어디에도 라이의 모습은 보이지 않았다. 왜냐하면 제7독립대대는 적들의 배후를 치기 위해 어둠이 채 걷히기도 전에 몰래 주둔지를 빠져나갔기 때문이다. 후방 침투 임무를 부여받은 제7독립대대원의 수는 겨우 136명에 불과했다. 결원도 꽤 있었지만, 곳곳으로 흩어져 있던 부대원들이 아직 메르헨 영지에 도착하지 못한 탓도 있었다.

　하지만 지시를 내린 연대장은 전혀 걱정하지 않았다. 적의 배후를 치는 데는 그 정도 병력만으로도 충분하다고 생각했으니까.

"제5정찰대로부터 아무런 이상도 발견할 수 없었다는 전갈입니다."

　부관의 보고에 연대장은 흡족한 듯 고개를 주억거렸다. 모든 게 그의 예상대로였다. 어젯밤 아무 실속도 없는 야습(夜襲)을 한답시고 진을 뺀 것만 봐도 알 수 있다. 적들은 몬스터들을 상대로 한 실전 경험은 풍부하다 해도, 사람을 상대로 한 전투에는 숙맥인 것이다.

　게다가 1차전 당시에도 메르헨 영지군이 요새 지대에 도착할 때까지 손 놓고 기다리고 있었다고 하지 않던가. 물론 어젯밤에 야습을 해 온 것은 좀 의외이기는 했지만, 아마 이번 전투 역시 1차전처럼 요새에서의 공방전으로 판가름이 날 게 틀림없다고 그는 예상하고 있었다.

"부관."

"옛, 연대장님."

"진격 속도를 조금 더 올리라고 하게. 해가 있을 때, 목적지에 도착하는 게 여러모로 유리할 테니까 말이야."

"그렇게 전하도록 하겠습니다."

부관은 즉시 전령을 한 명 불러, 연대장의 명령을 제1대대장에게 전하기 위해 보냈다. 지시를 받은 전령은 1분이라도 빨리 상관의 명령을 전달하기 위해 서둘렀지만, 그의 마음과는 달리 쉽사리 앞으로 나갈 수가 없었다. 좁은 산길이 노예병들로 꽉꽉 막혀 있었던 탓이다.

"급한 전령이다! 비켜! 비켓! 야, 이 자식들아! 옆으로 좀 비키란 말이닷. 비키라는 소리가 안 들려?"

말이 등 뒤에 바짝 붙어 따라오니 노예병들은 무서워서라도 피해 주고 싶었지만, 그게 쉬운 일이 아니었다. 도망을 방지하기 위해 십여 명 단위로 쇠사슬을 발에 연결해 놨기 때문이다.

전령은 어쩔 수 없이 길 바깥쪽으로 말을 몰았다. 그러자 노예병들은 서로의 몸을 바짝 밀착시켜 말이 달릴 수 있도록 길가 쪽 자리를 내주었다. 노예병들의 협조로 그럭저럭 말을 달릴 수는 있게 되었지만, 이번에는 나뭇가지들이 말썽이었다. 나뭇가지를 피하면서 말을 몰자니 속도가 날 턱이 없었다.

앞으로 나가려고 애쓰는 전령의 뒷모습을 바라보던 부관은 눈길을 돌려 주변 산세를 조심스럽게 살폈다. 험한 산길 옆으로 수목들이 짙게 우거져 있어, 만약 기습이라도 당한다면 움치고 뛸 수도 없이 막심한 피해를 각오해야 하리라. 연대장도 그런 사실을 잘 알고 있기에 정찰조를 몇 개씩이나 선행시키며 앞길을 샅샅이 훑고 있는 중이 아니겠는가.

'멍청한 것들! 나 같으면 야습하는 데 기력을 낭비할 게 아니라, 이런 곳에서 미리 매복해 있었을 거다. 주변 환경을 봐. 얼마나 매복하기 좋아.'

* * *

저 멀리 산봉우리 쪽에서 갑작스레 뭔가가 반짝반짝하는 빛이 보였다. 그것을 보자마자 모두의 안색이 환해졌다.

"대장님, 제대로 걸렸습니다."

대장이라고 불린 중년의 사내. 언제 씻었는지 알 수 없을 정도로 온몸이 먼지투성이에다가 머리카락은 떡이 져서 엉망이었다. 그런 더러운 모습에도 불구하고, 은근히 박력이 느껴지는 매서운 얼굴이었다. 그런 그의 얼굴에 한순간 미소가 어렸다.

그는 옆에 서 있는 마법사로 보이는 음침한 표정의 사내에게 부탁했다.

"도렌 쪽에 전갈을 보내 주십시오. 앞으로도 최소한 두 차례 이상 적 정찰병이 올 것이 예상되니, 발각되지 않도록 만전을 기하라고 말입니다."

대장의 말에 마법사는 고개를 끄덕인 후 수정구에 손을 대고 주문을 외우기 시작했다. 이때, 어디선가 굵직한 목소리가 들려왔다. 그 목소리에는 짙은 불쾌감이 내포되어 있었다.

"우리 쪽은 신경 쓰지 말고, 그쪽이나 잘하도록 하시지요."

말소리가 들린 쪽으로 급히 시선을 돌려 보니, 하급 용병들도 입지 않을 것만 같은 허름한 갑옷을 입은 한 사내가 걸어오고 있는 게 보였다.

하지만 대장은 알고 있었다. 디자인은 물론이고 만든 솜씨마저 개판이었지만, 그 재료만큼은 최고급이라는 사실을. 질기디 질긴 몬스터 가죽을 실력도 없는 장인이 손을 댔으니, 저런 형편없는 모양새의 물건이 만들어진 것이다. 하지만 겉모양이야 어떠하든 간에, 방어력 하나만큼은 끝내주지 않을까 하는 생각이 들었다.

허름한 갑옷의 사내는 자부심 어린 표정으로 말했다.

"인간에 비해 수십, 아니 수백 배나 뛰어난 감각을 지닌 몬스터들을 상대로 매복전을 펼쳤던 우리들이오. 정찰병들을 수십, 아니 수백씩 보내 탐색한다 해도, 내 부하들은 절대로 찾아낼 수 없을 거요."

대장은 잘 알고 있었다. 사내의 말이 결코 거짓이 아니라는 것을. 그는 말없이 산 아래쪽을 다시 한 번 둘러봤다. 지금껏 그래 왔듯, 산 아래쪽에서는 그 어떤 인기척도 없이 조용하기만

했다.

 하지만 보는 것과는 달리 저 아래쪽에는 지금 3개 대대, 총 6백여 명에 달하는 병력이 몸을 숨기고 있었다. 그중 1개 대대는 자신의 부하들이었고, 나머지는 눈앞의 이 사내의 부하들이었다.

 자신의 부하들이야 밥 먹고 하는 짓이 이것이니 그렇다고 쳐도, 도렌 영지의 병사들이 보여 준 매복 실력은 정말 놀라웠다. 본능적으로 최대한 자연지물을 이용해 녹아들어 가는 모습은, 옆에서 보고 있다 보면 감탄사가 터져 나올 정도로 아주 훌륭했다.

 "그건 잘 알고 있습니다, 트레친 준남작님. 하지만 이번 작전이 워낙에 중요하다 보니, 재삼 당부를 드리지 않을 수가 없었습니다."

 트레친 준남작은 흥! 하고 가볍게 콧방귀를 뀌더니 말했다.

 "영주님께서 당신을 사령관으로 내세우신 이상, 그 권위에 도전할 생각은 없소. 하지만 불필요한 지시가 계속 반복되다 보니, 약간 짜증이 나는군요."

 "짜증이 나셨다면 죄송합니다. 어쨌거나 서로가 잘해 보자고 하는 거니 이해해 주시길 바랍니다."

 "그 외에 더 이상 할 말은 없소?"

 "준남작님 같으신 분이 지휘를 하고 계신데, 제가 더 이상 무슨 말을 할 게 있겠습니까."

 "그럼 나는 가 보겠소."

트레친 준남작은 뻣뻣한 자세로 군례를 올리는 둥 마는 둥 하더니 산을 내려가기 시작했다. 매복을 하고 있는 자신의 부하들에게로 돌아가는 것이다.

준남작이 충분히 멀리 떨어진 후에야 지금까지 조용히 서 있던 마법사가 열 받는다는 듯 투덜거렸다.

"망할 놈의 새끼. 이런 중요한 시점에 지휘관이라는 놈이 마법사는 어따 팽개치고 혼자 여기에 나타나."

"핫핫, 지금껏 마법통신을 이용해 본 적이 없어서 그런 것이겠죠. 마법사님께서 이해하시죠."

"어쨌거나 아주 기분 나쁜 놈이야."

연신 투덜거리는 마법사를 달래며 대장은 웃는 얼굴로 말했다.

"도렌 영주가 신임하는 인물입니다. 게다가 요새 지역 방어를 책임지고 있었던 귀족이, 우리 같은 용병 나부랭이의 지시를 받아야 되는 처지가 된 게 아니겠습니까. 저 정도만 해도 아주 잘 협조해 주는 거라고 봐야겠죠."

"어쨌거나 기분 나쁜 놈임에는 변함이 없어."

수천이 넘는 적군을 상대하기 위해서 그가 이번 전투에 동원할 수 있는 병력은 6백 정도밖에 되지 않았다. 총 병력은 8백 명이 약간 넘었지만, 2백은 요새의 수비를 위해 남겨 놓고 와야 했던 것이다.

그런 소수의 병력으로 그가 감히 승리를 꿈꿀 수 있게 된 것은 다 도렌 영지의 병사들이 실전으로 단련된 정예병들인 덕분이었다. 도렌 영지의 병사들은 그가 이곳에 오면서 예상했던 것보다 훨씬 더 훈련이 잘되어 있었던 것이다.

그런 도렌 영지병을 이끌고 있는 지휘관이 왜 안 좋게 보이겠는가. 아니, 상대가 아무리 까칠하게 나온다고 해도, 좋게좋게 넘어가는 것 외에는 지금으로서는 다른 방법이 없었다.

대장, 아니 페가수스 용병대의 제35대대장 미하엘은 2주 전, 단장(團長)과 대면했을 때를 떠올렸다.

단장이 건네준 서류에는 도렌이라는 가난한 영지에 대한 각종 정보들이 기록되어 있었다. 서류를 면밀히 읽어 본 미하엘은 황당함을 감추기 힘들었다.

"여기를 저 혼자 가라는 말씀이십니까?"

그러자 단장은 정색을 하며 대답했다.

"귀관 혼자 가라는 말은 하지 않았네. 자네 대대를 이끌고 가라는 거였지."

"그게 그거 아닙니까? 메르헨 영지는 저도 잘 알고 있습니다. 거긴 꽤나 부유한 영지란 말입니다. 여기 서류를 보니 메르헨에서 보유하고 있는 병력만 3천. 그리고 용병들을 4천에서 5천 정도 모집하고 있는 중이라고 하는데, 저희 대대만으로 도렌을 방어해 내라구요?"

하마터면 '지금 제정신으로 하시는 말씀이십니까?' 하는 말까지 튀어나올 뻔했다. 하지만 미하엘은 초인적인 인내심으로 마지막 선은 넘지 않는 데 성공할 수 있었다.

"쯧, 자네 대대만으로 방어하라고는 하지 않았네. 거기에 기록되어 있듯이 도렌 영주에게도 1천 5백 정도의 병력이 있다네."

"저도 읽어 봤습니다. 그중에서 전쟁터가 될 요새 지역에 배치되어 있는 병력은 겨우 6백 정도밖에 안 된다는 것도 말입니다."

"그 6백 명으로 1차 전투 때 2천에 달하는 용병들을 단숨에 무찔렀다네. 거의 피해도 없이 말이야."

이건 도무지 말도 안 되는 임무라고 생각한 미하엘이었기에 미간을 왈칵 찡그리며 소리쳤다.

"1차 전투 때와 지금은 상황이 완전히 다르지 않습니까? 1차 전투 때 무찔렀다는 2천! 제대로 된 용병단도 아니고, 어중이떠중이 용병들을 대충 긁어모아 놓은 거였다면서요. 그런 오합지졸 따위는 1만이라고 해도 전혀 무섭지 않습니다. 하지만 지금 메르헨 쪽에서 끌어들인 것은 붉은 전갈 용병단이 아닙니까. 그리 이름이 잘 알려진 용병단은 아니지만, 실력은 꽤나……."

하지만 그의 말은 더 이상 이어지지 못했다. 단장이 말을 잘랐던 것이다.

"메르헨 영지에서 고용한 붉은 전갈 용병단은 최대한으로 잡아 봐야 1천 2백 정도밖에 안 된다네. 노예병 1개 연대와 1개 독립대대를 고용했다고 하니 말일세."

"예, 그건 서류를 봤으니 저도 압니다. 하지만 그들이 용병들의 구심점이 된다면 얘기가 달라지죠. 붉은 전갈 용병단에서 연

세상사 서로 속고 속이고 237

대장을 하고 있을 정도의 인물이라면, 그 정도 능력은 지니고 있을 게 아닙니까?"

"……."

능구렁이 같은 단장도 그 말에는 반박을 하지 못했다. 그도 잘 알고 있는 것이다. 이게 쉬운 임무가 아니라는 것을.

"단장님께서도 말이 안 되는 의뢰인 줄 잘 아실 텐데, 그런데도 이 의뢰를 받아들이신 이유를 좀 알 수 있겠습니까? 서류에도 나와 있듯 도렌은 병사들에게 줄 군량조차 부족한 가난한 영지입니다. 그런 그들을 왜 우리 용병단에서 도와줘야 하는지, 저로서는 도무지 이해를 할 수가 없습니다."

미하엘은 잠시 뜸을 들였다가 음흉한 목소리로 나직하게 물었다.

"혹시 그곳 영주의 딸이나 부인과 무슨 일이라도 있으셨습니까?"

어떻게 보면 대단히 불손한 질문이었지만, 단장은 가벼운 미소만 지으며 입을 열었다.

"그 이유를 꼭 알고 싶나?"

"예, 물론입니다."

"자네가 싸워야 하는 그 요새 지대 인근에 꽤 큰 규모의 구리 광산이 발견되었다네. 메르헨 영주의 방해로 인해, 판로(販路)를 개척하지는 못했지만 말이야."

그 말에 미하엘은 떨떠름한 표정으로 물었다.

"그… 구리가 의뢰 대금입니까?"

"물론일세. 이번 임무만 완수한다면 자네나, 자네 부하들 모두 한몫 톡톡히 잡을 수 있을 걸세. 내 약속하지."

거친 삶을 살아가는 용병들에게 있어서 돈은 아주 중요하다. 하지만 돈 이상으로 목숨 또한 중요했다. 죽은 다음에 아무리 많은 돈을 받아 봐야, 뭐에 쓰겠는가.

"아무래도 저는 안 되겠는데요. 저 말고 다른 사람을……."

용병들의 세계에서는 상관의 명령이라고 하더라도, 그것을 거부할 수 있는 권리가 있다. 왜냐하면 실패할 것이 불 보듯 뻔한 임무를 명령이라고 해서 무조건 받을 수는 없지 않은가. 더군다나 이번 임무는 목숨을 잃게 될 확률이 굉장히 높았다. 말이 2백 대 4천이지, 아무리 방어만 한다 하더라도 이건 말도 안 되는 임무였다.

하지만 그런 권리가 있다 하더라도 쉽게 거부를 할 수 없는 것 또한 현실이었다. 왜냐하면 상관의 명령을 정면으로 거부한다는 것은 결국 이 용병단을 떠나야 함을 의미했으니까. 누구라도 상관의 명령에 불복종하는 자를 부하로 데리고 있고 싶지는 않을 테니 말이다.

이런 미하엘의 거부를 미리 예상하지 못했다면, 그가 어떻게 10대 용병단의 하나로 꼽히는 대용병단의 단장이 될 수 있었겠는가. 지금껏 용병단에서 잔뼈가 굵어 오며 산전, 수전, 마법전, 심지어 타이탄전까지 다 겪어 온 단장이다. 그런 그가 자신의 부하 하나쯤 구워삶지 못한데서야 말이 되겠는가.

"어쩔 수 없군. 단도직입적으로 말하지. 자네 대대밖에 보낼 수 없는 내 심정을 이해해 주게."

단장은 답답한지 한숨을 푹 내쉰 후, 계속 말을 이었다.

"식량만 넉넉하다면야 2~3개 연대라도 보내 확실히 끝을 냈을 걸세. 하지만 문제는 도렌에는 영지군에 지급할 군량조차도 부족한 상황이야. 게다가 대규모 병력을 이동시키다 보면 정보가 새 나갈 확률도 높아진다네. 생각해 보게. 우리가 참전했다는 것을 상대가 알 때와 모를 때의 차이점을."

페가수스 용병단이 도렌 영지전에 참여한다는 사실이 알려지면 메르헨 영주 역시 무리를 해서라도 다른 10대 용병단을 끌어들일 것이 분명했다. 그렇게 되면 구리 광산에서 얻는 이익이 아무리 크다고 해도 본전이나 건질 수 있을지 의문이었다. 다른 10대 용병단과의 싸움에서 입게 될 손실이 적을 리 없을 테니까.

"그래서 작전관들과 토의를 해 본 결과, 우리가 참전했다는 사실을 모르도록 소리 소문 없이 도렌 영지로 스며들어 가 조기에 전투를 끝내는 편이 낫겠다는 결론을 내렸지. 도렌의 식량 사정을 감안해 보면 최대 1개 대대가 한계야. 그렇다면 답은 이미 나온 거나 다름없지 않나. 우리 용병단에서 가장 뛰어난 대대장인 자네를 부를 수밖에. 자네라면 반드시 해낼 수 있을 거라고 믿고 부탁하는 걸세. 내 마음을 이해하겠나?"

존경해 마지않는 단장이 자신을 이렇게까지 신뢰하고 있다는 말에 미하엘의 가슴은 벅차올랐다. 만약 이번 임무를 어떻게든 완수할 수만 있다면 단장의 신뢰는 더욱 깊어질 것이고, 앞으로 출세는 따 놓은 당상이 아니겠는가. 미하엘은 두근거리는 심장 소리만 요란하게 들려올 뿐, 너무 흥분해서 아무런 생각도 할 수가 없었다.

"그, 그렇게까지 말씀하신다면……."

단장은 호쾌하게 웃음을 터뜨렸다. 믿는 부하가 자신의 믿음에 부응해 줬다는 게 너무나도 기쁘다는 듯이. 그는 미하엘의 어깨를 두드리며 장하다는 듯 말했다.

"핫핫핫, 역시 자네밖에 없구만. 그래, 부탁하네. 나는 자네가 이번 임무를 훌륭히 완수해 낼 것을 굳게 믿고 있겠네."

그때쯤에야 겨우 냉정을 회복한 미하엘은 입술을 꽉 깨물었다.

'이런 젠장. 나야 그렇다 쳐도, 대대원들에게는 뭐라 말하지?'

자신이야 단장의 신뢰에 부응하기 위해 싸우다 죽는다 해도 별 아쉬움은 없었지만, 대대원들은 뭔 죄가 있어 사지로 끌려들어 가야 한단 말인가. 그만큼 이번 임무는 완수하기가 불가능하다고 느껴질 만큼 수적인 열세가 컸다.

하지만 그렇다고 해도 한번 내뱉은 말을 곧바로 주워 담기에는 사내인 자신의 자존심이 용납지 않았다.

"그럼 나가 보게."

힘없이 문 밖으로 나가려던 미하엘은 마음을 굳게 먹고 되돌아섰다. 아무래도 이대로 그냥 나갈 수는 없었던 것이다.

"대신 조건이 있습니다."

"……."

얘기가 다 끝난 줄 알았는데 갑자기 조건을 제시하자, 단장은 몹시 불쾌하다는 듯 미간을 찌푸렸다. 하지만 거기에 쫄아서 해야 할 말을 안 할 수는 없었다. 자신의 대대 전체의 목숨이 걸려 있는 일인 것이다.

미하엘은 단장의 눈을 정면으로 응시했다. 잠시 눈싸움이 진행된 후, 단장이 먼저 입을 열었다.

"말해 보게. 들어줄 수 있는 거라면 들어주지."

"마법사를 지원해 주십시오. 많으면 많을수록 좋겠지만, 최소한 2명 이상은 되어야 합니다."

"마법사? 강력한 화력 지원을 원하는 모양인데, 그 정도 실력의 마법사라면……."

그 정도 실력을 지닌 마법사는 아예 기대도 하지 말라는 말을 하려고 했다. 그런데 단장의 심중을 짐작한 미하엘이 먼저 선수를 쳐 왔다.

"화력 지원을 위해 필요한 게 아니라, 통신 때문에 그렇습니다."

"통신? 통신을 위해서라……?"

소수의 병력을 효율적으로 운용하려면 마법통신은 반드시 필요한 요소였다. 충분히 일리가 있는 요청이었기에, 단장은 고개를 끄덕이며 승낙했다.

"3명을 붙여 주지. 더 이상은 안 돼."

"감사합니다, 단장님. 최선을 다하도록 하겠습니다."

"최선을 다한다고 되는 게 아니야. 내가 큰 마음 먹고 마법사를 3명씩이나 지원해 주는 만큼, 꼭 승리해야만 해. 알겠나?"

"……."

미하엘은 대답하지 않았다. 아무리 생각해도 자신이 별로 없었으니까.

그렇게 단장의 꼬드김에 속아 이 먼 변방에까지 달려왔다. 겨우 200명밖에 안 되는 부하들만을 거느리고.

그나마 다행인 점은, 이곳의 영주가 말이 통하는 인간이었다는 것이었다. 미하엘은 그를 설득해서 요새 지역 전체에 대한 지휘권을 넘겨받는 데 성공했다. 사실, 지휘권을 넘겨받지 못했다면 미하엘은 단장에게 호된 구박을 받는 한이 있더라도 미련 없이 돌아갈 생각이었다. 도렌 영지군은 사람과의 전투라고는 거의 해 보지도 않았다고 한다. 그런 자들에게 자신의 목숨을 맡긴다는 것은 자살행위나 다름이 없었기 때문이다.

"어쨌거나 단장님의 기대에 부응할 수 있을 것 같아서 다행이군. 처음에는 아예 불가능할 줄 알았는데 말이야."

"대장님의 계책이 제대로 맞아 들어간 덕분이죠. 어젯밤에 저희가 야습을 하지 않았다면, 저놈들이 이쪽 길로 들어올 생각을 하기나 했겠습니까? 좀 힘들더라도 다른 길을 택했겠죠."

물론 그렇지 않을 가능성도 컸다. 1차 전투에서 도렌은 적이 요새 앞에 올 때까지 손 놓고 기다렸었다. 더군다나 그런 상황에서 승리까지 쟁취해 냈으니, 2차 전투에서도 요새에서 기다리고 있을 거라 생각하지 않았을까?

미하엘도 그렇게 생각하긴 했지만, 그래도 적이 이쪽을 좀 더 경시하도록 만드는 게 좋을 것 같아서 야습을 지시했었던 것이다. 하지만 그런 속마음까지 부하에게 시시콜콜 얘기해 줄 필요는 없으리라.

"그건 그래. 어쨌거나 운이 좋았어. 우리가 야습한 바로 다음 날 곧바로 병력을 움직이기 시작할 줄이야……. 하루만 늦었어도 미끼를 던져 보지도 못할 뻔했잖아."

"그러게 말입니다. 시작부터 징조가 아주 좋지 않습니까? 전쟁의 신 아레스께서 저희를 돕는 게 확실하다며 부하들도 좋아하고 있습니다."

아레스를 믿지 않는 그로서는 신(神)이 어떤 생각을 하든 자신이 알 바 아니었지만, 부하들의 사기가 올라갔다는 점은 아주 고무적인 현상이었다.

"그렇다면 다행이로군."

이때, 주위를 살펴보고 있던 병사가 나직한 어조로 경고를 발했다.

"적의 정찰병입니다."

포장이 잘된 산길을 타고 말을 달려오는 정찰 기마병 셋이 보였다. 그들은 자신들의 임무가 정찰이라는 것도 잊은 듯 주변을 대충대충 훑어보며 빠른 속도로 지나쳐 갔다.

하지만 미하엘은 알고 있었다. 저게 다 속임수라는 것을. 이미 지런 놈들이 세 패거리나 지나갔나. 그런데도 또다시 정찰병을 보내다니, 상대방 지휘관은 정말 치밀한 인물이었다. 하기야 천성이 그러니까 연대장까지 진급을 할 수 있었던 것이겠지. 그런 인물이 페가수스 용병단이 도렌 쪽에 붙었다는 것을 눈치 챘다면? 아마 지금과는 완전히 다른 전개가 되었을 것이다.

잠시 후, 미하엘의 예상대로 정찰병 두 명이 마치 유령과도 같이 숲 속에서 모습을 드러냈다. 둘 다 레인저 교육을 꽤나 엄격하게 받았는지 산 타는 솜씨들이 보통이 아니었다. 주변의 수풀을 거의 건드리지 않고 움직이고 있었기에, 보는 입장에서는 그야말로 수풀 속에서 불쑥 튀어나온 것처럼 느껴질 정도였다.

그들은 세심한 눈길로 주위를 살피며 앞으로 나갔다. 간혹 쭈그리고 앉아 뭔가를 살펴보는 듯한 동작을 취하기도 했다. 하지만 그들은 끝내 도렌 병사들의 존재는 찾아내지 못하고, 다른 데로 발길을 옮겼다.

미하엘은 정찰병의 모습 하나하나를 세심하게 지켜볼 수 있었다. 그런 여유를 부릴 수 있었던 것은 그가 지휘소를 꾸린 위치가 도로에서 멀리 벗어난 저 뒤쪽 산꼭대기였기 때문이다.

전장(戰場) 전역을 한눈에 내려다보며 부하들을 통제하려면 조금 멀리 떨어진 위치에 자리를 잡을 필요성이 있었다. 정찰병들은 처음 모습을 드러냈을 때처럼 조용히 수풀 속으로 사라져 버렸다.

미하엘은 문득 생각났다는 듯 옆에 앉아 있던 마법사에게 말을 걸었다.

"마법사님, 페델에게서 연락 온 거 있었습니까?"

페델이라면 제2중대장이었다.

"그때 전해 준 거 말고, 다른 보고는 들어온 게 없다네."

새벽녘에 적 백여 명이 몰래 주둔지를 벗어났다는 첩보를 입수하자마자 그들을 상대하라며 급히 내보낸 인물이 바로 페델이었다. 페델에게는 자신이 허락하기 전에는 적에게 어떤 공격 행위도 하지 말라는 엄명을 내려놨었다.

적을 포착했다는 보고를 끝으로 아직까지 아무런 연락이 없는 것을 보면, 적에게 들키지 않고 잘 따라가고 있는 모양이었다.

넌 반드시 내가 죽여 주마!

31

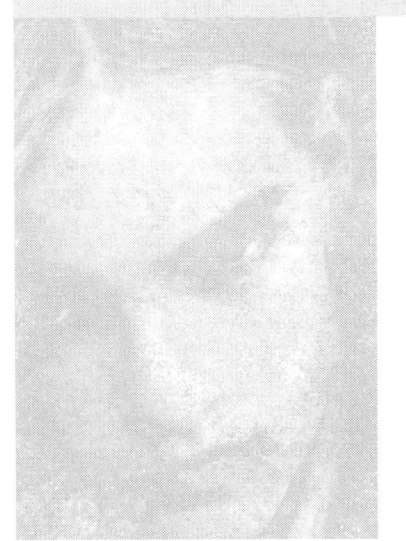

이걸 죽여? 살려?

드디어 적의 본대가 눈앞에 모습을 드러냈다.
붉은 전갈이 그려진 용병기(傭兵旗). 그 깃발을 선두로 2백여 기의 기마병들이 보무도 당당하게 진격해 왔다. 착용하고 있는 갑주나 무장의 형태가 워낙에 다양하여, 정규군 병사들과 비교한다면 난잡스럽다는 느낌을 주었다.
하지만 용병들은 용병들만이 지니는 뭔가 독특한 거친 분위기가 있었다. 아름다운 의장용 갑옷과 투박한 실전용 갑옷의 차이라고나 할까…….
기마병들의 뒤를 이어 6백여 명의 노예병들이 쇠사슬을 철그렁거리며 뒤따랐다. 그리고 노예병들의 주변을 빈틈없이 에워싸고 있는 또 다른 2백여 기의 기마병들. 그들은 주위에 대한 경계는 물론이고, 노예병들에 대한 감시 또한 게을리하지 않았다.
붉은 전갈 용병단의 뒤로 3천여 명의 용병들이 뒤따르고 있긴 했지만 미하엘이 노리고 있는 적은 단 하나, 붉은 전갈 용병단 뿐이었다. 용병들 중에서 가장 강력한 세력을 지니고 있었고, 또 집단 전투에 능한 그들을 이번 전투에서 반드시 격멸해야만 했다. 대가리만 치면, 나머지는 그냥 오합지졸일 뿐이었으니까.

미하엘은 주위를 둘러봤다. 매복하고 있는 부하들의 모습은 그 어디에도 보이지 않았지만, 그는 부하들이 자신의 명령이 떨어지기를 학수고대(鶴首苦待)하고 있을 것임을 믿어 의심치 않았다.

드디어 저 멀리 노예병들의 뒤쪽으로 마차 행렬이 보였다. 붉은 전갈 용병단의 치중대(輜重隊)였다. 이 길은 마차 1대가 통과하기에는 무리가 없었지만, 길 좌우로 여유가 많은 것도 아니었다. 만약 선두가 기습을 당하게 된다면, 치중대의 우마차들은 도움을 주러 달려오는 후위 부대들의 길을 막아서는 장애물이 될 것이다.

"흐흐훗."

미하엘은 자신도 모르게 웃음이 흘러나왔다. 전투라는 게 이래서 재미있다. 이쪽보다 월등한 군세를 자랑하는 적들은 자신의 승리를 믿어 의심치 않고 있을 것이다. 그것을 증명이라도 하듯 눈앞의 적병들은 이미 승리라도 거둔 듯 모두들 하나같이 여유로운 표정을 짓고 있었다. 자신들이 지금 죽음의 구렁텅이를 향해 한 걸음씩 다가가고 있다는 사실을 전혀 모른 채.

미하엘은 천천히 손을 들어 올렸다. 자신의 손이 아래로 떨어지는 순간, 뒤쪽에 대기하고 있는 나팔수들이 일제히 나팔을 불 것이다. 그리고 그것을 신호로 공격이 시작되는 것이다.

그런데 미하엘이 막 손을 아래로 내리려고 할 때였다. 느긋한 표정으로 걷고 있던 적들이 화들짝 놀라 이쪽을 바라보며 허둥지둥 방어태세를 갖추고 있는 모습이 그의 눈에 들어왔다.

'무슨 일이지?'

어리둥절해진 미하엘이 옆을 둘러봤을 때, 그는 볼 수 있었다. 일단의 기마병들이 산 아래쪽을 향해 용맹무쌍하게 돌진해 내려가고 있는 장면을.

미하엘은 이를 갈지 않을 수 없었다.

"저런 미친! 아직 공격 명령을 내리지도 않았는데… 저거 어떤 새끼들이야?"

옆에 있는 부관이 채 대답을 하기도 전에 미하엘은 자신이 이러고 있을 때가 아니라는 것을 깨달았다. 그는 급히 손을 앞으로 뻗으며 부하들을 향해 외쳤다.

"빨리 공격 신호를 보내!"

대기하고 있던 나팔수들이 황급히 신호음을 울렸다.

"뿌우우우~~."

하지만 미하엘의 조급한 마음과는 달리, 부하들의 공격은 빨리 진행되지 않았다. 모두들 땅속 깊이 구덩이를 파고 들어가 몸을 숨기고 있는 상황이었다.

구덩이의 앞쪽을 흙이나 낙엽, 수풀 따위로 완벽하게 위장을 해 놓은 것까지는 좋았지만, 그런 엄폐물을 다 치운 후에 밖으로 뛰쳐나가 사격 자세를 잡으려면 약간의 시간이 필요했던 것이다.

이윽고 아래쪽을 향해 사격이 시작되었다.
슈슉, 슈슈슉.
미하엘의 부하들이 쏘는 가느다란 화살도 간혹 보였지만, 가장 많이 보이는 것은 창처럼 크고 굵은 도렌 병사들이 쏘아대는 화살이었다. 무거운 화살을 멀리 날리는 건 쉬운 일이 아니었지만, 지금처럼 위쪽에서 아래로 쏘는 경우에는 얘기가 다르다.
지형적 잇점까지 더해지자 도렌 병사들의 화살은 가공할 만한 위력을 발휘했다. 워낙에 무겁고 위력적인 화살이라 그런지, 방패나 갑옷 따위는 아무런 장애도 되지 못했다. 방패를 들고 막으려 해 봐도, 방패를 뚫고 들어가 몸을 산적(散炙)처럼 꿰뚫었다.
매복 공격을 할 때, 가장 중요한 게 최초의 화살 공격이다. 일제 사격을 통해 적의 기세를 완전히 꺾어 놔야, 그 다음에 진행되는 백병전에서 손쉽게 승리를 거둘 수 있기 때문이다.
하지만 이번에는 공격 시작부터 틀어져 버렸다. 일단의 기마병들이 미하엘이 아직 공격 명령을 내리지도 않았는데, 적을 향해 돌격해 들어간 것이다.
현재 산 아래로 달려 내려간 일단의 부하들은 적과 맹렬한 전투를 벌이고 있는 중이었다. 그것도 등 뒤에서 날아오는 아군의 화살비에 고스란히 노출된 상태로.
작전이 틀어졌을 때 최대한 빨리 상황에 맞는 결정을 내릴 줄 알아야 하는 것이 지휘관의 중요 덕목이다. 그런 점에서 미하엘은 지휘관의 자격이 충분했다. 그는 지체 없이 나팔수들에게 명령했다.

"돌격 신호를 보내라!"

1개 소대 정도만 달려 내려간 상황이었다면, 눈 딱 감고 모른 척했을 것이다. 하지만 1개 중대라면 얘기가 달라진다. 아무리 그가 냉혈한이라고 해도, 50여 명이나 되는 부하들을 죽음의 구렁텅이로 내몰 수는 없었던 것이다.

브로마네스는 초조했다.

자신들이 이곳에 매복하고 있다는 사실을 전혀 눈치 채지 못한 적들은 사지(死地)를 향해 천천히 걸어 들어오고 있는 중이었다. 느긋하기 짝이 없는 그들의 표정만 봐도 앞으로의 결과가 어떻게 될지는 불 보듯 뻔한 일이었다.

당연히 승리를 확신할 수 있는 상황임에도, 브로마네스가 초조함을 느낄 수밖에 없는 이유는 단 하나. 이런 상황에서는 적 지휘관을 죽이는 영웅적인 전공을 세울 수가 없기 때문이다. 부하들은 참호 안에 완벽히 몸을 숨긴 상태에서 공격 명령이 떨어지기만을 기다리고 있었지만, 소대장인 그는 틈새로 밖을 내다보며 안타까움에 발을 동동 굴렀다.

그때 브로마네스는 적 대열의 중간 부분에서 눈에 확 띄는 존재를 찾아냈다. 짙은 밤색 말을 몰고 있는 중년 사내였다. 주위의 다른 용병들과 확연히 구분되는 멋진 갑옷만 봐도, 그가 적군의 지휘관이라는 것쯤은 금방 알아차릴 수 있었다.

브로마네스는 무심결에 주위를 둘러봤다. 모두들 몸을 얼마나 잘 숨기고들 있는지 단 한 놈도 눈에 띄지 않았다. 하지만 공격 명령이 떨어지면, 빗발치듯 화살이 적군을 향해 날아가리라. 그러면 저 적군 지휘관은 자신이 손을 쓸 새도 없이 목숨을 잃을 게 아닌가.

브로마네스는 유희의 첫 단추를 이렇게 허망하게 끝내고 싶은 생각은 전혀 없었다.

'그럴 수는 없지. 저건 내 먹잇감이란 말이다!'

브로마네스는 참호 입구를 가리고 있던 위장물들을 조용히 치우기 시작했다. 보병이 위주인 도렌 영지병들은 자신들만 들어갈 수 있을 정도의 작은 참호만 파면 되었지만, 기마병 위주인 용병들은 말과 함께 들어갈 수 있도록 참호를 크고 넉넉하게 파야만 했다.

그와 그의 부하들이 판 참호는 두 개. 각기 다섯 명씩 자신의 말과 함께 들어가 앉아 있었다.

부하들은 브로마네스의 갑작스러운 행동에 어리둥절한 표정을 감추지 못했다. 분명 참호 밖으로 나가는 것은 공격을 뜻하는 나팔 소리가 들려온 후라고 알고 있었는데…….

참호 앞에 놓인 위장물을 모두 제거한 브로마네스는 부하들을 향해 나지막한 목소리로 으르렁거렸다.

"우리 소대는 적군을 향해 제일 먼저 돌진한다. 알겠나?"

"저, 하지만 소대장님……."

반론을 제기하려던 부하는 브로마네스의 광기 어린 눈과 마주치자마자 숨을 죽여야만 했다. 몸서리가 쳐질 만큼 아찔한 공포와 함께 상관의 명령에 따르지 않는다면 죽는다! 그 이외에는 다른 어떤 생각도 떠오르지 않았다.

"나를 따라 나와라. 그리고 너, 옆 토굴에 가서 나머지 대원들도 다 밖으로 나오라고 해."

브로마네스와 그의 부하들이 자기들 딴에는 살금살금 은밀히 움직인다고 애를 쓰기는 했지만, 그들의 움직임을 눈치 채지 못할 중대장이 아니었다. 그 역시 참호 밖으로 고개를 빼꼼히 내밀고는, 주위 상황을 면밀히 살피고 있었기 때문이다.

브로마네스의 난데없는 돌발 행동을 눈치 챈 중대장은 질겁했다. 하지만 이 상황에서 뭐라 소리조차 지를 수도 없었다. 바로 코앞에서 적군이 통과하고 있었다. 이 중차대한 시점에 자칫 적군에게 아군이 매복하고 있다는 사실을 들키게 되면 곤란했기에, 중대장으로서는 초조함에 입술을 질끈 깨물며 브로마네스만 노려보았다.

바로 그때였다. 브로마네스가 자신의 부하들을 이끌고 아래쪽으로 돌진하기 시작한 것은.

중대장은 입이 떡 벌어진 채 아래쪽으로 질주하는 인마(人馬)들을 바라봤다.

신참 소대장놈이 전투가 시작되기 전의 극한 긴장감을 못 이겨 어설픈 행동을 한다고 여겼지, 설마하니 겨우 10기로 몇천 명이나 되는 적군을 향해 돌진할 줄은 꿈에도 상상하지 못했던 것이다. 더군다나 아직 대대장의 공격 명령조차 떨어지지 않은 상황이 아닌가.

이윽고 정신을 차린 중대장은 가까스로 입을 열어 터질 듯한 분노를 토해 냈다.

"저, 저런 미친 새끼!"

전력으로 질주하는 말 위에서 몸의 균형을 유지한다는 건 쉬운 일이 아니다. 더군다나 지금처럼 산속 내리막길을 달려 내려가는 경우에는 더더욱 힘들다. 길이 가파른 것도 문제였지만, 나무나 바위와 같은 장애물에 부딪치기라도 하면 어디 한두 군데 부러지는 정도에서 끝날 문제가 아니었다.

하지만 브로마네스의 머릿속에는 그런 위험에 대한 걱정 따위는 전혀 없었다. 그저 본능적으로 말을 몰며 장애물을 피해 달려 내려갔다.

브로마네스의 머릿속을 가득 채우고 있는 것은 오로지 적장에 대한 생각뿐이었다. 어떻게 하면 멋있게 저놈을 죽일 수 있을까? 그렇다. 그냥 죽이는 게 아닌, '멋있게' 죽여야 한다는 점이 아주 중요했다.

생각만 해도 흥분이 되는지, 브로마네스는 등에 메고 있던 장검을 거칠게 뽑아 들었다.

"크흐훗! 기다려라. 넌 내 거야."

브로마네스를 뒤따르던 부하들 중 하나가 옆으로 뻗어 나온 나뭇가지를 미처 피하지 못하고 부딪쳤다.

퍽!

"으아악!"

그리 굵은 나뭇가지도 아니었지만, 결과는 참혹했다. 부딪치는 순간 목이 부러져 버린 것이다. 이미 시체가 되어 버린 그의 몸은 뒤로 붕 날아 떨어지더니, 흙먼지를 피워 올리며 데굴데굴 구르다가 나무 덤불 사이에 처박혀 버렸다.

그런 기습을 당한 상황이었기에, 브로마네스 쪽을 향해 화살을 날리는 적병은 단 한 명도 없었다. 하지만 적진에 도착했을 때, 브로마네스의 뒤를 따르고 있는 부하는 겨우 네 명밖에 되지 않았다.

중대장이 기가 막혀 잠시 멍하니 있던 바로 그 시간, 대대장 미하엘의 사격 명령이 떨어졌다. 요란한 나팔 소리와 함께 참호 속에 숨어 있던 병사들이 일제히 밖으로 쏟아져 나왔다. 병사들은 저마다 자리를 잡는 대로, 아래쪽에 보이는 적들을 향해 화살을 쏘기 시작했다.

활이라는 무기의 특성상 발사된 화살은 완만한 포물선을 그리며 날아가 적에게 꽂히게 된다. 그렇기에 브로마네스가 이끄는 소대가 적을 향해 달려갈 때는 아무런 문제도 없었다. 하지만 그들이 적들과 부딪쳐 접전을 벌이기 시작하자 문제가 터지기 시작했다.

활은 정확도가 그렇게 뛰어난 병기가 아니다. 더군다나 지금처럼 장거리 사격을 하는 경우의 정확도는 더욱 떨어진다. 적들과 치열한 전투를 벌이고 있던 브로마네스의 부하들 중 한 명이 갑자기 말에서 떨어져 나뒹굴었다. 적의 칼에 맞은 게 아니라, 운 나쁘게도 뒤에서 날아온 아군의 화살에 등판이 꿰뚫린 것이다.

이대로라면 적이 아닌 아군까지 쏴 죽이게 될 게 뻔했다. 중대장은 중대한 결정을 내려야 했다. 눈을 질끈 감고 아군이 맞든 말든 계속 화살을 쏠 것이냐, 아니면 사격을 중지시키느냐.

"사, 사격 중지!"

중대장의 외마디 비명과 같은 명령에 대원들은 사격을 멈췄다.

"빌어먹을! 어쩔 수 없지. 어떤 상황에서도 우리는 동료를 버리지 않는다."

이를 으드득 갈아붙인 중대장은 황급히 부하들에게 명령했다.

"각자 말을 꺼내 와! 적진을 향해 돌격해. 저 개 같은 새끼들을 구하러 간다."

중대장의 명령에 부하들은 황급히 참호 안으로 들어가, 자신의 말들을 데리고 나왔다. 말들은 모두 눈가리개가 씌워져 있었고, 입에는 소리를 낼 수 없도록 헝겊으로 막아 놓은 상태였다.

부하가 건네준 자신의 말고삐를 받아 쥔 중대장은 먼저 말의 눈을 가리고 있던 눈가리개를 풀어 주고 입에서 헝겊을 빼냈다. 그런 다음 말에 올라타며 큰 소리로 명령했다.

"전원 승마!"

부하들이 말에 오른 것을 확인한 후, 그는 칼을 뽑아 들어 하늘 위로 치켜들며 외쳤다.
"우리는 동료를 버리지 않는다!"
중대장의 선창에 부하들도 일제히 따라서 우렁차게 외쳤다.
"우리는 동료를 버리지 않는다!"
중대장은 비장한 표정으로 적군이 득실거리는 아래쪽을 바라보며 소리쳤다.
"아레스의 가호가 함께하기를!"
선창을 끝낸 중대장은 칼을 앞으로 쭉 뻗으며 외쳤다.
"전원 돌격!"
중대장의 돌격 명령에 부하들은 일제히 산 밑으로 말을 몰아 돌격해 내려갔다.
"우와아아아!"
적을 향해 돌진할 때는 딴생각을 해서는 안 된다. 더군다나 이런 가파른 내리막길을 달려 내려가야 할 때는. 하지만 중대장의 마음은 분노로 인해 속이 부글부글 끓고 있었다.
"이 빌어먹을 새끼! 전투가 끝난 후에, 어디 두고 보자. 모가지를 아주 비틀어 주마. 그때까지 살아 있다면……."

붉은 전갈 용병단원들이 실전 경험이 풍부하기는 했지만, 이런 갑작스러운 기습에는 그런 경험조차 아무런 도움이 되지 못했다.
산골짜기의 좁은 길목에서 당한 기습이다. 그것도 전혀 예상도 하지 못한 상태에서.

　반격은 고사하고 모두들 우왕좌왕하며 화살을 피해 몸을 숨기기에 바빴다. 하지만 딱히 몸을 감출 만한 곳도 없었다. 화살이 한 방향에서만 날아오고 있는 게 아니라, 사방에서 날아왔기 때문이다. 용병들은 당황해서 이리저리 몰려다니다가, 화살에 꿰여 헛되이 목숨을 잃어야만 했다.

　용병들의 상황이 이러한 데다, 움직임이 제어된 노예병들의 혼란은 더욱 극심했다. 그들은 발에 쇠사슬까지 채워져 있었다. 그것도 탈출을 방지하기 위해 옆에 있는 다른 노예들의 발과 연결되어 있었다. 옆의 노예 두셋이 화살에 맞아 죽어 버리면, 시체 무게로 인해 어디로 도망조차 가지 못하고 그대로 화살밥이 되어야만 했다.

　이때, 소수의 적 기마병들이 가파른 산길을 타고 맹렬히 돌진해 내려왔다. 일부는 말과 함께 구르기도 했고, 나무에 부딪치며 나뒹굴기도 했다. 하지만 당황한 그들의 눈에 그런 것은 보이지도 않았다. 그들의 눈에 비친 것은 오로지 가장 선두에 서서 칼을 휘두르며 달려 내려오는 브로마네스의 광기 어린 모습뿐이었다.

　당황해서 우왕좌왕하는 순간, 순식간에 그들의 코앞에까지 들이닥친 브로마네스와 그의 부하들. 그들은 인정사정없이 닥치는 대로 용병들의 목을 베며 주위를 제압해 나가기 시작했다. 뒤늦게 정신을 차린 일단의 기마병들이 적들의 공격을 막기 위해 달려가려고 했지만, 워낙 좁은 산길인지라 아군 용병들에 가로막혀 발만 동동 굴러야 했다.

침착하게 전황을 살피던 연대장은 그 모습에 감탄사를 터트렸다. 저런 가파른 산길을 맹렬한 속도로 말을 몰아 달려 내려오다니. 초개와도 같이 목숨을 내던질 정도의 각오가 없이는 할 수 없는 행동이었다.

더군다나 제일 앞에서 달려오며 용맹스럽게 길을 개척하는 자의 실력은 참으로 놀라웠다.

"허, 굉장하군. 설마 이런 촌구석에 저런 실력자가 숨어 있었을 줄이야……."

연대장은 저들이 도렌 영지의 기마병들일 거라고 생각했다. 그럴 수밖에 없는 것이, 용병들의 경우 자신들이 어느 용병단에 소속되어 있는지를 밝히는 문장을 갑옷에 달지 않는다.

정규군들이야 일부러 자신의 소속을 드러내어 그것을 과시하는 데 이용했지만, 용병들의 경우에는 문장을 드러내는 것보다는 숨기는 쪽을 택했다. 의뢰를 수행하다 보면 감추는 쪽이 행동하기에 훨씬 편한 경우가 많기 때문이다. 그리고 굳이 자신들의 정체를 드러내야 할 때는, 용병단의 문장이 그려진 깃발을 이용했다.

하지만 저들은 깃발을 들고 있지 않았기에 그렇게 생각한 것이다.

이때, 그의 부관이 칼을 뽑아 들며 연대장에게 외쳤다.

"어서 피하십시오, 연대장님."

그리고 부관은 비장한 표정으로 호위병들을 향해 외쳤다.

"너희들은 나를 따르라!"

연대장이 피할 수 있는 시간 여유를 벌어 주기 위해 적들을 막아서려는 것이다. 하지만 연대장은 피할 생각이 전혀 없었다. 돌진해 들어오는 적의 실력이 꽤 뛰어난 것은 사실이었지만, 그렇다고 해서 대적이 불가능할 정도는 아니었다.

아니, 오히려 노쇠해 가던 자신의 육체에 기분 좋은 투지를 일깨워 주고 있었다. 지금은 연대장으로서 뒤에서 지휘를 하고 있지만, 이 자리에 올라오기 전까지 그는 붉은 전갈 용병단의 선봉을 지켜 왔던 강자였다. 그런 그가 몇 되지도 않는 적의 도발에 겁먹을 리가 없었다.

연대장은 천천히 주위를 둘러봤다. 저 멀리서 아군 기마병들이 이쪽으로 오려고 애쓰고 있는 게 보였다. 하지만 길이 좁아 아군 보병들에게 가로막혀 제자리걸음만 하고 있었다.

"쯧, 칼밥을 먹고 산 게 하루 이틀이 아닌데, 겨우 이 정도 기습에 허둥대고 있다니……."

연대장은 다시금 앞쪽으로 시선을 돌렸다. 그의 부관은 호위병들과 함께 적의 돌격대를 저지하느라 사력을 다하고 있는 중이었다.

적장에게는 부관을 비롯해서 5명의 호위병이 집중공격을 가하고 있었지만 적은 요지부동이었다. 오히려 적장의 칼에 호위병들만 한 명, 두 명 목숨을 잃고 있었다. 정말이지 놀라운 솜씨를 지닌 인물이었다.

"아무래도 좀 도와줘야겠군."

말이 채 끝나기도 전에 그의 손은 활을 찾아 움직이고 있었다. 덜렁거리지 않도록 말 등에 묶여 있었지만, 그는 놀라운 속도로 활을 끌러 들었다.

그가 안장에 매여 있는 화살통에서 꺼내 든 화살은 3발. 시위를 잔뜩 당긴다 싶은 순간, 화살은 맹렬한 속도로 적을 향해 쏘아져 나갔다.

그의 속사(速射) 실력은 놀라웠다. 보통의 사수들은 시위를 끝까지 당긴 상태로 목표를 조준하는 데 반해, 그는 시위를 끝까지 당기는 순간 그냥 놔 버렸다. 그리고 숨 쉴 틈도 없이 다음 화살을 시위에 걸어 당기기 시작했다.

얼마나 빨리 쏴대는지 첫 번째 화살이 미처 목표물에 닿기도 전에 2번째 화살이 날아갔고, 적장이 놀라운 솜씨로 자신에게로 날아온 화살을 쳐 냈을 때쯤, 3번째 화살이 그의 손을 벗어나고 있는 중이었다.

순간 연대장의 안색이 일그러졌다. 빈틈을 노리고 날아간 화살을 놈이 막아 낼 것이라고는 생각도 하지 못했으니까. 적장의 실력이 자신의 예상보다 더 대단하다는 증거였다. 그 외에 다른 2명은 자신의 몸을 꿰뚫고 들어온 화살을 억울하다는 듯한 표정으로 바라보며 세상을 하직했으니까.

"허허, 참. 그 와중에 그걸 막다니! 그것도 방패도 아닌 칼로……. 쯧, 이럴 줄 알았으면 저놈에게 집중사격을 할 걸 그랬나……."

연대장은 다시금 손을 뻗어 화살을 잡으려 했다. 그때였다.

적장의 칼이 번뜩이더니 부관과 2명의 호위병이 거의 동시에 피를 뿜으며 말에서 떨어져 나뒹굴었다.

갑작스런 부관의 죽음에 호위병들이 멈칫하는 그 순간을 노려 적장은 말에 박차를 가해 포위망을 돌파했다. 호위병 2명이 급히 그 뒤를 따라붙었지만, 적장과의 간격은 쉽사리 좁히지 못했다.

자신을 향해 육박해 들어오는 적장의 모습을 바라보며 연대장은 화살을 집는 대신 검을 뽑아 들었다. 서로 간의 거리가 워낙 가까워 화살 한두 대 정도는 날릴 수 있을지 모르겠지만, 적장에게 타격을 주지 못하면 자신이 위험해진다는 것을 본능적으로 느꼈기 때문이다.

그리고 한편으로는 저런 멋진 적을 화살로 쏘아 죽이기에는 너무 아깝다는 생각도 들었다.

"핫!"

연대장이 짧은 기합성과 함께 발로 배를 툭 치자, 오랜 세월 그와 함께해 온 말은 주인의 의도를 읽고 맹렬히 앞으로 내달렸다. 돌진해 오는 적장을 향해 이쪽에서도 달려 나가자 순식간에 두 사람의 간격이 좁혀졌다.

챙!

검과 검이 부딪치며 불꽃이 튀어 올랐다. 그리고 그 순간 연대장은 적장이 너무나도 젊다는 데 놀라움을 금치 못했다. 갑옷이나 투구 틈 사이로 드러난 팽팽한 살갗을 그제서야 볼 수 있었던 것이다.

산 위에서 아래로 달려 내려가는 것은 상상 이상으로 힘들다. 경사가 심하게 진 데다가 아름드리나무는 물론이고, 바위까지 군데군데 솟아올라 앞을 가로막고 있다.
　단 한순간만 실수해도 목숨이 날아간다. 아무리 정신을 바짝 차린다고 해도, 산길 아래쪽으로 달려 내려가는 것은 말이다. 당연히 말을 자신의 의지대로 능수능란하게 다뤄야 한다는 뜻이다. 그건 말과의 오랜 유대관계와 호흡이 뒷받침되지 않는다면 이뤄질 수 없는 일이었다.
　그런 악조건을 뚫고 달려 내려온 다음에는 숨을 고를 새도 없이 치열한 접전이 이어졌다. 아마도 제일 앞에서 달려가며 용맹무쌍하게 아군의 방어를 뚫고 나간 적장이 없었다면, 그들은 아래쪽에 도착하는 즉시 전멸했으리라.
　자신을 가로막는 아군 수십 명을 베며 여기까지 달려왔음에도 불구하고, 적장의 호흡은 단 한 점도 흐트러짐이 없었다.
　'호오, 이거 예상보다 더 대단한 놈인지도 모르겠는걸?'
　순간 연대장의 가슴에 호승심(好勝心)이 크게 일었다. 지금껏 전장에서 부상을 당한 것은 헤아릴 수도 없을 정도로 많았고, 그중에는 생사를 넘나들 정도의 치명상도 몇 번인가 입었다. 하지만 일대일 대결에서 패한 적은 아직까지 단 한 번도 없었다. 자신이 아무리 나이가 들었다고는 하지만, 이런 애송이한테 질 리가 있겠는가.

　미하엘은 결국 돌격 신호를 보내는 수밖에 다른 도리가 없었다. 날카로운 나팔 소리가 울려 퍼지자, 부하들이 일제히 숨어 있던 참호를 벗어나 적을 향해 달려 내려가기 시작했다. 그리고 그 뒤를 따라 흡사 사냥꾼 같은 너덜너덜한 갑옷을 걸친 도렌 영지군이 달려 내려갔다.

미하엘은 고개를 돌려 붉은 전갈 용병단을 뒤따르는 다른 용병단 쪽을 바라봤다. 예상대로 그들은 붉은 전갈 용병단의 치중대와 뒤엉켜 우왕좌왕하며 제대로 된 대응을 할 엄두도 내지 못하고 있었다.

미하엘의 시선은 다시금 격전의 중심지로 돌아왔다. 그리고 그곳에서 자신의 작전을 엉망으로 망쳐 놓은 소대장놈을 찾아 냈다. 그를 노려보며 미하엘은 이빨을 갈지 않을 수 없었다. 저 놈 하나 때문에 자신이 계획했던 전투가 완전히 엉망이 되어 버린 것이다.

예정보다 너무 빠른 시간에 감행된 돌격이었다. 화살로 충분히 타격을 입힌 뒤 돌격을 했어야 했는데, 제대로 타격조차 주지 못한 상태에서 공격 명령을 내려야 했다.

당연히 적은 거칠게 대응을 해 올 것이다. 즉, 저 한 놈 때문에 승리를 확신했던 이번 전투의 승패가 안개가 낀 것처럼 모호해져 버린 것이다.

"신이시여, 제발 저 녀석이 마지막까지 살아남게 해 주십시오. 제가 저놈의 목을 잘라, 적장의 목과 함께 장대 꼭대기에 매달 수 있도록!"

미하엘은 소대장 녀석이 어떻게든 살아남아 있기를 간절히 바랬다. 그래야 전투가 끝난 후 자신의 명령을 어기고 제멋대로 행동한 죗값을 치르게 해 줄 수 있을 테니까.

아니, 죽었다고 해도 상관없었다. 녀석의 목이 잘려 장대 꼭대기에 매달리는 것에는 변함이 없을 것이다. 미하엘은 다시는 이런 일이 생기지 않도록 부하들에게 단호하게 본보기를 보일 생각이었다.

하지만 이때, 분노로 가득 찼던 미하엘의 두 눈이 반짝하고 빛났다.

'호오, 제법인데?'

내려가는 도중에 다섯이 죽고, 아래쪽까지 도착한 것은 겨우 다섯 기. 하지만 소수의 기마병이 난입했을 뿐인데도, 적들은 완전히 혼란에 빠져 버렸다. 그들이 치고 들어간 위치 때문이었다.

그들이 번개가 무색할 속도로 휘젓고 있는 곳은 붉은 전갈 용병단의 중군(中軍)이었다. 지휘부가 갑작스럽게 습격을 받게 되자, 명령 체계가 마비되었는지 적은 혼란에 빠져 어쩔 줄을 몰라 했다. 더군다나 곧이어 중대장이 이끄는 후속 기마대까지 도착하여 그 뒤를 받쳐 주자, 적들은 더욱 극심하게 혼란에 빠져들었다.

전장 전체를 재빨리 훑어본 후, 다시금 소대장 쪽으로 시선을 돌린 미하엘. 지금껏 산전수전 다 겪어 온 그였지만, 지금처럼 놀라운 광경을 본 적은 거의 없었다. 어느새 그 빌어먹을 소대장놈이 호위 병력을 뚫고 적의 지휘관에게로 바짝 다가서고 있었던 것이다.

 그와 적장이 부딪치는 순간, 그들의 주위로 맹렬한 불똥이 튀기 시작했다. 그건 엄청난 속도로 검과 검이 부딪치고 있다는 증거였다.

 "놀라운 실력!"

 미하엘은 다급히 옆에 대기하고 있던 전령에게 물었다.

 "자네, 저 녀석이 누군지 아나? 저쪽에서 적 지휘관과 싸우고 있는 녀석 말이야."

 "아, 이번에 저희 대대로 새로 발령받아 온 소대장입니다."

 "소대장이라고? 확실해?"

 "그렇습니다. 얼마 전까지 훈련대 교관으로 있다가, 소대장으로 임관돼서 왔다고 들었습니다."

 저런 대단한 검술 실력을 지닌 자가 소대장 자리에 있다는 것 자체가 이해가 되지 않았다. 용병들의 세계는 강자존(强者尊)의 법칙이 존재한다. 나이나 예전 신분 따위는 한 푼의 가치조차 없는 게 용병들의 세계다. 강하면 강할수록 대우를 받고, 돈을 많이 벌 수 있다.

 그런데 저런 놀라운 실력을 지닌 놈이 겨우 소대장이라니. 혹시 다른 용병단에서 보낸 첩자가 아닐까 하는 의심도 들었지만, 저렇게 대놓고 주위의 이목을 끄는 행동을 하고 있으니 그것도 아닌 것 같았다.

 "어쨌거나 수상쩍은 놈인 건 사실이군."

 전장 전체를 통제하며 아군의 유기적인 움직임을 이끌어야 할 지휘관인 그였지만, 지금 이 순간 미하엘은 자신의 임무를 완전히 망각하고 있었다.

 두 사람의 전투에서 눈을 뗄 수가 없었던 것이다. 그만큼 둘의 검투는 격렬하면서도 장엄했다.

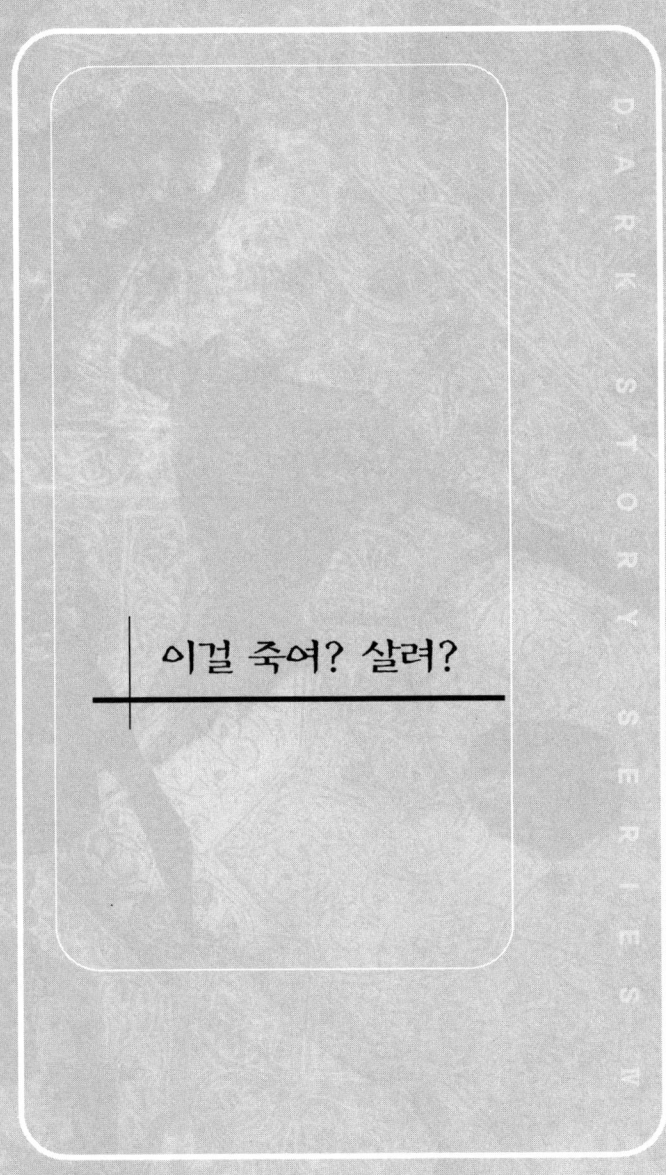

31

이걸 죽여? 살려?

영원히 지속되는 전투는 존재할 수 없는 법, 결국에는 승부가 갈리고 말았다. 물론 승자는 브로마네스였다. 아니, 브로마네스일 수밖에 없었다. 순수한 검술만의 대결이었다면 적장의 적수가 되기 힘들었겠지만, 그에게는 사기 아이템이 있었다. 이런 경우를 상정하고, 특별히 공을 들여 제작해 놓은.

"커억!"

연대장은 까마득해지려는 시선을 간신히 붙들어 적장을 바라봤다. 틀림없이 승리할 수 있을 거라고 생각했었는데… 어떻게 된 일인지 적장의 마지막 공격을 막을 수가 없었던 것이다.

'실력을 숨기고 있었나……?'

급속히 생명력이 사라지고 있었지만, 그는 자신의 처지도 잊은 채 적장에게 말을 걸었다. 모든 힘을 다 끌어모은 것이었건만, 그의 목소리는 알아듣기조차 힘들 정도로 작았다.

"어, 얼굴을 보여 줄 수 있겠나?"

의외로 적장은 그의 요구를 순순히 들어줬다. 투구를 벗자 드러나는 준수한 얼굴.

"허어, 젊군. 젊어……."

투구 틈 사이로 보이는 탱탱한 피부 때문에 젊다는 것은 이미 짐작하고 있었지만, 이렇게까지 젊을 거라고는 생각조차 하지 못했다. 자신이 저런 새파란 애송이에게 당했다니……. 하지만 한편으로는 거친 용병의 삶을 살아왔던 자신이었기에, 전장에서의 죽음도 그리 나쁘지는 않겠다는 생각이 들었다.

"축하하네, 젊은이. 자네가 이겼……."

연대장은 더 이상 말을 잇지 못하며 말 아래로 굴러 떨어졌다. 축 늘어진 그는 이미 목숨이 끊어졌는지 더 이상 움직이지 않았다.

브로마네스는 검을 높이 치켜들며 큰 소리로 외쳤다.

"적장이 죽었다!"

그러자 도렌 쪽 병사들이 이에 호응하며 우렁찬 함성을 내질렀다.

"우와아아!"

그 순간 도렌 쪽 병사들의 사기(士氣)가 하늘을 찌를 듯 올라간 반면, 메르헨 쪽 용병들은 싸울 의욕을 상실해 버렸다. 그럴 수밖에 없는 것이, 붉은 전갈 용병단을 이끄는 최고위급 지휘관이 허무하게 목숨을 잃은 것이다. 그것도 이름도 없는 애송이에게 말이다.

이후 벌어진 것은 일방적인 살육이었다. 적은 지휘부가 붕괴되자 혼란에 빠져 제각기 살길을 찾아 도망치기에 바빴다. 하지만 산길을 치중대가 가로막고 있다는 게 또 한 번 치명적인 결과를 불러일으켰다.

그들은 치중대에 막혀 우왕좌왕하다가 목숨을 잃었다. 적에게 죽임을 당한 병사보다 산길 아래쪽으로 추락사하거나, 동료에게 깔려 죽은 병사가 더 많았을 정도였다.

만약 도렌 쪽에서도 용병단을 끌어들였다는 정보만 입수했어도, 이렇게까지 허무하게 당하지는 않았을 것이다. 비록 페가수스 용병단보다는 급이 떨어진다는 평가를 받고 있는 붉은 전갈 용병단이지만, 이들 역시 전쟁이라면 신물이 나도록 겪은 정예 병들이었다.

붉은 전갈 용병단은 적이 어느 정도인지 모르는 상태에서 승리를 낙관했고, 그에 비해 페가수스 용병단은 자신들이 상대해야 할 적들이 누군지 명확하게 알고 있었다. 이것 하나만으로도 이미 전쟁의 승패는 갈려 버렸다고 봐야 했다.

포로로 잡힌 자들은 갑옷이나 무기는 물론이고, 가지고 있던 동전 한 푼까지도 모조리 다 뺏기게 된다. 포로들은 마을 인근에 마련된 임시 수용소에 갇히게 되는데, 이때 몸값을 지불하겠다는 사람이 나타나면 돈을 받고 풀어 주는 게 관례였다.

예를 들어 소속이 있는 용병들의 경우, 그들이 소속된 용병단에서 몸값을 지불하고 데려간다. 하지만 떠돌이 용병들처럼 몸값을 지불해 줄 사람이 아무도 없는 경우에는, 노예로 팔아 버리는 것이 오랜 옛날부터 행해지는 관례였다.

부하들이 포로들을 임시 수용소에 가두기 위해 바쁘게 움직이고 있을 때, 미하엘은 자신의 명령을 위반한 소대장 녀석을 어떻게 처리해야 할지 고민하고 있었다.

처음 생각대로라면 가차 없이 목을 베어 적장의 목과 함께 장대 꼭대기에 매달아 놨을 것이다. 하지만 그냥 죽여 버리기에는, 그의 실력이 너무 아까웠다. 더군다나 적장의 목을 베는 크나큰 공까지 세우지 않았던가.

"처형해야 마땅합니다."

한 중대장이 이렇게 말하자, 브로마네스를 이끌고 있는 중대장이 발끈해서 반박했다.

"적장의 목을 벴습니다. 그것도 혈혈단신으로 호위대를 뚫고 들어가서 말입니다. 그런 영웅을 치하해도 시원치 않을 판에 목을 베다니요. 그걸 병사들이 납득할 것 같습니까? 무엇보다 우리들은 용병이 아닙니까."

"옳습니다. 명령을 위반한 것은 사실입니다만, 가장 큰 공을 세운 것 또한 사실이니까요."

그러자 처음에 처형해야 한다며 주장한 중대장이 말도 안 된다는 듯 인상을 구기며 소리쳤다.

"용병이라고 해서 군율을 허술하게 적용한다는 것은 말도 안 됩니다. 지금 우리는 우리들만으로 작전을 진행하고 있는 게 아니지 않습니까. 만약 그 녀석을 풀어 주신다면, 영주 쪽 장교들이 우리를 어떻게 생각하겠습니까?"

"맞습니다. 용병단의 명예를 위해서라도, 일벌백계(一罰百戒)로 다스려야 합니다."

휘하 중대장들의 의견조차 첨예하게 둘로 나누어져 있었기에, 어떤 결정을 내려야 할지 미하엘의 고민은 점점 깊어져만 갔다.

이때, 경비병이 들어와 보고했다.

"그렉 크레스터 소대장이 도착했습니다."

미하엘은 중대장들에게로 고개를 돌려 양해를 구했다.

"자네들의 의견은 충분히 참고하겠네. 일단은 이 말썽꾼과 단둘이 얘기를 나눠 보고 싶네만……."

그 말에 중대장들은 일제히 자리에서 일어섰다. 어쨌거나 상벌의 모든 권한은 지휘관인 미하엘에게 있는 것이었으니까.

"그렉 크레스터, 대대장님의 부르심을 받고 왔습니다."

뒤를 돌아보니 빼어난 외모를 지닌 젊은이가 서 있었다. 얼굴 여기저기에는 핏물이 잔뜩 말라붙어 있었고, 머리카락은 땀에 푹 절어 있는 데다가 투구의 무게에 눌려 떡이 되어 엉켜 있었다.

격전을 치른 후에도 씻지 못해 엉망인 차림새를 하고 있었지만, 그럼에도 불구하고 그의 얼굴은 빛이 났다. 외모만으로 따진다면 어딘가의 귀족의 아들이라고 해도 믿을 정도다. 그런 외모에 실력까지 겸비하고 있으니, 정말이지 앞날이 기대되는 젊은이였다.

그렉 크레스터의 출중한 외모에 미하엘은 당혹스런 눈빛을 비쳤다. 이건 분명 미하엘의 예상 밖의 상황이었다. 그가 오기 전에 읽어 본 그에 대한 보고서에는 화려한 경력들만 쓰여 있을 뿐, 외모에 대한 언급은 전혀 없었기 때문이다. 미하엘은 그렉 크레스터가 자제심이라고는 눈곱만치도 없는, 무식하고 험악하게 생긴 놈일 것이라고 지레짐작을 하고 있었던 것이다.

그렉 크레스터의 고귀하게 생긴 외모를 본 것만으로도 미하엘의 마음이 크게 누그러졌지만, 그는 그런 내색은 전혀 하지 않았다. 아니, 그렉 크레스터의 군례에 답도 하지 않은 채 싸늘한 어조로 질책부터 쏟아 냈다.

"내가 왜 귀관을 호출했는지 알겠나?"

물론 브로마네스 역시 충분히 짐작하고 있었다. 예전에 한창 유희에 빠져 있었을 때는, 나라를 다스려 본 적도 있었던 그가 작금의 사태를 모를 리 없다. 그렇기에 최대한 공손한 어조로 대답했다.

"아마도 공격 명령이 떨어지기도 전에, 제가 적진으로 돌진을 감행했기 때문이겠지요."

"알긴 아는군. 그럼 그것이 명령불복종에 해당하는 중죄라는 것 또한 알고 있겠지?"

"하지만 어쩔 수가 없었습니다. 대대장님께서 계셨던 그쪽에서는 잘 안 보이셨을지 모르겠지만, 제가 있는 위치에서는 보였습니다. 적진에 나 있는 커다란 빈틈이 말입니다. 대대장님께서도 보셨을 거 아닙니까. 허둥대는 보병들에 막혀 저희 쪽으로 달려온 기마병이 몇 기 되지도 않았다는 것을요."

애송이의 변명에 미하엘은 콧방귀를 뀌었다.

"흥, 자네 상관이 뒤를 받쳐 줬으니 자네가 적장에게까지 다가갈 수 있었던 거지, 겨우 1개 소대 병력만으로 적장 근처에나 다가갈 수 있었을 거 같나?"

"……."

 순간 대답을 못하고 고개를 푹 숙이는 그렉 크레스터를 보며 미하엘의 마음은 조금 더 풀어졌다. 끝까지 우기며 자신의 잘못을 덮으려고 하지 않는 순진함까지 가지고 있다니. 보고서에 기록되어 있던 화려한 경력만 생각한다면, 전혀 기대도 하지 않았던 부분이다.

 미하엘은 무심코 손을 뻗어 보고서를 집어 들었다. 이미 읽어 봤기에 내용은 잘 알고 있었다. 그럼에도 그는 다시 한 번 더 그렉 크레스터의 경력을 새삼스럽다는 듯 바라봤다. 여러 용병대에서 세운 크고 작은 공훈들……. 그 공로의 댓가로 저 젊은 나이에 중대장까지 진급했었다고 기록되어 있었다.

 "나이에 비해서는 꽤나 화려한 경력이로군. 이 정도만 해도 상관들은 자네를 유심히 바라보고 있었을 걸세. 그런데 왜 이런 무모한 짓을 해서 자기 무덤을 파는 겐가? 이게 자네 출세에 도움이 될 거라고 생각했나?"

 "……."

 그렉 크레스터는 고개를 푹 숙인 채 아무런 대꾸도 하지 못했다.

 "이런 독단적인 행위는 자네를 성공으로 이끄는 게 아니라 파멸로 이끌 걸세. 그것도 아무런 잘못도 없는 자네 동료들까지 함께!"

"깊이 반성하고 있습니다."

잠시 그렉 크레스터를 바라보던 미하엘은 무뚝뚝한 어조로 물었다.

"어디 한 번 솔직히 말해 보게. 설마하니 이런 무모하기 짝이 없는 짓거리로 공을 세운다고 해서 인정받을 수 있을 거라고 생각했나? 모두가 다 자네같이 생각하고 제멋대로 행동을 한다면, 어떻게 부하들을 통솔할 수 있겠나. 자네도 장교이니 그 점은 잘 알고 있을 게 아닌가."

잠시 미하엘의 눈치를 살피던 브로마네스는 머리를 맹렬히 굴린 뒤, 주저주저 하다 입을 열었다.

"어떻게 생각하실지 모르겠습니다만… 공을 세우겠다고 한 행동은 아니었습니다."

그건 말도 안 되는 변명이라고 미하엘은 생각했다. 차라리 전공에 눈이 어두워 그랬노라고 말했다면, 젊은 혈기에 그럴 수도 있을 거라고 받아들였을 텐데. 미하엘은 내심 콧방귀를 뀌며 냉랭하게 물었다.

"공을 세우는 것 외에, 무슨 다른 이유가 있었다는 말인가?"

브로마네스는 짐짓 한탄하듯 구슬프게 말했다.

"개인적인 복수였습니다."

황당한 답변에 미하엘은 순간 기가 막혔다.

"보, 복수?"

"예, 적장은 붉은 전갈 용병단을 이끄는 고위급 지휘관이었습니다. 그가 그 위치에 오르기까지, 얼마나 많은 사람을 죽였겠습니까?"

'그러면 그렇지······.'

말도 안 되는 변명짓거리에 미하엘의 기분이 극도로 언짢아졌다. 혈기가 넘치기는 해도, 꽤나 괜찮은 놈을 발견했다고 생각했더니 얄팍한 변명이나 늘어놓는 한심한 놈일 줄이야······.

"그래, 그래서 그가 자네 아버지라도 죽였다는 말인가?"

"예."

이죽거리기 위해 그냥 해 본 소리였는데 예, 라고 대답을 하자 미하엘의 두 눈이 휘둥그레졌다. 그 모습을 본 브로마네스는 급히 고개를 가로저으며 말을 덧붙였다.

"아, 아니, 그가 제 아버지를 직접 죽인 것은 아닐지도 모릅니다. 누군가 다른 사람이 죽였을 수도 있겠지요. 하지만 난전(亂戰)의 소용돌이 속에서 이름 없는 용병을 누가 죽였는지 알아낸다는 것은 불가능했습니다. 그런데··· 그러던 와중에 그가 상대편 부대를 지휘했다는 얘기를 듣게 되었습니다."

"흠, 자네 선친께서도 용병이셨나?"

"예······."

만약 적장이 자기 아버지를 직접 죽였다고 말했다면, 거짓말로 치부했을 것이다. 하지만 그런 상황이었다면 미하엘로서도 충분히 납득이 갔다. 치열한 전장에서 죽었는데, 어느 놈이 죽인 줄 알고 복수를 하겠는가. 그러다 적장이 유명한 놈인 걸 알게 되고, 그를 향해 복수의 칼을 간다? 말이 되고도 남았다. 하지만 그렇다고 해서 이 일을 그냥 용서해 줄 수는 없는 노릇이었다.

　미하엘은 표정을 굳히고 매섭게 질책했다.

　"하지만 아무리 그런 일이 있었다고 해도 지휘관이 이성을 잃어 버리다니! 절대로 일어나서는 안 되는 일이지. 이번에는 운이 좋아 적장의 목을 벨 수 있었지만, 만약 귀관이 적장의 목을 베지 못했다면 어떻게 되었겠나? 자네 하나 죽는 것으로 끝날 일이 아니란 말이야. 알겠나?"

　"그가 적군의 지휘관이라는 것을 아는 순간, 도저히 제 자신을 억제할 수가 없었습니다. 명령 위반… 깊이 반성하고 있습니다. 그리고 저의 멍청함 때문에 목숨을 잃게 된 부하들에게도 미안하고 말입니다."

　한순간의 격동 때문에 벌어진 일이라면 충분히 용서할 여지가 있었다. 더군다나 이번 기회에 원수를 갚아 버린 이상, 그가 눈이 뒤집혀서 적진을 향해 돌격하는 일은 이제 두 번 다시 벌어지지 않으리라.

　그렇게 생각하자 싸늘했던 미하엘의 눈빛이 한결 부드러워지기 시작했다. 이번만은 용서해 주기로 마음을 굳힌 것이다.

　"적장과 싸우는 모습을 보니, 자네 정도의 실력을 지닌 인물이 무명(無名)이었을 리는 없겠다는 생각이 들더군. 그래, 여기에 오기 전에는 뭘 했었나?"

　이때를 위해서 정보 단체에서 준비해 준 게 바로 그렉 크레스터라는 인물에 대한 상세한 정보였다. 브로마네스는 그 정보를 바탕으로 대충 살을 붙여 그럴듯하게 포장해서 미하엘에게 들려줬다.

 드래곤의 가공스런 기억력에 기초하고 있는 것인 만큼, 그의 말은 단 1초도 막힘이 없이 술술 쏟아져 나왔다. 그리고 흠잡을 데가 없을 정도로 아귀가 척척 들어맞았다.
 물론 의심하려고 든다면 그 점이 조금 수상쩍긴 했지만, 미하엘은 좋게 생각하고 넘어갔다. 원래 사람이라는 게 자신의 과거에 대해 말할 때면 약간의 과장도 들어가고, 한편의 옛날이야기처럼 드라마틱하게 설명하는 게 사실이었으니까. 그것은 용병 녀석들에게 술 한잔 먹여 보면 언제나 되풀이되는 일이기도 했다.
 미하엘은 브로마네스의 어깨를 가볍게 토닥이며 말했다.
 "자네가 왜 그런 행동을 할 수밖에 없었는지 충분히 이해는 가네. 하지만 그렇다고 해서 자네의 잘못이 덮어질 수는 없어."
 "저도 알고 있습니다. 대대장님께서 어떤 벌을 내리신다고 해도 달게 받겠습니다."
 그러자 미하엘은 짐짓 냉정한 표정으로 되물었다.
 "귀관의 목을 베어 장대 꼭대기에 매단다고 해도?"
 약간의 장난기를 내포한 미하엘의 질문에, 브로마네스는 어색한 미소를 지으며 중얼거렸다.
 "그건 좀 심하신 거 같고……."
 잠시 말을 잇지 못하던 브로마네스는 좋은 생각이 떠올랐다는 듯 손가락을 딱 하고 튕기더니, 덩치에 어울리지 않게 애교 어린 표정으로 말했다. 아르티어스에게 하던 행동이 무심결에

이걸 죽여? 살려? 283

튀어나온 것이다.

"감봉! 예, 감봉 정도가 딱 적당하지 않을까요? 어쨌거나 적장의 목을 벤 공도 있고 한데……."

그렇게 하지 않으면 곤란해. 안 그러면 네놈을 세뇌하든지, 아니면 죽여 버리고 다른 데 가서 다시 시작하는 수밖에 없거든. 그러자면 그 지랄같은 아르티어스가 가만히 있지 않을 텐데… 그 녀석에게 뭐라고 변명하지?

이런 뒷말이 생략된 것이었지만, 그것을 미하엘이 알 리가 없었다. 사실 미하엘도 실력이 뛰어난 부하의 목을 베어, 장대 꼭대기에 매달 생각까지는 없었으니까.

짐짓 고민하는 척하던 미하엘은 느릿한 목소리로, 위엄을 가득 담아 판결을 내렸다.

"특별히… 이번만은 그냥 넘어가 주도록 하겠다. 추후 또다시 이런 일이 생긴다면, 그때는 살아남지 못할 거야. 알겠나?"

순간 확 밝아지는 브로마네스의 얼굴. 미하엘은 결코 모를 것이다. 방금 전의 대화로 인해 목숨이 왔다 갔다 했던 사람은 브로마네스가 아닌, 바로 자기 자신이었다는 것을.

"감사합니다, 대대장님. 정말 감사합니다."

"분명히 말하는데, 이번 일에 대한 보상은 바라지도 말게. 목이 날아가지 않은 것만 해도 행운이라고 생각하라는 말이야."

"서운하게 생각할 리가 있겠습니까. 기회를 주신 것만으로도 감사하게 생각하고 있습니다."

하지만 브로마네스는 잘 알고 있었다. 이번 전공이 그냥 허공으로 날아갈 리 없다는 것을. 자신이 이만한 능력을 지니고 있다는 것을 윗사람들에게 과시했다는 것, 그것 하나만으로도 이번 전투는 성공이라고 할 수 있었다.

"좋아. 그럼 나가 보게."

"옛!"

힘차게 군례를 올린 후, 활기찬 발걸음으로 밖으로 나가는 브로마네스. 그런 뒷모습을 바라보며 미하엘은 자신도 모르게 피식 웃음을 흘렸다. 저렇게 뛰어난 부하가 자신의 밑에 들어왔다는 것은 정말 대단한 행운이었다.

더군다나 이번 기회를 통해 녀석에게 지워지지 않을 빚까지 지게 만들지 않았던가. 녀석은 자신에게 생명을 빚진 거나 다름없었다. 이런 인연을 이용해서 살며시 끌어당긴다면, 어렵지 않게 녀석을 자신의 심복으로 만들 수 있으리라.

『〈묵향〉 32권에 계속』